馬鹿化かし

藍銅ツバメ

集英社

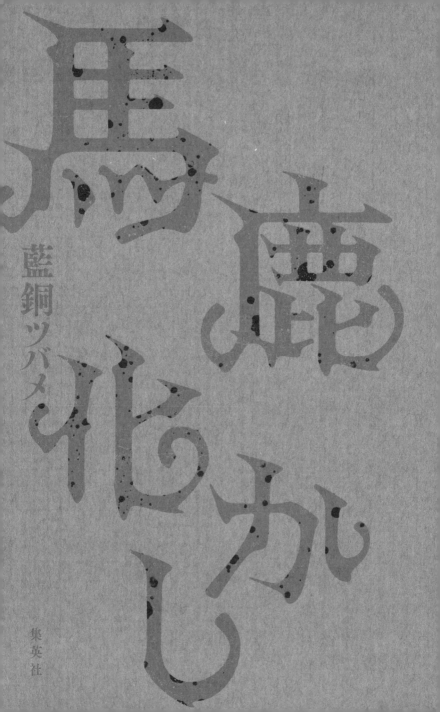

目次

馬鹿化かし

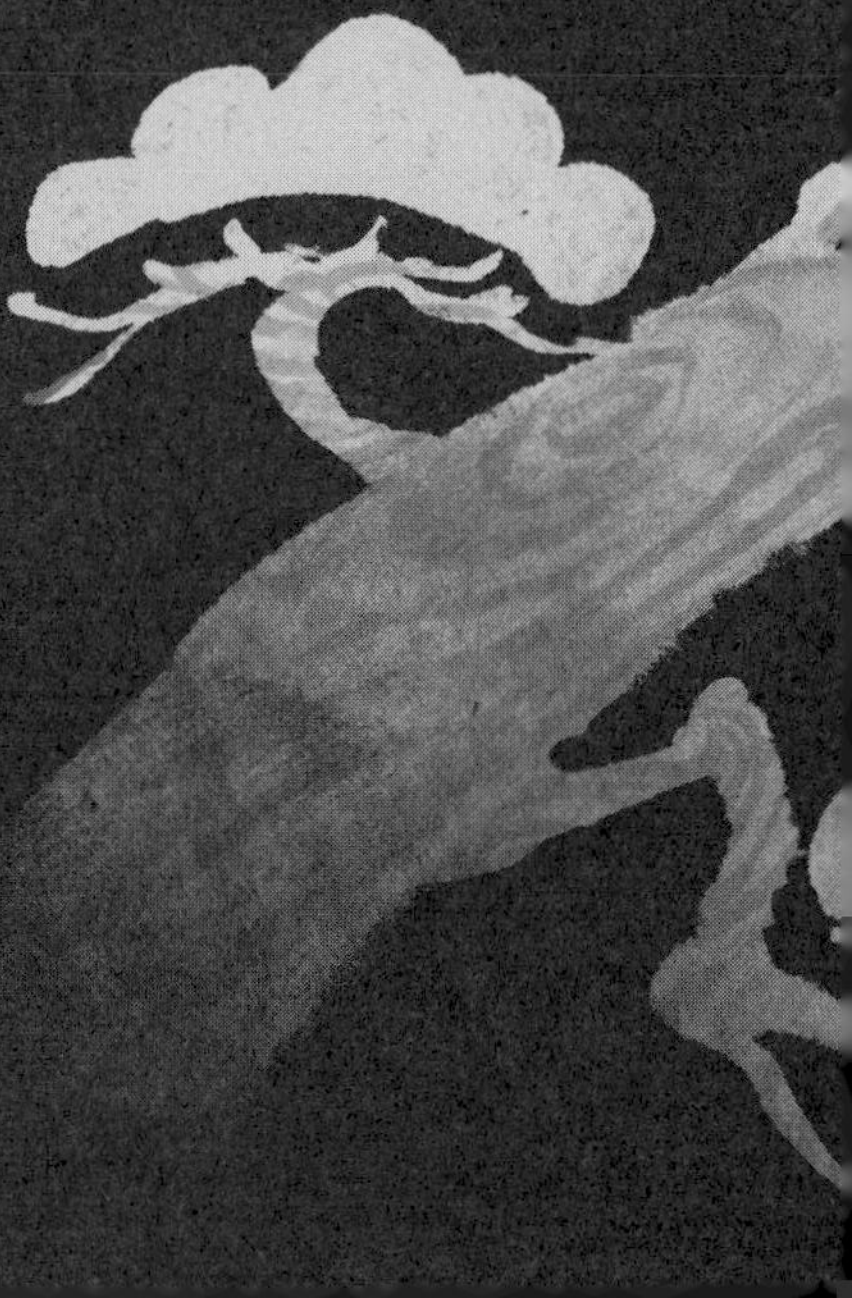

くび

いつも通り罪人の首を斬るだけの仕事のはずだった。山田朝右衛門《やまだあさえもん》は眉間に皺《しわ》を寄せて腕を組み、仕置き場に引き立てられてきた罪人を見下ろしている。

後ろ手に縛られて荒筵《あらむしろ》の上に膝をつく男。浅黒い肌に粗末な着物を纏《まと》い、首に縄をかけられている。

そこまでは良いのだが、問題は顔だった。首の半ばより上は黒い毛に覆われており、鼻は長く、耳も天に伸びていて馬とも鹿ともつかない奇妙な見た目をしている。面紙《つらがみ》で目元が覆われているのもあってとにかく得体が知れない。

生温い曇天の午前。内向きに忍び返しの付いた練塀《ねりべい》で囲われた牢屋敷《ろうやしき》には風一つ吹きこまず、陰鬱な死の気配が澱《よど》んでいる。

鍵役《かぎやく》の男が改めて罪人に名を問い、身分を確認している。それが終わるまで待ってから、朝右衛門は低く問うた。

「どういう、ことでしょうか」

鍵役は慌てたように背筋を伸ばし、やや裏返った声を出した。

「は、この男は白昼堂々大名屋敷に忍び込んでは何百両も盗み出す所業を繰り返し」

「そういうことを訊《き》いているのではございませぬ」

朝右衛門がぴしゃりと言い放つと、鍵役は後ずさって謝罪の言葉を述べる。まだ三十にならない朝右衛門より歳《とし》も上だろうにやけに縮こまっているのは、刀の様《ため》し斬りの傍らで首斬りも請け負う朝右衛門の生業《なりわい》を恐れているからか、それとも朝右衛門につきまとう不吉な噂《うわさ》に怯《おび》えているからか。

どちらも事実とはいえ、過剰に距離をとられても仕方がない。朝右衛門はできるかぎり優しい声音をだすようつとめた。

「こやつの首、いや、顔は……どう見えましょう」

「は、平凡な顔立ちにございますな。この特徴のない顔で商人や髪結いに化け、屋敷内に入り込んで下見をし後日盗みを行う悪質な」

「そういうことを訊いているのではございませぬ」

申し訳ありませぬ、と身体《からだ》を縮める鍵役を横目に朝右衛門は奥歯を嚙《か》み締める。

いったいどういうことだ。この罪人の首が化け物に見えるのは自分だけだとでもいうのだろうか。そんな馬鹿な。周囲を見渡しても、役人共はこちらに目もくれず刑の執行の準備のために忙《せわ》しく動き回っている。

「アンタ、もしや俺の顔がバケモンに見えるのかい」

その低い声は、獣顔の罪人のものだった。

「ア、ハハ、重畳《ちょうじょう》だ。アンタにゃ気の毒だが、こいつァ願ったり叶《かな》ったりだ」

鼻先をあげて歯を剝《む》き出すその姿はいっそ滑稽だったが、そこから溢《あふ》れ出す声はやけに魅惑的で空恐ろしいような響きを持っていた。

静かにさせようと罪人を叱りつける鍵役を押しとどめ、平静を装って問う。

「おい、お前。どういう意味だ。なぜそんな姿をしている」

「なぜ、なぜかって、そんなもん俺にもわかりゃしねェや。何百年も代わり映えしねえツラ見せられて飽き飽きしてンだ。この首、ほら、ここんとこだ。バケモンと人の境目を綺麗《きれい》に斬ってくれよ」

罪人は首をさらけ出すように、斜めに顎を反らす。喉仏のすぐ下にその境はあって、艶々《つやつや》とした黒い毛並みと張りのある肌をはっきり分けていた。

「アンタなら余裕だろ？　殺しなんてもうやり飽きて厠《かわや》でしゃがむより簡単なんだろうがよ、なあ頼むよ、首斬り朝右衛門さんよォ」

興奮気味に膝でにじり寄ってくる罪人を、控えていた三人の介添え人足《にんそく》が慌てて止める。罪人が地に顎をつけながら低く笑うほど、人足達は顔を強《こわ》ばらせてその肩を強く押さえ込んだ。朝右衛門は罪人の言葉の意味を考えながらそれを眺めていたが、騒ぎを耳にした周囲の者達が緊張を強めていく様子に気づいてようやく制止した。

「もういい。さっさと済ませよう」

刑の執行が迫り錯乱する者は多い。それに慣れているはずの役人や介添え人足達が動揺するのは、誰よりも冷静でなければならない朝右衛門が困惑しているのが伝わっているからだ。

じわりと背筋に滲《にじ》んでくる汗に気づかないふりをする。首を斬ればよい。それだけだ。いつもの勤めとなんら変わりない。相手が何者であろうと構うものか。朝右衛門は鍵役に声をかけて下がらせた。

朝右衛門が一歩踏み出せば、人足達が罪人を改めて跪《ひざまず》かせる。がっしりとした体つきの人足が右腕を、背の高い人足が左腕を、顔に傷のある人足が肩を油断なく摑《つか》んでいたがもはや罪人に暴れる様子はなく、待ちきれないと言うかのように血を溜《た》めるための深い穴の上に身を乗り出していた。背の高い人足が脇差《わきざし》で首にかけられている縄を斬り、罪人の着物を引いて肩までさらす。

朝右衛門は柄に手をかけて音もなく刀を抜く。そして傍らに置いてあった手桶《ておけ》から柄杓《ひしゃく》で水を汲《く》むと、刀身を清めた。柄杓を手桶の上に戻し、確かめるように刃を一瞬日にかざしてから、ただ大上段にかまえた。

そして頭の中で経を唱え、その通りに唇を動かす。それは罪人の成仏を願うものではなく、かつて師匠に教わったことをそのままなぞるだけの行為。信心深かった六代目と違って、今代の朝右衛門は神も仏も信じない。

いつだって平静に与えられた仕事をこなしてきた。十九の歳、師匠についていった仕置き場で初めて人の首を斬った時すら心は動かなかった。今回もそう、いられるはずだ。

眼下にある太いうなじはまるで斬るための印のように、人の肌と獣の毛皮に分かれている。その下にある血の流れを、しなやかな筋肉を、硬い骨を思い浮かべる。それがあまりに生々しい命に満ちていたから、一瞬頭が熱くなる。どうしてだろう。相手が得体の知れない化け物だからというだけでは説明できない、胸の奥を掻《か》きむしられるようなこの感覚。不愉快で実体の無い懐かしさ。自分の喉が勝手に動いて、誰かのことを呼んだかのような気がした。

罪人がふと首を曲げたと同時に、罪人の面紙を結んでいた藁縄《わらなわ》が緩んだ。その左目。深い茶色の目と目が合う。馬とも鹿とも違う、人間らしい目の瞳孔《どうこう》が一瞬で大きく開く。朝右衛門は強い力に引き寄せられるように刀を振り下ろした。

ふいに罪人が身体を引き上げたから、ずれた切っ先が罪人の左肩を鎖骨ごと斬り裂く。粗末な着物の下で柔らかい肉が露出しているというのに声もあげず立ち上がった。そして朝右衛門の顔を正面から眺め下ろす。刀を引き抜くことすら躊躇《ためら》う、異様な気迫だった。罪人の肩から溢れ出す赤黒い血が、朝右衛門の足下を濡《ぬ》らしていく。

ああ、と罪人は息を吐いて、顔にまとわりついていた面紙と藁縄を力任せに千切り捨てた。いつのまにか腕を繋《つな》いでいた枷《かせ》も意味をなさなくなっていたらしい。もはや必死で押さえつけようとする人足達すらいないも同然だった。

顔の側面についた目が、同時にこちらを向いている。通常の馬や鹿ではありえない眼球の動き。そして罪人は、眩《まぶ》しげに目を細めた。

「殿……」

そう言ったようだった。周囲の人間の声など聞こえない。やけに空が高く、強い日の光が降り注いでいる。血の匂いが噎《む》せ返るほど満ちていた。

罪人は刀身を右手で摑んで無理に引き抜くと、そのまま刃を強く握りしめた。掌《てのひら》から溢れ出す赤い液体が刃文をなぞるように流れ落ちていく。

それが柄まで滴《したた》った時、罪人は名残《なごり》惜しげに手を離して一歩下がった。そして腕を交差させると、左右の人足の襟を摑んで勢いよく引いた。額《ひたい》と額がぶつかる鈍い音。一撃で人足達が倒れ込むのを見て我に返った朝右衛門は赤く染まった刀で横一文字に斬りつけようとしたが、胴体に触れる寸前で動きを止めた。罪人が、顔に傷のある人足を盾にしている。

「また、後ほど」

罪人がそう囁《ささや》いて、人足を突き飛ばした。朝右衛門はこちらに倒れ込んでくる人足を受け止めて姿勢を崩す。

罪人は背を向けて、軽い足取りで走り出した。集まってきた役人達を蹴り、刃をくぐり、投げ飛ばし、高笑いをあげる。そして七尺（約二メートル）を優に超える練塀の前に至ると、信じがたい跳躍力で飛び上がった。尖《とが》った忍び返しで脚の皮を裂いたが、気にした様子もなく塀の向こうに消えていく。

役人達が右往左往して後を追う様子を眺めながら、朝右衛門は人足を助け起こした。

「おい、無事か」

人足は震えながらも、肯定の言葉を返してくる。そうかと思えば、自分も罪人を追うと言って駆けていってしまった。残りの人足達はまだ地面に倒れているが、呼吸はしているようだし命に別状はないだろう。

騒然とする仕置き場で朝右衛門は、柄杓で水を掬《すく》い、刀に纏《まつ》わりついた血を流した。いつもならそれで済んだ。首と胴が離れれば、後は溢れ出した血液が血溜めの穴に流れ込んでいくだけのはずだった。

見回せば辺りには血溜まりができ、朝右衛門の手も足袋《たび》も赤く濡れている。

「無様だ」

誰に聞かせるでもなく呟《つぶや》く。斬り損ねたことなど今まで一度もなかった。師匠が存命であったら、この惨状を見てなんと言うだろう。

罪人はどこまで逃げたのか。あの出血量では助かるはずもないが。頭ではそう思うのに、胸騒ぎが消えない。これで終わるわけがないと、確信めいた何かを感じていた。

一

山田朝右衛門の屋敷は昼夜を問わず静まり返っている。敷地は広く、門構えも立派なものだったがそれを守る門番もいない。訪れる者といえば、死罪執行日と人数を伝えに来る使いくらいだった。

屋敷内は最低限、寝間と客間、仏間と道場が整えられている程度で、後は荒れるに任せていた。かつて奉公人が詰めていた部屋は埃《ほこり》にまみれ、ところどころ雨が漏れている。

整然と手入れされていた庭も荒れ果て、糸檜葉《いとひば》の葉が細長く垂れ下がって影を落としていた。

山田朝右衛門の屋敷には死体をぎっしりと収めた穴蔵《あなぐら》があるとか、壺《つぼ》に入った生き肝が肝倉《きもぐら》に貯蔵されているとか、人々は絶えず噂したがそのどれもが真実だった。漂う陰鬱な雰囲気に近くを通る者は自然声を潜め、盗人すらも寄り付かない。

静まり返る屋敷の中心で、朝右衛門は寝間に一人、襦袢《じゅばん》姿で布団の横に座していた。懐紙《かいし》を咥《くわ》えたまま、燈明皿《とうみょうざら》の明かりを頼りにして刀身を丁寧に紙で拭っていく。

昼の内に、この刀で五人の首を斬り落とした。頻繁な勤めで流石《さすが》に疲れが出ているが手入れを怠るわけにはいかない。先日罪人を取り逃がしてからまだ五日しか経《た》っていないというのに立て続けに刀を振るう役が回ってくる。鎺元《はばきもと》から峰に向かって打ち粉をかけながら、あの日の失態をまた思い返す。

結局、あの罪人の死体は見つからなかった。その上、誰も顔を思い出せなかったために人相書きも作れず、牢帳からもなぜか名前が消えていたらしい。奇妙なこともあるものだった。馬とも鹿ともつかない、珍妙で不気味なあの顔。自分以外の人間には、あれがどう見えていたというのだろう。

諸々《もろもろ》の不手際であの場を取り仕切っていた役人共が咎《とが》めを受けたようだが、朝右衛門には何の沙汰《さた》もなかった。この先もないだろう。現状、この辺りの処刑は殆《ほとん》ど朝右衛門が請け負っている。朝右衛門を処分してしまえば刑の執行が滞る。

そもそも、朝右衛門は公《おおやけ》に仕えているわけではない浪人だ。お上としても扱いに困っているのだろう。朝右衛門の名を継ぐ者は代々、将軍家の刀剣の切れ味を確かめるために死体を斬る御様御用《おためしごよう》を勤めている。いつのまにか処刑が本職のようになってしまっているが、本来は将軍の御道具を扱う責任の重い生業だ。それでも浪人扱いのまま七代目まで数えてしまったのは、死の汚《けが》れを遠ざけようとする人心が作用した結果だろうか。

長く戦の無い世が続いて、人を斬ったことがある武士は少なくなり、処刑人を勤められる者も限られている。それなのに六年ほど前に異国から黒い船がやってきてから世情は荒れ、死罪人の数は更に増えた。本当に、休む暇がなかった。

丁子油《ちょうじあぶら》を塗った紙を当て、峰の方から薄く塗り広げていく。二度三度と繰り返し、塗り残しがないか、明かりに刃を翳《かざ》して確かめた。油膜の張った刃文は揺らめく火を映して苛烈《かれつ》な光を放っている。朝右衛門は一瞬の陶酔を振り払い、長い刀身を慎重に鞘《さや》に納めていった。艶々と輝く刃は飾りではなく、容易《たやす》く肉を、骨を断つ。こうしてまた人を斬るための準備をしている。

作業を終えて皿の火を吹き消したが意外なほどに明るい。障子越しの明かりを見て、そういえば今夜は満月だったなと思い出す。しかし障子を開けることはせず、床の間の刀掛けに向かい、打刀を下段に置いた。上段は空けたままにして、脇差を手に布団に向かう。

脇差を布団のすぐ横に置き、夜着に潜り込んだ。右腕を下にして横になるいつもの姿勢。寝返りを打たぬよう厳しく躾《しつ》けられたのもあって、朝右衛門は眠りが浅い。元から二刻《ふたとき》（約四時間）も寝れば十分な体質ではあったが最近は寝つきも悪く、一睡もせぬまま横になっているだけということも珍しくなかった。

月の光を眩しく感じて強く目を瞑《つむ》る。今更悲しいことなど無いが、ただ虚《むな》しさが過《よぎ》った。なぜこうなってしまったのだろうと考える。剣の修行に明け暮れたあの頃。

師匠の娘に淡い想いを抱いたりもした。門弟の中には親友と呼べる者もいた。穏やかな日々の先で、いずれは兄弟子の内の誰かが朝右衛門の名を継ぐのだと思っていた。それなのに、一人、また一人と消えていき、たまたま拾って貰《もら》っただけの自分がこうして屋敷の主に収まってしまった。自分さえいなければ、こんなことにはならなかったのだろうか。

何度も繰り返したどうしようもない思考に浸ったまま、今夜も眠れない。張り詰めた意識に、微《かす》かに木の軋《きし》む音が届いた。風が吹いて家鳴りがしているのか、と思ったが違う。足音だ。

朝右衛門は脇差を手に取り、夜着から抜け出した。潜めるでもない足音は廊下をこちらに向かって確かに近づいてきている。朝右衛門は障子の前に立って僅かに姿勢を下げると、鯉口《こいぐち》を切った。

月の光を背にして、障子に大きく影が映る。がらりと遠慮も無く障子を開け放ったのは、馬とも鹿ともつかない顔の、あの罪人だった。

朝右衛門は相手をしっかり確認してから、問答無用で鞘から刃を抜きその勢いのまま首を狙った。これには罪人も声を上げて後ずさり、かばうように腕を前に出す。そうして斬り落とされた腕が、重い音を立てて床に落ちた。

「いッてぇェ……！　待て、ちょいと待てって」

間の抜けた悲鳴を上げる罪人が短くなった左腕で尚も顔をかばおうとするから、血が吹き出す切断面がこちらに向けられる。熱い血飛沫《ちしぶき》を浴びて眉間に皺を寄せながらも、朝右衛門は床を踏みしめ、両手で柄を握り、返す刀で斜めに斬り下ろした。

肉を斬り、背骨を断つ確かな手応え。二つに分かれた身体が、水気を帯びた音を立てて床に崩れ落ちる。

「おいおい、胴体を一刀両断とは、噂には聞いちゃいたが呆《あき》れた腕前だなァ」

その言葉は、長い鼻面から発せられた。胴を分けられても、罪人は平気な様子で首を振っている。下半身の方も、床の上でふてぶてしく脚を組んでいた。

「不死の、化け物……」

あの出血量で仕置き場から逃げおおせた時点でおかしいと思っていたが、まさか本当に。怪奇を目の当《ま》たりにして鼓動が一気に跳ね上がる。朝右衛門は先ほど斬り落とした腕を強く踏みつけ、罪人の鼻面に切っ先を突き付けた。

「ならば斬り刻み塵《ちり》も残さず燃やしてくれよう」

朝右衛門が気迫を込めて言うと、罪人は間の抜けた動きで右手をばたつかせる。朝右衛門の裸足《はだし》の下にある腕も小刻みに動いていて不快だった。

「待てって。せっかち屋め。燃やしたって効かねェよ。俺の殺し方なら後で教えてやるから、一旦くっつけちゃくんねェか」

「断る」

「このまま離れてると胴から下半身が生えてくるから、元の下半身が余っちまうぜ」

「……気色が悪いな」

気勢を削《そ》がれてしまった。余った方は様し斬りの鍛錬にでも使おうかと一瞬思ったが、出所の知れぬ下半身を所持しているのは流石に外聞が悪い。罪人の着物の裾で脇差についた血を拭ってから床に置き、作業にとりかかることにする。

切断面からは内臓が蠢《うごめ》いて覗《のぞ》いているが、零《こぼ》れ出すことはないようだった。ただ、血だけではない体液が無限に湧き出るように溢れてくる。膝を掴んで押し、胴の切れ目を合わせた。

「もうちょい丁寧にやってくれや。ずれちまう」

煩《うるさ》い、と返しながらも朝右衛門は改めて落ちている身体を見る。こんなに生き生きとした肉塊を見るのは初めてだ。思えば今後の勤めに生かせる貴重な経験かもしれない。背骨を基準に慎重に合わせてやる。

二つに分かれた胴体が近づいたのを察したかのように臓腑《ぞうふ》が震える。それはずるりと長く伸びて、ゆっくりと繋がる先を探した。合わさった切断面が水気を帯びて絡み合い、また一つになっていく様は蛞蝓《なめくじ》の交接に似ている。

「なあ、俺達、前に会ったことがあると思わねェか」

ガチリ、という耳に残る嫌な音と共に、骨が繋がる手ごたえがあった。あまりのことに呆然《ぼうぜん》としている間にも、皮膚が繋がっていく。二つに切断した胴体が、確かに繋がっている。

これは、なんだ。起こりえないことが起こっている。とても現実とは思えないが、手に残った感触、脳裏に焼き付いた光景は酷《ひど》く生々しい。

「なあッて」

我に返り、声をかけられていたことに気が付いた。平静を装いながら咄嗟《とっさ》に問い返す。

「なんだ」

「だからァ、俺とアンタ、前に会ったことがある気がしねェか。仕置き場じゃなくて、もっとずっと前に」

「いつの話だ」

「三百年ほど前」

「ふざけるな」

罪人の顔を見れば、冗談を言うでもない真剣な表情をしていた。その真《ま》っ直《す》ぐな目に少し怯《ひる》む。まさか本気で言っているのだろうか。

完全に胴が繋がったようで、罪人が勢いよく身体を起こした。血溜まりの上にしゃがみ込む朝右衛門の目の前に、化け物の顔がある。

「俺の名は服部半蔵《はっとりはんぞう》ってんだ」

「半蔵……？　昔話に残る忍《しのび》の名だ」

戦国の世を駆け、闇に生きた伝説の忍者。家系は今も続き名も継がれているがもはやその忍の技は失われたときく。戦の途絶えた今の世になってその名を騙《かた》る不届き者か、

それとも、

「服部半蔵本人だとでも言うつもりか」

「ああ……覚えちゃ、いねェか」

その声がいやに切実な響きを帯びているように聞こえて、朝右衛門は答えに詰まった。覚えているもなにも、会ったことなどあるわけがない。それも、三百年前など。朝右衛門はまだその十分の一も生きていない。朝右衛門の戸惑いをよそに、半蔵は自分の首を指さした。

「そうだ、俺の殺し方だったなァ。仕置き場でも言っただろう。俺のこの首、人とバケモンの境をスッパリ綺麗に斬り落とせばいい……待て、慌てなさんな」

再び床から刀を取り上げた朝右衛門は、制止されてしぶしぶ動きを止めた。

「この首は斬った者に取り憑《つ》く。俺を斬れば、次に馬鹿面になるのはアンタだぜ」

半蔵は落ちていた左腕を拾い上げた。捻《ひね》るような雑な手つきで繋ぎ合わせ、何度も手を握って動きを確かめている。

半蔵の言葉を噛み砕くうちに、朝右衛門の中でもやもやと蟠《わだかま》っていた疑念がはっきりしてきた。

「それでは、私に斬らせて首を押しつけるつもりだったのか。わざわざ罪を犯して捕まってまで」

「ま、そういうことさね。噂に聞く首斬り朝右衛門なら試してみる価値はあるかと。まさか、この首が見えるとは思わなかったが」

半蔵が床に拳《こぶし》をついて立ち上がったから、朝右衛門も立って刃を向けた。

「アンタちょっとしつこいぞ」

「重要なことを聞いていない。なぜここに来た。何が目的だ」

「それを話す前に斬りかかってきたんでしょォが」

呆れたように首を振る半蔵が壁にもたれかかって腕を組む。

「真っ直ぐ立て。壁が血で汚れる」

「や、だからね。長らく主を持たない流浪の忍だったが、これからは朝右衛門の旦那にお仕えしようかと、思った次第で」

「必要ない」

「アンタも何かに憑かれてるだろ」

半蔵はなおも壁に頭を預けたまま、こちらの胸元を指さしてくる。

「噂は聞いてるぜ。首斬り朝右衛門に近づく者は命を落とす。親しくする者も、敵意を向ける者も等しく不審な死を遂げる……それもこれも、アンタに憑いてる何某《なにがし》かの仕業だ」

朝右衛門の周囲の人間が、次々に事故や病気で消えていったのは事実だった。偶然にすぎないと、今まで思っていたのだが。

「私が、憑かれている……？」

考えたこともなかったけれど、妙に腑に落ちた。自分に何かが憑いていて、そのせいで皆が死んだとしたら。そうだとすれば、やはり自分さえいなければ。

「アンタはもう周りの人間を死なせたくねェんだろ？　側《そば》に置いてくれよ。きっと役に立つ」

もはや、死なせたくないと思うような相手も周りにいない。これ以上犠牲を出したくないなら、誰も近づけなければいいだけだ。

「お前に利益があるとは思えない」

「何、昔のよしみさ。好きに使ってくれていい」

「お前も死ぬぞ」

「死なねェよ」

半蔵はようやく壁から身を離す。着物が寸断されて間抜けな風体だったが、その胴は斬られた跡もない滑《なめ》らかな肌に覆われている。

「アンタがそう望まない限り、俺は死なない」

なぜ、そうまでこちらに執着してくるのだろう。あんな迂遠《うえん》な自殺を執念深く決行しようとした男が、どうして突然生きる気になったのか。三百年前に会った誰かと自分を重ねているのなら、とんだお門違いだ。

しかし……死なない、と言ったその言葉が脳内で反響する。ここまで、数多くの人を看取《みと》ってきた。兄弟子の無残な遺体を引き取り、師匠の娘の儚《はかな》い笑みは病床に消え、掠《かす》れた声で紡《つむ》がれる師匠の遺言は耳を近づけて聴いた。数えきれないほどの罪人の首を斬り落とし、動かなくなった肉体を斬り刻み、いつも死ばかり見てきた。

胴を斬り離した重い感触がまだ手に残っている。それなのに半蔵は平然と立ち、こちらの返事を待っている。殺しても死なないような相手なら、側に置いてやってもいいかもしれない。朝右衛門は数瞬迷った後、構えを解く。

「お前のせいで寝間が汚れた。掃除しておけ」

言い置いて、廊下を歩いていく。はいはい、という返事が背中にかかった。

裸足で歩く度、血の跡が廊下に残るが大股で進んでいく。やけに浮ついた気分だ。腕を斬るのも胴を斬るのも日常茶飯事だが、こんなに長く誰かと話をしたのは久しぶりだったから、そのせいだろう。相手が人とも化け物ともつかない輩《やから》なのが笑えるが。

あの化け物があっけなく死んでしまうのならそれまでだ。素性の知れぬ輩が勝手に近づいて愚かにも命を落とすだけのこと。それでも、少し期待していた。

刀と襦袢と身体を洗わなければならない。井戸水を浴びれば、熱くなった頭も少しは冷えることだろう。

二

道場は暗くがらんとしていたが、床は丁寧に磨かれている。その中央に台があり、巻藁が横向きに設置されている。

思い浮かべる。台から巻藁が一尺（約三十センチ）はみ出ている、そこが死罪人の伸ばした首。唇の動きで経をなぞり、ただ、構える。刀を上段に振り上げ、真っ直ぐに下ろせば、斬られた巻藁が音もなく落ちた。

鍛錬も本番も同じように。戒《いまし》めとしてよく言われることだが、まさに朝右衛門にとっては巻藁を斬るも首を斬るも同じことだった。

師匠はそんな朝右衛門の性質《たち》に危機感を覚えていた節がある。刀剣をうまく扱えるだけではこの家業はできない、自らの手で命を絶つということの意味をもっと考えなさい、と度々言われた。

師匠が亡くなる間際。枕元に呼ばれて聴いた遺言。まだ若い弟子に跡を任せる不安と後悔。それでもきっといつか、お前にも命の重みが、山田朝右衛門という名の負う責任がわかる時が来る。

それから十年が経ったがまだわからない。何の感慨もなく、ただ鍛錬と本番の区別もなく斬り続けるだけの日々。

「旦那ァ、昼餉《ひるげ》ができたぜ」

道場の入り口から半蔵が声をかけてくる。朝右衛門は刀を引き、袖を纏めていた襷《たすき》を引き抜いた。手早く巻藁を片付けて、道場を後にする。

半蔵を置くようになってから半月ほど経ったが、呆れるほど器用で便利な男だった。炊事洗濯、針仕事に髪結い、値切り交渉や刀剣の手入れまで何でもそつなくこなす。荒れていた屋敷の掃除と修繕もあっという間に済ませてしまった。

金を預けすぎると博打《ばくち》だの酒だの女だのに溶かしてしまうが、それさえ気をつければどんな使用人を雇うより有用だった。何より、今のところ死ぬ気配がない。

心持ち早歩きで廊下を歩き、部屋に至れば箱膳《はこぜん》が二つある。半蔵がいそいそと飯櫃《めしびつ》を置くのを見ながら箱膳の前に座れば、半蔵ももう一つの膳の前に座した。本来なら家臣と食事を共にすることはないが、そもそも家臣なのか居候なのかも判然としないので、毎度こうして膳を並べている。

今日の昼飯は白飯となすの浅漬け。納豆汁《なっとうじる》。よく焼かれためざしが二本。

「豪華だな」

「そうかねェ。今日日普通だろ」

武士は質素倹約を旨とするもの。あまり贅沢《ぜいたく》をするなと何度も言っているのに、毎日のように魚か卵が出てくる。半蔵が食べたいだけなのではないだろうか。

「アンタいつも千振《せんぶり》を噛み締めてるみてェな顔してるから、ちょっとは美味《うま》いもん食って眉間と頬を緩めた方がいい」

返事をせず箸と椀《わん》を取り、温かい納豆汁に口をつけた。甘めの味噌に香るカツオの出汁《だし》。具はひきわり納豆と豆腐。後には生姜《しょうが》の風味が残る。

「美味いだろ」

素直に頷《うなず》いた。獣面の粗野な男だが、料理はやけに繊細だ。今まで食事のことは身体を維持するための義務としか思っていなかったのに、最近は鍛錬中も今日の飯は何だろうかという雑念が入るので困っている。僅かに太った気もする。

半蔵は満足そうに笑ってから、自身も食べ始める。少しの間、椀や箸を動かす音だけが響く。しかし半蔵は食事中に黙っているということのない男だった。

「しっかし旦那、いつも鍛錬かお勤めばっかだが、なんか楽しみでもねェのかよ。お侍の趣味っつったら謡《うたい》か、茶か……それも地味なもんだが」

静かに食え行儀が悪いぞ、という文句もいい加減言い飽きてしまったので、朝右衛門は短く答えた。

「句は少々、嗜《たしな》んでいる」

「おっ、少々ジジくさいが良いじゃねェか」

「罪人の辞世の句を解さなければならないからな」

「お勤めじゃねェか」

呆れた目を向けられるが気にせず食事を続ける。めざしも旬なだけあり脂がのって、白飯がよく進んだ。

「旦那まだ若えんだからよォ……そういやアンタいくつだっけ」

「二十九だ」

「噂に聞いてたのと大分違《ちげ》ェな。四十を超えてるって話だったが」

「名を継ぐ時に若すぎたから歳を水増しして届けてあるんだ」

「かなり大胆にサバ読んだなァ」

そうこうしているうちに茶碗《ちゃわん》が空になったので半蔵に差し出す。半蔵は櫃からかなり多めに米をよそって、茶碗をこちらに返してきた。

「明日あたりちょいと出かけねェか。遠出して釣りか、いっそ芝居見物でも……なに、少々変装すりゃ武士だなんてバレやしねェからはしゃいだって構わんぜ」

「忘れたか。明日も勤めがある」

　へェそうだったか、と呟きながら天井を見上げているが、おそらく覚えていて言ったのだろう。朝右衛門はさっぱりした浅漬けと共に白飯を口に入れた。しっかり噛んで飲み込み、はっきりと告げてやる。

「様し斬りだ」

　将軍家の刀剣を預かり罪人の死体を斬って様す、名誉ある大事な勤めだ。刀は飾りではない。人を斬るための道具であれば、人体で斬れ味を確かめなければ意味がない。山田家の本来の役目は斬首ではなくこの様し斬りであった。

「誰かに代わってもらえねェのかい」

「様し斬りを家業とする家は、もはや山田家だけになってしまった」

「情けねェな。ちょいと前の時代なら、侍は誰だって十四、五にもなれば様し斬りや斬首の稽古をさせられたもんだぜ」

　実際にその時代を見てきたと言いたいのだろうか。三百年生きているという言葉や、初代服部半蔵であるという主張を信じたわけではないが。

「戦国の世なら、そうであったろうな」

　その頃は、人を生きたまま斬り刻む生き様しも当たり前に行われていたと聞く。生きる時代により常識も移り変わっていく。殆どの侍は人を斬ることをしなくなり、腰に差す刀も短くなっていった。はや七代を数え、自分が師匠から受け継ぎ必死に守ってきたこの家業も、いずれ必要なくなる時が来るのだろうか。そうなった時、人を斬ることしか知らない自分はどう生きていけばいいのだろう。道端で居合の技を見世物にして銭を乞い、誰を殺すこともなく。そんな暮らしができるだろうか。

「そンで、明日は何人斬るんだい」

「……七人だ」

無用の心配だった。当面の間勤めに困ることはなさそうだ。

「しゃあねェな、明日も手伝ってやるよ」

「よく自分が捕まっていた牢屋敷に出入りする気になるものだ……」

ここ最近は半蔵を勤めに伴うようになっていた。自分の首が斬られるところだった刑場にまで平気でついてきて、朝右衛門の側仕《そばづか》えとして振る舞っている。

誰も半蔵の顔も名も覚えられないらしく、あの時顔を見ていたはずの鍵役や人足すら何も言わない。ただ、朝右衛門の下で働いていると知ると気の毒そうに眉をひそめるだけだった。

「便利なものだな。顔を覚えられないというのは」

「そう思うかい」

張り詰めた空気を感じて茶碗から顔を上げた。半蔵は長い耳を後ろに下げている。

「家族も友人も自分の顔を突然忘れちまッて、誰にも覚えられず、記録にも残らず。それが便利ッつうならそうだろォよ」

自嘲《じちょう》するような笑みだ。謝罪も慰めもこの場に相応《ふさわ》しくない気がして、ただ問いかけた。

「今まで、お前の顔が見える者はいなかったのか」

一拍置いて、すっかり気を取り直した様子の半蔵は軽い口調で答えた。

「ああ、いや。時たま俺のこの顔が見える奴《やつ》もいるぜ。そういう血筋だったり、旦那みたいに何かに憑かれてたり、色々さァ。大抵、俺より先に死んじまうからあまり関わりすぎんようにゃしてるが」

そこで言葉を切ると穏やかに目を細め、ふっと微笑《ほほえ》んだ。

「でも、何にしろ。アンタが俺のことを忘れない人で、本当に良かった」

朝右衛門は、そうか、とだけ答えて食事に戻った。納豆汁はまだ温かく美味《おい》しい。自分が憑かれているということは、半蔵にとって都合がいいことらしい。それによって過去に大勢の人が死に、これからもその可能性があるとしても。

三

つい一刻《いっとき》（約二時間）前、すぐ側の仕置き場で七人の処刑が行われた。血溜めの穴に残る血もそのままに、その遺体で様し斬りを行うのだ。

蒸し暑い日だった。入道雲が空を覆い、空気は重く湿っている。

将軍家の御道具の様し斬りは既に終わり、場には奇妙な倦怠《けんたい》感が滲み始めている。裃《かみしも》を身につけた御徒目付《おかちめつけ》衆《しゅう》や御小人《おこびと》目付衆、刀鍛冶《かたなかじ》なども、役目は終わったとばかりに余所見《よそみ》をしたり、朝右衛門の手並みを気まぐれに眺めたりしていた。

ここからは側衆に頼まれた刀剣を様すことになっている。本来の勤めのついでとばかりに任されたが、当然手を抜くつもりはない。

「半蔵。次の骸《むくろ》を土壇に」

はいはい、と答えた半蔵はすぐに首の無い遺体を抱えて戻ってきた。土壇に横向きに置き、挟み竹に縄を巻いて固定していく。遺体が足りない場合は糸で縫い合わせて何度も使うこともあるが、今日は十分だった。

見渡せば、薙刀《なぎなた》を持った武士がしずしずと近づいてきている。差し出された薙刀を押し頂いて受け取った。柄が螺鈿《らでん》で華やかに飾られたそれは、姫君の嫁入り道具だろうか。黒漆塗《くろうるしぬり》の鞘から抜いてみれば、身幅が狭く、反りが浅い優美な静形《しずかがた》の刀身が現れる。

そうこうしている間に様し斬りの準備が整った。頑強な体つきの男の骸が土壇の上に固定されている。朝右衛門に首を斬られる瞬間までさんざん悪態をついて暴れ回った往生際の悪い男であったが、こうなってしまえばもう肉の塊でしかなかった。

「まいりましょう」

朝右衛門はそう宣言し、薙刀を中段に構えた。狙うは一の胴。胸と腹の間、身体の中央部だ。

ただ平静に。生者を斬るのも、死人を斬るのも同じこと。上段に振りかぶり、柄の重さで増す勢いのままに振り下ろす。

刃の軌跡が弧を描き、軽やかに死体を寸断する。土壇に刃が食い込む音の後、一瞬静寂が広がった。

お見事、という誰かの声を皮切りに、周囲から歓声が上がる。それは薙刀の切れ味を讃《たた》えるものだったのか、朝右衛門の腕前に感嘆するものだったのか。

朝右衛門は人々の声もろくに聞かず、ただ、美しい、とだけ呟いた。それは誰に聞かせるでもない、ふいに零れだした言葉だった。

素晴らしい。朝右衛門ですら、これほどまでに鮮やかに斬れる薙刀には初めて出会ったかもしれない。戦の無い世には勿体《もったい》ないと思ってしまうほどだ。

刃を確認しても、欠けが無いどころか、血も脂もついていない。穏やかな日差しを反射して、白い刃文がきらめいている。不浄の塊を切り裂いたというのに、まるで打たれたばかりかのように清らかだった。

「ああ、綺麗だなあ……」

ふいに、濁った声がした。そちらを向けば、さきほど斬ったばかりの死体がある。

「オレもまっさらになってよお、生まれ直してえなあ」

その胴が、まるで裂けた口かのように動いて、さきほど仕置き場で聞いた悪態と同じ声でぼやいている。

「そうか、いいか、ありがてえ、そうしようなあ、今度こそ幸せになろうなあ」

その言葉と同時に、その胴の切り口から血色の塊が飛び出して、朝右衛門の持つ薙刀の柄に絡みつく。それは粘性を帯びて伸び、刃先にまで纏わり付いた。そうかと思えば一瞬のうちに溶けて、薙刀の内にしみこんでしまった。

一体、何が起こったというのだろう。後には元通りの優雅な薙刀があるばかりだ。

「朝右衛門殿、いかがなされた」

薙刀を渡してきた武士に声をかけられて、はっと我に返った。

「いえ……見蕩《みと》れるほどの、大業物《おおわざもの》にございますな」

そう誤魔化して薙刀を返す。辺りを見渡すが、自分以外に今の光景を見た者はいないようだ。いや、半蔵だけは、顎に手を当てて意味ありげに薙刀を睨《にら》み付けていた。

四

朝右衛門は仏間に座って目を閉じ、手を合わせていた。金箔《きんぱく》で彩られた立派な仏壇の正面奥には、山田家累代の位牌《いはい》。その手前には不動明王、薬師如来《やくしにょらい》、阿弥陀《あみだ》如来などの数々の仏像が置かれ、更にその周辺には夥《おびただ》しい白木の位牌が並んでいる。これまで山田朝右衛門が首を斬り落としてきた罪人達の供養を願うものであった。宗派にはこだわらず、様々な寺を頼っている。

歴代の山田朝右衛門は信心深い傾向があった。日常的に人の命を奪っていると、自らの身の罪深さに耐えられなくなるのだろう。特に先代、師匠は敬虔《けいけん》な人で馴染《なじ》みの寺に頼んで供養塔を建立するほどだった。

今代の朝右衛門にはわからない。ただ、決められた通りに刀を振り上げ、下ろすことの何にそれほどの重みを感じればいいのか。わからないが、師匠の教えに従って仏間は常に清潔に整えていた。白檀《びゃくだん》の線香の香りは落ち着くので嫌いではない。

「旦那ともあろう人が、神仏頼みとはらしくもねェ」

声に顔を上げれば、半蔵が仏間の入り口にもたれて立っている。

「神仏とやらが助けてくれるなら、手っ取り早くてありがたいと思ったのだがな」

先日も師匠が世話になっていた寺に挨拶に行き、薙刀の怪について相談したのだが何の助けも得られなかった。祈禱《きとう》はしてもらったが気休めにしかなっていない。

「あの薙刀に憑いた何か……あれは一体」

「別に、ただの見間違いだろォさ」

半蔵は白々しくとぼけている。あの時確かに見ていたはずなのに。

「旦那の勤めは様し斬りまでだッてのに、何を気にしてンだか」

「文句なしの大業物だと書付に記して提出してしまった。様し斬りで問題なしとした刀剣のせいで災いが起これば家名に傷がつく」

「考えすぎだぜ」

「それに……あれが罪人の霊であったとしたら、斬り刻んだ人間の魂であるなら、私の不信心が原因かもしれない」

「おいおい、何気弱なこと言ってンだよ」

仏壇に向き合う。師匠はあんなに早く死ぬべき人ではなかった。きっと自分がいなければ、今でも弟子と家族に囲まれて生き、人々の助けになっていたはずだ。

「師匠はいつも、罪人の冥福を願い、浄土へ送り届けてやることが朝右衛門の役目だと言っていた。それを理解せず、表層をなぞり続けていただけの私は、やはり山田朝右衛門の名を継ぐに相応しくなかった」

昨夜も眠れなかった。疲れた身体に宿る思考は良くない方へ流れ、自分自身を追い詰めていく。本当にらしくもないことを口走っている。それも、先月会ったばかりの得体のしれない男に。

「家業がそんなに大事かい。別に山田朝右衛門に相応しくなくたって、好きに生きればいいだろォよ」

「私にはもうこの生き方しかできない」

「面倒なお人だねェ」

半蔵はひらひらと手を動かし、軽薄に笑って見せた。

「なンにも心配いらねェよ。アンタはいつも通りお勤めに励んでいればいい。わざわざ旦那が手を下さずとも、時が解決してくれるだろォさ」

聞く価値もないその場しのぎの慰めだ。その言葉を無視して、朝右衛門は位牌に書かれた文字を繰り返しなぞる。山田家累代之霊位、と書いてあるはずのそれがどうしてか、意味のない線の塊にしか思えなかった。

五

一定の距離を保ち、半蔵の背を追って道を歩いていく。もう夕刻も近い。立ち並ぶ店の商人は片付けを始め、すれ違う人々は帰路を急いでいるようだ。

近頃、半蔵の様子がおかしい。日中は甲斐甲斐《かいがい》しく家事をこなす半蔵だが夜になると出かけていくことが多い。それは構わない。渡した小遣いの範疇《はんちゅう》であれば賭場でも遊郭でも好きなようにすればいい。しかし時折、酒でも煙草《たばこ》でも、遊女の焚《た》く香でもない不思議な香りを纏わせて帰ってくることがあった。薬草のようだが、町医者や薬種《やくしゅ》問屋の薬棚でも嗅いだことのない香り。自身も薬と呼ばれるものを扱う身であれば、いやがうえにも気になった。

何の香りだ、と最初は何気なく問いかけたのだが、あからさまに話題を逸《そ》らされる。そんなことを何度か繰り返すうちに知りたくなった。一体何の香りなのか。半蔵はそこで何をしているのか。一月《ひとつき》以上共に暮らして馴染んだような気がしてきていたが、その実半蔵のことを何も知らない。半蔵が語る言葉が真実かどうか判断できる材料は何もない。じわりと、不信感が滲んでくる。

だからこうして後を追いかけ、どこに行くのか突き止めようとしているのだった。この試みは既に二度失敗している。後を追っている途中で撒《ま》かれてしまうのだ。こちらの動きに気づいているはずなのに、家に戻ってきた半蔵は何も言わない。だからこちらも躍起になって尾行を繰り返しているのだった。

今日の朝右衛門は襤褸《ぼろ》の着流しを纏い、鼓《つづみ》を抱えて深編笠《ふかあみがさ》で顔を隠している。どこから見ても辻謡《つじうたい》で銭を乞うて糊口《ここう》をしのぐ浪人にしか見えないはずだ。今のところ、半蔵は振り返る様子もない。

烏が煩い鳴き声を上げて頭上を飛んでいる。そんな中でも、過剰に足音を立てぬように慎重に足を運んでいく。木戸をくぐって細い路地に入っていくのを追って曲がると、半蔵と目が合った。腕を組んで仁王立ちしている。数秒、無言で向かい合った。

朝右衛門はすいっと目を逸らしその横を通り抜けようとしたが、袖を摑まれてしまったので仕方なく立ち止まった。

「どこ行くンだい」

半蔵は顎を撫《な》でながら、こちらを見下ろしている。

「随分素敵なお召し物じゃねェか。そのまま俺と諸国放浪でもどうだい」

「結構だ。忙しい身なのでな」

「それなら帰って明日のお勤めに備えた方がいいンじゃねェか」

こんな言い争いをしていても仕方がない。前回撒かれた場所もこの辺りに近かった。半蔵の目当てはこの付近にあるに違いない。朝右衛門は摑まれたままの袖を振って半蔵を引き離すと、路地の先をずんずんと進んでいった。

「旦那、どこ行くンだ」

「お前の目的地だ」

「ちょっくら賭場に行くだけだっての」

「ならば私も少々遊んでいこう」

活気に満ちた表通りと違い、寂れた路地は人々が細々と暮らす裏長屋にしか続かない。痩《や》せた虎猫がこちらに気づいて一目散に逃げていく。日頃目にしない景色を見渡しながら歩いていくと、ふいに賑《にぎ》やかにお喋《しゃべ》りを交わす声が耳についた。

明るい女性たちの声に混ざる異質な声。やや低く、微かに震えてよく通る不思議な声に誘《いざな》われるように、朝右衛門はその一際荒れた様子の裏長屋に踏み込んでいった。

「旦那、こんなとこなんもねェって」

「黙ってついてこい」

引き留めようとする半蔵の反応に、確信めいたものを覚える。どぶ板を踏み抜かないように気を付けながら足を運ぶと、井戸端会議をしている連中に出くわした。

ぼろぼろの法衣を身に着けた人物を囲み、おかみさん達が何やらどっと笑っている。法衣のその人は、男とも女ともつかない奇妙な顔立ちをしていた。歳は朝右衛門とそう変わらないだろう。法衣の胸元からなにやら紙切れを取り出している。紙を受け取ったおかみさんは、いつもありがとねえ法師様、と言って大事そうに掲げ持った。

朝右衛門はそこに割り込むと、その法師の腕を摑んだ。それと同時に鼻に届く薬草のような深い香り。

「お前だな」

「おや、何用でしょう」

慌てる様子もない法師の態度がそぐわないものに思え、腕を摑む力を一際強めた。周囲のおかみさん連中が、ちょっとあんた止《や》めなさいよ、いくらお侍さんだからって、法師様に何かしたら容赦しないよ、と果敢に突っかかってくる。それらを意に介さず、朝右衛門は言い放った。

「少し、話を聞かせてもらおうか」

法師がゆっくりと瞬《まばた》きをする。あーあ、と半蔵が投げやりに呟いた。

六

法師はあっさり承諾すると、いきりたつおかみさん連中を説得して解散させ、二人を狭く散らかった部屋に招き入れた。埃をかぶった竈《かまど》や畳まれていない薄い布団があるのは良いとして、辺りには紙束と硯《すずり》と筆、籠目《かごめ》の笊《ざる》と小太鼓、鹿《しか》の角《つの》や折れた矢が無造作に置いてある。そして法師と同じ薬草の香りが部屋中に漂っていた。日常的に薬を調合しているのか、それとも何か儀式めいたことに使うのか。

「さあさあどうぞ、お座りください」

そう言われて一番上座に案内された。上座と言っても今にも崩れそうな壁が背に当たるだけだが。半蔵が勝手に沸かした湯を欠け茶碗に入れて全員に配る。法師は礼を言って茶碗を受け取ると、座ったまま朝右衛門に向き直った。

半蔵も腰を下ろせば、三人向かい合ったまま気まずい沈黙が広がった。ひとまず名乗らなければと判断する。

「私は……」

「山田朝右衛門様でしょう」

途中で遮《さえぎ》られ、法師に名を言い当てられた。何故《なぜ》それを、と問う前に法師はぺらぺらと語りだす。

「そう疑問に思うこともありますまい。半蔵から常々お話は聞いておりましたし、そうでなくても朝右衛門様は有名ですからねえ。一目見てわかりました。なにしろ……」

法師は意味ありげに言葉を切り、朝右衛門の肩越しに遠くを見るような目をした。そうかと思えば、天を仰ぐように感嘆の声を上げる。

「ああ、半蔵はいつも愉快な事件を持ってきてくれるので、暇つぶしになってありがたいことですよ。変わらぬ日々を繰り返す退屈な長屋暮らしなものですから。まさか噂に聞く朝右衛門様にまでお会いできるとは、いやはや」

その大げさな物言いに呆れたように、半蔵は粗野な動作で法師を指し示した。

「このよくよく口が回るのは晴明《せいめい》ってんだ」

せいめい……と呟きながら法師の方を見ると、心持ち胸を張っている。

「ええ、かの安倍《あべの》晴明の子孫にしてその名を継ぐ者にございます。以後お見知りおきを」

安倍晴明の子孫が裏長屋で法師陰陽師《おんみようじ》をやっているわけがないとは思うが。半蔵の方を窺《うかが》えば、大げさに肩をすくめた。

「少なくとも、三百年前に会ったこいつの先祖も安倍晴明を名乗ってたぜ」

怪しい話だが、半蔵にとって馴染み深い人物であるのは間違いないようだ。

「お前は晴明に会って、何をしていた」

「顔馴染みに会いに行って悪いかよ」

「ならばなぜ隠そうとした」

「おいおい、みなまで言わなきゃわかンねェのか？」

半蔵は意味ありげに陰陽師に目配せしたが、陰陽師はあっさり答えを口にした。

「半蔵は薙刀の怪異について訊きにきていたのですよ。朝右衛門様のお手を煩《わずら》わせることなく片を付けたいらしく、お武家様にまであれこれさぐりをいれて、随分かわいらしい忠義者ですねえ」

陰陽師は口元を袖で隠してころころと笑う。拍子抜けした。どんな大層な秘密があるのかと思いきや、裏で怪異について調べていたとは。

「あれは私が鑑定を請け負った薙刀だ。お前だけに任せておくわけにはいかない」

「へいへい、そりゃァ旦那はそう言うでしょうよ」

半蔵は立てた膝に頬杖《ほおづえ》をついてそっぽを向く。長い耳をこれ以上ないほど後ろに倒していた。なんだか、無闇に疑って悪かったような気がしてくる。気まずい雰囲気を意に介さず、陰陽師が部屋の隅から硯と筆と紙を引き寄せた。

「半蔵から聞いてあらかたの事情は把握しました。よく効く札を書いて差し上げましょう」

既に殆ど黒い状態で置いてあった水に、硬い墨を少しずつ溶かしていく。

「日頃は人々に呪符を渡し、代わりに御寄進を頂くことで倹《つま》しく暮らしているのです、ええ」

四角い墨がすれる単調で軽い音。墨の香りが辺りに漂う。

「悪夢を見たときの札。月水が長引いているときの札。眼病に効く札。屋根に犬が上ったときの札。男女の縁を結ぶ札。逆子を直す札。釜《かま》の前に茸《きのこ》が生えたときの札。様々な望みにお応えできます」

全体的に庶民的で不可解な例も混ざっているが、とにかく自分は優秀な陰陽師であるということを言いたいらしい。ようやく満足のいく濃さになったのか、陰陽師は筆を取った。短冊にさらさらと何かを記していく。

それはあっという間に書き上がった。易産符、と書いてある。その下に三重の枠に囲まれた佛の字。そして下部に、宇、弜、佛。「此符ハ太元明王《だいげんみようおう》秘符トテ手斗《ばか》リ指シ出シタルモハウニ生ルル也」と最後にある。これはどう見ても。

「安産の守りではないか」

「ええ。指先しか出ないような危うい難産もこれさえあれば安心」

「我々が求めているのは悪霊祓《ばら》いなのだが」

「それで十分です。薙刀にそれを貼り、出てきたところを斬り捨てるが良いでしょう」

陰陽師は硯と筆を部屋の隅に寄せた。札に書かれた字はまだ乾いていない。じわじわと疑念が湧いてくる。勢いでここまで来てしまったが、そもそも陰陽師などというものが信用に値するだろうか。

「信じられませんか。それでも構いませんが、時が経つほど悲惨なことになる」

陰陽師は尚も変わらぬにやついた笑みで、淡々と続ける。

「薙刀に憑いたものは、おそらく長い時をかけて仕置き場に染みついた死罪人達の怨念が凝り固まったものです」

「長い、時をかけて？」

「ええ。数十年、数百年。殺された罪人の想いが積もりに積もり。何かのきっかけで動き出した。近頃物騒ですから無理もないですねえ。恐ろしいことです」

それでは、自分だけのせいではないのだろうか。己の不信心のせいで成仏できなかった霊魂が化けたものではないのか。だが、そうだとしたら。師匠が、歴代の山田朝右衛門がかかさず行ってきた供養も意味がなかったということなのか。

「仕置き場でのその怨念の言葉からも、これから何が起こるかは明白。いずれ姫君の腹に入り込んで生まれ直そうとしているのでしょうね」

「そんなことができるのか」

「さあ、どうでしょうね。姫君の腹が膨れて病むか、あるいは姫君が宿した赤子が流れてしまうかが関の山ではないですかねえ」

どちらにしろ酷いことになる。婚礼を迎えたばかりの姫君をそんな目に遭わせたくはない。真偽はともかく対抗策が必要だ。朝右衛門は置かれたままの札に近づいて手を伸ばしたが、陰陽師はそれを取り上げた。

「お譲りする前に、いくらか御寄進など頂ければ」

「いくらだ」

「ふふ、お気持ちですからねえ。こちらとしては少額でも一向に構いませんが」

「具体的な額を言え」

「十両、でどうでしょう」

十両。裏長屋に住んでいる者ならば、数両でも四人家族で一月は暮らせることだろう。たった今、さらさらと書かれたものにしては高い気がするが……相場はこんなものだろうか。半蔵に目をやれば、渋い顔をしている。

「陰陽師、アンタ……普段は大根一本でほいほい書いてやってるだろうがよ」

「日頃からお世話になっているおかみさん方と初めて会うお侍様で違うのは道理にございましょう」

やはり法外な額ではあるようだ。しかし効き目があるならば安いものだろう。朝右衛門は欠け茶碗に口をつけ、白湯《さゆ》で唇を湿らせてから口を開いた。

「払おう。後ほど半蔵に届けさせる」

「おいおい、いいのかよ旦那」

構わない、と答える。山田家は特殊な家業をしているので実入りが多い。首斬りと様し斬り、秘伝の薬の販売。武士の常とて倹約を心掛けているが、そこらの浪人どころか、場合によっては幕府の役人よりよほど稼ぎがある。十両程度、何の問題もなかった。

「だいたい、旦那の仕事は様し斬りまでだろ。そこまでやってやる義理があンのかい」

「歴代の朝右衛門の不始末ならば、私が片を付けなければならない」

「そんなン気にすンなって。だいたい札を貼れって……もう大名家に渡っちまった薙刀にンなことできねェだろが」

「お前が忍び込んで借りてくればいい」

半蔵は絶句している。案外と意気地《いくじ》のない。

「できないのか。今まで散々大名屋敷から盗みを働いてきたくせに」

「いや……金を盗むのと薙刀を盗むのは違うだろうがよ。どうすんだあんな長物」

「持ち出すのが難しければお前の手引きで私も忍び込むが」

「は、いや待て、それこそ取っ捕まったら家名が地に落ちるぞ」

「捕まらなければいいのだろう」

あの、という声がかかった。陰陽師がのんびりとした声で言う。

「盗みの相談なら帰ってやって頂いてもよろしいですか。わたくしまで一味だと思われたらたまらないのでね」

出口を指し示す陰陽師に半蔵は詰め寄り、その手から札を奪い取った。

「そもそも札貼って出てきたところを斬りゃあいいンだろォが。俺だけ忍び込んで始末すりゃ」

「無理とは言いませんが」

陰陽師は目を細め、頬に指を当てて首を傾けた。

「あなたのような粗野なド素人だけでは不安です」

「旦那がいても同じだろ」

「いいえ、できますよ。朝右衛門様になら」

突然、自分の話になった。陰陽師がこちらに薄い笑みを向けてくる。

「朝右衛門様は、ずいぶん恐ろしいものに憑かれていらっしゃる」

どうしてそれをと一瞬驚いたが、半蔵から話を聞いているならば不思議なことではない。気を取り直して問う。

「それが、一体」

「なればこそ、怨念を綺麗に断ち切ることができるでしょう」

どういう意味だと問う前に、陰陽師は含み笑いと共に続けた。

「何より、お二人で行った方が面白いことになりそうだ。愉快なお土産《みやげ》話、お待ちしております」

どうやらそれが本音らしかった。

七

薬研車《やげんぐるま》の把手《はしゅ》に体重をかけて前後に転がすたびに、青紫色の粉がすり潰されて更にきめ細かくなっていく。朝右衛門は襦袢姿のまま、寝間でひたすらに薬を作っている。どうにも眠れないのでなんとなく始めたらやめ時を見失ってしまった。

半蔵が来た日に飛び散った体液は今も床に染みついて僅かに血腥《ちなまぐさ》い匂いも残っているが、今更部屋を替える気にもなれずそのまま使っている。既に布団も折り目正しく敷いてあるのに、今夜もろくに使わないまま終わりそうだ。

燈明皿のぼんやりとした明かりに、薬研車の丸い影が映って揺れている。石と粉がすりあわされる単調な重い音が心地よい。それに浸って無心に作業をしていたが、煩い足音に集中を乱された。ちら、と傍らに置いた脇差を見たが手に取りはしない。足音は無遠慮に近づいてきて、がらりと大きく襖《ふすま》が開けられた。

「こんな夜更けに。随分働き者なこって」

半蔵がずかずかと入ってきて横に座り込んだが、朝右衛門はそちらを見ることもせず粉を挽《ひ》き続ける。

「俺がいない間ちゃんと飯食ってたか。ちょっと痩せたンじゃねェの」

「随分かかったものだな。また商人に化けて潜り込んでいたのか」

半蔵は大名屋敷の下見に行くと言って出て行ってからしばらく帰ってきていなかった。

「いや、その手口は散々やりつくして向こうも警戒してるからな。七日間縁の下に潜んで内情を探っていた」

それを聞いてようやく顔を上げれば、なるほど半蔵は随分汚れて着物もくたびれた様子だった。相変わらずの馬鹿面だが、疲れが滲んでいるようにも見える。

「報告なら身体を洗ってからにしろ」

「忍が情報持って主のとこに帰ってきてんだからまっさきに聞いて貰いてェだろうがよ」

忍者というものは、狩った鼠《ねずみ》を飼い主に見せに来る猫と大差ない習性を持っているようだ。仕方なく、顎を軽く上げて続きを促した。

何が楽しいのか、半蔵は口を大きく開いて笑う。長い鼻面でできた影が障子に映っていた。

「あの屋敷、狙い目だぜ。姫の婚姻で忙しく家人が動き回っていて多少不審なことがあっても目立たない。塀が高く鍵も凝っているがそれゆえに油断が多い。容易に忍び込める」

「そうか。いつ忍び込む」

「幸い、もうすぐ新月だ。しかもその日は当主も宿直《とのい》で不在」

鼻唄でも歌い出しそうな声色だが目が血走っているように見える。不死者のくせに大酒を飲みただ飯を食らい毎夜寝こけて昼寝までしている男が、七日間ろくに飲まず食わず寝もせずで過ごしていたのであればそうとう疲労が溜まっているだろう。

「そうか。ご苦労だった。もう下がっていいぞ」

「そう追い払おうとすンなって。まだ夜は長《なげ》ェんだからよ」

気を遣ってもう休んでいいと言ってやったのに、半蔵は居座るつもりのようだった。無理のしすぎで気が昂《たかぶ》っているのだろうか。

朝右衛門はため息をついた。薬研車を一瞬持ち上げて粉の状態を確認してから、また下ろして動きを再開する。半蔵は膝でにじりより、間近でこちらの動きを眺め始めた。

「それは何を作ってンだい」

「薬だ」

「ああ、前に言ってた秘伝の丸薬ってやつか」

首肯する。山田家に代々伝わる丸薬だ。労咳《ろうがい》に効くと言われている。半蔵は薬研車が動くたびに追いかけて左右に眼球を動かした。

「俺も一時は薬に凝ったもんだが、もう意味が無くなっちまったな。それは何が入ってんだ」

「人の肝だ」

半蔵はへえ、と呟いて薬研に顔を近づけ、粉をしげしげと眺めた。朝右衛門は薬研車を取り上げて傍らに置く。細かい粉からは、もはや原形は想像できない。

「先日の様し斬りの時に余った肝を引き取ったものだ。お前が運んで持って帰ってきただろう」

「ああ、このためだったのか……てっきり趣味で集めてンのかと」

「そんなわけがあるか」

「効き目あンの？」

「さあな。だが、そう信じている者が大勢いるから高値で売れる」

覿面《てきめん》に治ったと感謝されたこともある。全然効かなかったと罵《ののし》られたこともある。朝右衛門は教えられた通り、作って売るだけだ。それが薬として本当に効果があるのかは知らない。

陰陽師の札はどうだろうか。病に効く札も書いているようだったが。

「安産の札……本当に効くのだろうか」

「信用できねェなら、やめたって構わんぜ」

少し前までは、何も信じていなかったから揺らがずにいられた。今は何を信じていいかわからず迷っている。ここしばらく色々なことがありすぎた。

「いや、行こう」

薙刀に憑いたものと対峙《たいじ》すれば、何が真実か見えてくる気がしている。確かめなければならない。

八

月のない夜。星も雲で覆われて、手元すらろくに見えない。握っている細引縄の端は、練塀の上にいる半蔵が持っているはずだ。練塀に足をかけ、慎重に登っていく。日頃から鍛えてはいるが、慣れないことなので滑りそうになる。殆ど意地で登った。塀の上に手を掛ければ、腕を摑まれて引き上げられた。

練塀にしゃがみ込み、半蔵を見上げる。顔は見えないが、暗闇に獣の長い耳の影が立っているのはわかる。その影が下を指さしたから頷いて細引縄を握りなおし、慎重に壁を下りていく。

そうして下り立ったのは大名屋敷の中。流石に落ち着かない気分で辺りを見渡す。何も盗みはしないとはいえ、現状やっていることは盗人と同じだ。念のため顔と髪を頭巾《ずきん》で隠しているが、万が一にも見つかるわけにはいかない。

半蔵は縄を回収して短く纏めると、その端をまた握らせてきた。そしてさっさと歩きだす。朝右衛門は縄を引かれるままに、半蔵の後をついていく。この辺りは奥女中の住む長局《ながつぼね》のはずだ。ここなら屋敷の男共は簡単に入ってこられないので、もし見つかっても逃げやすいと半蔵が言っていた。

半蔵は異様に夜目が利くようで、しっかりとした足取りで音もたてず進んでいく。自分が砂利を踏む音を歯がゆく思いながら、とにかくついていった。

大名屋敷は広い。事前に半蔵が描いた見取り図を見てある程度覚えはしたが、今どこを歩いているのかもわからない。自分だけなら屋根の上を行くが……と半蔵が言いながら見取り図を睨んでいた様子を思い出す。彼一人なら、大名屋敷に忍び込むなんてことは造作もないのだろう。

今見捨てられたら終わりだな、と思って不意に可笑《おか》しくなった。一月半前には首を斬り落とそうとした相手に、今は命運を託すしかない。罪人の首を斬り、刀剣を様し、寝起きを繰り返す単調な日々が、どうしてこんなに様変わりしてしまったのか。ただ、縄が引かれる方に歩を進めていく。

半蔵が立ち止まったので、ぶつかりそうになりながら朝右衛門も止まった。どうやらここが目的の文庫蔵らしい。半蔵がこちらの肩を叩《たた》いて縄を回収した。闇の中に放り出されたような気分に一瞬なったが、ただ立って待つ。

半蔵が蔵の扉の錠前をいじっているのだろう。金属質な音が小さく響いている。それほど経たず、重い扉が開く音がする。

肩を押されて、蔵の中に入っていく。間髪容《い》れず半蔵が扉をしめたから、指先も見えない暗闇に閉じ込められる。

「今、明かりをつける」

随分久しぶりに声を聞いた気がする。そして灯《とも》される一本の白い蠟燭《ろうそく》。半蔵が懐《ふところ》に火入れをしまっている。長く伸びて揺れる蠟燭の火は、闇に慣れた目に眩しく蔵の中を照らし出す。

頭巾を脱いで辺りを見渡した。広い蔵の両脇に、雑然と木箱や書物が置かれている。一番手前には姫君の嫁入り道具であろう、華美な簞笥《たんす》や食器類があった。その中で一際目立つ、木製の台に置かれた典麗な薙刀。つややかな黒漆塗の鞘に納められている。朝右衛門は鞘を外し、蠟燭の光を受けて輝く刃文を眺めた。

「やはり、美しい。鞘に納めておくのが惜しいほど」

「手早く済ませようぜ」

「わかっている」

薙刀を台の上に置きなおす。手を差し出せば、掌に打刀が置かれる。塀の上り下りの邪魔になるので半蔵に預けていたのだ。脇差のみだった腰に打刀を閂差《かんぬきざ》しにし、下げ緒を帯に結ぶ。そして懐から取り出したのは安産の札。

地に左膝をつき、札を薙刀の柄に押し当てれば、糊《のり》もつけていないのに貼りついた。しばしの静寂。鯉口を切り、右手を柄にかけて待つ。それは、札を貼ったところからどろりとした液体が溢れるように現れて、宙で形を結んでいく。まるで両手に抱えるほどの血色に透ける球を、さらに透明な膜で包んだような。朝右衛門は打刀を抜き、横一文字に斬りつけた。

水を斬るような感覚。外側の膜は形を保ったまま、中の球が真っ二つに分かれた。一瞬そのままぴたりと止まったかと思えば、割れたまま二つの球になる。朝右衛門は両手で柄を握り上段に振り上げ、真っ直ぐに斬りつける。またしてもあっさりと割れ、四分割された球は緩やかに回転している。

一体なんだ、これは。怨霊という言葉から想像していたものと程遠い。蠟燭の光を受けて半透明に透け、球の中でまた透明な球体や黒い粒のようなものが絶えず蠢いて見えるのが妙に生々しい。見れば見るほどに不気味だった。

突如、重く風を切る何かが飛んできて球を貫いた。それは二本の棒手裏剣だったが、球にとりこまれて中を漂ったかと思えば、あっけなく地に落ちて金属質な音を立てた。半蔵は舌を鳴らし、効かねえか、と呟いている。

球体が緩やかにこちらに近づいてきている。袈裟懸《けさが》けに斬りつければまた割れたが、球の形を保ったまま細かくなっていくだけだ。高まっていく嫌な予感。朝右衛門はまた一歩下がりながら呼びかける。

「出てきたところを斬ればいい、と。晴明は言っていなかったか」

「へぼ陰陽師のぺら紙じゃダメだったなァ。逃げるか」

斬りもしないのに、また球が割れた。なすすべもなく見ている間に球はどんどん割れて増えていき、少しずつ形が歪《ゆが》んでいく。そうして出来上がった形は奇妙なものだった。

豆のような形の肉の塊。そう思った。よく見れば尻尾のようなものがあり、中央でこぶのように膨らんで脈動するそれは心臓らしかった。何かしら、生き物の形を模しているようだ。下部の方に赤い帯のようなものが繋がっていて、それは長く伸びて薙刀に絡みついている。

不意に薙刀が宙に浮いた。信じられない思いで見ていると、それは凄《すさ》まじい勢いで空を切り、こちらに向かって飛んできた。反射的に刀で弾《はじ》けば澄んだ音が鳴り、旋回した刃は置かれていた木箱に深く突き立った。刃が抜かれれば、壊れた木箱から書物がどさどさと落ちてくる。再び浮き上がった薙刀は揺らめく明かりに反射して静謐《せいひつ》な光を湛《たた》えている。

一瞬見惚れたその時、閃《ひらめ》いた刃がこちらに振り下ろされた。間一髪で飛びすさり、刃を刃で受け止める。ぶつかるような勢いで壁に背をつけて、棚上《たなうえ》から落ちてくる瀬戸物が割れる音を聞いた。どくどくと跳ね上がっていく己の鼓動を感じる。気を抜けば死ぬ、それが現実として理解できた。薙刀の刃に映る自分の顔は見たことがないほどに引き攣《つ》っている。

恐怖を振り切るように声を上げ、力任せに弾き飛ばす。僅かに空中で揺らいだ薙刀は、すぐさまこちらに刃を向けてくる。咄嗟に横に飛んだが、鋭い刃先は朝右衛門の脇腹を斬り、その勢いのまま壁に突き立った。少し遅れれば腹の中心を切り裂かれていただろう。どっと額から汗が溢れてくる。思えばこんなに剝き出しの殺意を向けられたことはなかった。物言わぬ薙刀であればこそ、そこに込められた怨毒を強く感じる。

壁に刺さったままの薙刀の柄に絡みつく血の帯が、どくりと震えた。そこに繋がる肉の塊は膨らみ続けている。透けて見える脳みそと内臓。小さな背骨。尻尾の付け根にある小さな足。その形を確かめて、気づき始める。あれは、人の胎児の形だ。血管が透けて薙刀と繋がる帯は、きっと臍《へそ》の緒《お》なのだろう。

嫌悪感が湧き上がってくる。本当に生まれ直そうとしているのだ。過去の全てを濯《そそ》ぎ、姫君の腹に収まり、この世に再度現れようとしている。これは死罪人達の怨念が凝り固まったものだと陰陽師が言った。そんなに多くの者がこうなることを望んだのだろうか。そうまで身勝手に、現世《うつしよ》に執着し希望を抱けるものか。こんなものが山田朝右衛門の名に積み重なっている業の形だというのだろうか。

脇腹に流れる生ぬるい血を感じた。ふいに光が視界の端に映って、空気を切る音が迫る。白く冴《さ》えた刃が閃いたその時、黒い影がさした。立ち塞がった半蔵の胸を深々と突き破り、突き出た刃が朝右衛門の鳩尾《みぞおち》に触れるか触れないかというところで止まった。顔に血飛沫を浴びながら、半蔵が倒れ込むのを呆然と見る。

半蔵は血まみれの手で螺鈿の柄を摑み、自分の身体にさらに深く差し込んだ。がくがくと震える全身で、薙刀を押さえつけている。長い鼻面から血の泡を吹き、声にならない声を漏らしては一点を指し示そうとしているようだ。

そちらを見れば、胎児はもう短い手足を備えた人の赤子に近い形にまで成長していた。大きな頭に目鼻や耳らしきものが現れ、小さく口を動かしている。

急速に頭が冷え、為《な》すべきことが分かった。朝右衛門は素早く間を詰めて、薙刀と胎児の間を繋ぐ帯を斬った。刹那の静寂。たちまちに断ち切られた臍の緒が萎《しな》びて朽ちていく。半蔵がうめき声を上げながら、薙刀をずるりと引き抜く、カランと音を立てて床に落とされた薙刀はもう動かないようだった。

宙に浮いていた胎児が、べたりと音を立てて地に落ちる。それと同時にけたたましく泣き始めた。もしこれが本当の赤子の泣き声なら、屋敷中の者が起きてきそうなほどだが……所詮まやかしだ。

もう殆ど、生まれたての赤子と変わりない姿をしていた。無力に口を開き、引き絞られるように泣き続けるそれは命乞いの意図があるのだろうか。それとも怨霊としての意識も無くして本当に赤子になってしまって、ただ親を呼び続けているだけなのだろうか。

どちらにしても斬らなければならない。赤く染まった柔らかそうな肌も、懸命に動く手足も生きようとする力に満ちているように見えたが、全ては歪んだ生への執着が生んだ幻だ。そう自分に言い聞かせて、その傍らに両膝をつく。細い首に刃をかざした。

死罪人が身ごもっていた場合、子が生まれるのを待ってから刑に処す。罪のない命を消したことはない。目の前のこれは、どうだろうか。死罪人の犯した罪が浄化されて、無垢《むく》な赤子に生まれ変わることなどあるのか。もし姫君の腹に宿って、祝福されて生まれ、跡取りとして大事に育てられるとしたら。

胸中を巡る迷いを捨てられぬまま、刀を持ち上げる。そのまま下ろせば、さしたる抵抗もなく赤子の首が断ち切られる。鈍い太刀筋。ぐにゃりと薄い皮を、柔らかい肉を、脆《もろ》い骨を押し切った感覚が手に残る。

赤子の首はごろりと転がって、小さな足がぴくりと動いたのを最後に力なく肢体を地につける。鮮やかな血が緩やかに広がっていき、蠟燭の火を照り返していた。所詮は怨念の塊だ、と思うのに、命を奪った手応えがじわじわと全身に伝わっていく。

「おい……大丈夫か」

半蔵に肩を叩かれて、ようやく我に返る。刀を握ったまま座り込んでいた。応と答えて、立ち上がろうとする。それより早く、首のない赤子の身体が起き上がった。呆気《あっけ》にとられているうちに赤子の身体は地を這《は》い、朝右衛門の足に縋《すが》った。小さな首の断面がよく見える。半蔵が捕まえようとする手をすり抜けて、袴《はかま》を摑んで上ってくる。そして、こじ開けるような動きで、朝右衛門の腹に上体をねじ込んだ。ぬるりとした嫌な感覚と共に、赤子の小さな足先までが入ってくる。

刀を取り落とし、金属音だけが響く。朝右衛門は座り込んで少しの間呆然としていたが、は、と息を大きくつくと腹に手を当てて背を丸める。腹の内側に、異質なものが居座って蠢いている。気持ち悪い。がくがくと身体が震えて力が入らない。

「半蔵……今……」

半蔵も唖然《あぜん》としていたが、事態を把握すると同時に真剣な顔をして両肩を掴んできた。

「陰陽師のとこに行くぞ」

「腹に、入ってきて」

「落ち着け。なんとかなるから」

半蔵は朝右衛門の腰から鞘を抜くと、拾い上げた刀を納めた。それを自分の腰に差すと、朝右衛門の腕をとって立ち上がらせた。地には赤子の頭が落ちている。札が貼られたままの薙刀もそのままに蔵を出て行こうとする。半蔵の足が、短くなった蠟燭を蹴った。書物の上に落ちた火は燃え広がっていく。

霞《かす》む視界がいやに明るくなり、足下が炙《あぶ》られる。朝右衛門は腹に満ちた重みを感じながら、半蔵の肩を摑んだ。半蔵が蔵の扉に手をかけたところで、ひ、と朝右衛門は声をあげた。半蔵のものではない、二本の長く白い腕が、まるで背後から抱きしめるように朝右衛門の身体に巻き付いている。

掠れた声で呼びかけると、半蔵はこちらを見て目を見開いた。白い右腕が鎖骨をなぞり、胸の中心を辿《たど》り、腹に至る。そこを円を描くように撫でると、指先を差し入れた。あっという間に手首まで入っていき、中身をかき混ぜるような動きをする。熱い。痛みはないのに内臓に直接触れられているような感触。気が狂いそうなこの時を速い呼吸でやり過ごそうとする。僅かな予感とともに、その右手が赤子を引きずり出した。

赤子の身体はありえない方に腕を捻り、折れるほど足を蹴り上げている。それを白い両手は軽く捻り、裂き、ただ骨と皮が混ざり内臓と肉の区別もつかない塊にしていく。

水気を帯びた音を立てて地に落ちたそれは、空気に溶けるように消えていった。

そうして全てを無に帰してから、白い手は愛《いと》おしむように朝右衛門の頬を撫でた。二本の腕で抱きしめて、そのまま朝右衛門の身体に埋まるように入っていった。

ぐらりと意識が揺れて、倒れ込みそうになるところを半蔵に抱えられる。白く染まりそうな視界を、深い息を吐いてなんとか取り戻す。自分の足で立って辺りを見渡せば、転がっていた赤子の頭も、血痕も火に呑《の》まれて見えなくなっている。

「旦那、無事か、今のは一体……」

まだ支えようとする半蔵の腕を抜け出して、薙刀を拾い上げる。べっとりと血に濡れていてさえ美しかった。酷く重く感じたが歯を食いしばって運び、台に置く。ようやくあるべき場所に戻った。反りの少ない刃先は血液と炎の赤を受けて輝き、それでも初めて見た時と同じ静謐な清らかさを湛えている。それに、途方もなく安堵《あんど》した。途端に膨れ上がった炎が薙刀を包み込む。爆《は》ぜる音。頬に当たる熱風。半蔵に強く腕を引かれて蔵を出る際まで、ただ火を見ていた。

九

「さすが首斬り朝右衛門様。その太刀筋は邪悪な怨念を見事に断ち切り、高貴な姫君をお救いになられた。血塗られた薙刀は清らかな炎熱で浄化され一件落着と。感動的ですねえ。ええ、素晴らしい話をお聞かせ頂いてこの晴明、感銘の至りにございます」

相変わらず狭く散らかった一室で、陰陽師は大仰に腕を広げた。朝右衛門はいつも以上にいかめしい顔で襤褸畳を見つめ、部屋の端に控える半蔵は腕を組んで目を閉じている。

当初の予定より随分野蛮な結末になってしまった。夜盗が入って蔵を燃やしたということで巷《ちまた》は大騒ぎだ。幸いにも延焼する前に鎮火《ちんか》できたが、薙刀は焼け失《う》せてしまったらしい。

こんなはずではなかった。しかし、奇妙な満足感を覚えてもいた。薙刀が誰の手にも渡らなかったことに安心している。あの薙刀は美しく、それゆえにきっとこれからも災いを呼んだだろう。そしてもはやこの世にないと思えばこそ、一層麗しく思えた。

朝右衛門は目元を右手で覆った。

「こうなると分かっていてあの札を私に寄越したのか」

「いいえ、滅相もない。しかしお役に立ったでしょう」

「……ああ、役に立った」

「ええ、そうでしょうそうでしょう。霊験《れいげん》あらたかな太元明王のお札ですから」

陰陽師は茶碗を手に取って口をつけようとしたが、熱かったのかすぐに下ろした。

「太元明王はかつて天竺の将軍だったそうです。非業の死を遂げて夜叉《やしゃ》に生まれ変わり、多くの人を殺しました。それを恐れた城内の人々は一人ずつ人身御供《ひとみごくう》を差し出したんだそうで。ある時赤子が差し出されるという段になって、釈尊《しゃくそん》が現れて法を説き、浄心《じょうしん》を生《な》さしめたんだとか。ああ、かくもありがたいお話ですねえ」

ありがたい、だろうか。随分血腥い話に思えるが。しかしそんなことより確認しなければならないことがある。

「これで、仕置き場についた怨念は祓われたのだな」

「ええ、ひとまず。綺麗さっぱりというわけにはいきませんが当面の間はこれで良いでしょう」

歴代の山田朝右衛門が殺し、斬り刻んできたその積み重ねは洗い流されたらしい。これで勤めを果たせたのだろうか。わからないが、この役目を負うのが自分で良かったと思う。情け深い師匠があのようなものを目にしたら酷く悲しんだだろう。

赤子を斬る感覚を思い出す。生者を斬るよりも、怨念の塊を斬る方が生々しく辛《つら》かった。生きたいという剝き出しの願い。人として生まれ直せると純粋に信じていたかのようだな。

「生まれ変わりはあるのか」

口をついて出たのはそんな問いだった。なぜだか、半蔵がはっと表情を変え耳を立てている。それを深く気に留めず、朝右衛門はここ最近考えていた疑念を次々に吐き出した。

「死んだ者はどこへ行く。神は本当にいるのか」

真剣に問えば、陰陽師は口元を袖口で隠して肩を震わせた。

「ふ、ふふ。死という言葉を知ったばかりの童《わっぱ》のようなことを仰《おっしゃ》る」

「お前もわからないのではないか」

「ええ、わかりません」

陰陽師はゆるりと首を振って、口の端を引き上げた。

「生憎《あいにく》死んだことがないものでして。出くわす怨霊だか化け物だかも言葉の通じないものばかりで、本当に魂があるものかも知れません、そういった輩に神仏の名を借りた札はどうも効くようで」

「陰陽師がそんないい加減な物言いで良いのか」

「使えるものは使うだけのこと」

陰陽師は澄まして茶碗を手に取り、吹き冷まして飲もうとしたがやはり熱かったらしい。誤魔化すように咳払《せきばら》いをして続ける。

「信じたいものを信じて、縋りたいものに縋るがよいでしょう。あなたに憑いている何某かも、神と言ってしまえばそうではないですか」

憑いている何某か。自分の右手を開き、閉じる。長年の勤めで剣ダコのできた硬い手だ。

「あの時、現れた手は……」

あれは確かにお幸《こう》の手だった。お幸。師匠の娘。白くて細い手で、鮮やかに薙刀を扱う人だった。忘れるはずもない。自分に憑いている何かというのは、お幸なのだろうか。

思わず縋るように陰陽師を見る。

「私に憑いているものは一体」

「残念ですが、わたくしの口からはとてもとても。関わりすぎればわたくしまで憑《と》り殺されてしまう。こちらとしても、貴方《あなた》に関わるだけで危ない橋を渡っているということをご理解いただきたいものです」

陰陽師が目を細める。結論は自分で出すしかないようだった。朝右衛門はしばらく自分の手を眺めていたが、やがて立ち上がった。

「帰るぞ、半蔵」

呼びかけて草鞋《わらじ》を履く。戸を開けて敷居をまたぎながら言い残した。

「また来る」

「ええ、お待ちしております」

裏長屋を出れば、半蔵ものそのそとついてきていた。ここ最近、どうも覇気がない。

空は赤さを残して黒く染まり始め、すれ違う人も殆どいない。この間と変わらない時刻に陰陽師の家を訪ねたのにこの暗さとは。側にいる人の顔が見えるかどうかというところだ。

脇を流れる水路には、どこからか落ちた葉が流れてきている。狭い道を歩きながら半蔵に話しかけた。

「腕のいい陰陽師、という評に間違いはなかったな。今後も世話になりそうだ」

「旦那、もう危ないことに首突っ込むのはやめよォぜ」

半蔵は情けない声を出して、その場に立ち止まった。仕方なく朝右衛門も足を止めた。

「俺は旦那に死んでほしくねェんだ」

半蔵は耳を垂らし、真っ直ぐに訴えかけてくる。その顔に濃く影が差した一瞬、馬でも鹿でも不死でもなく、ただの人だった頃の半蔵の表情が見えた気がした。

「今度こそ」

それを聞いて、朝右衛門は静かに息を吐く。この男も結局は何かに縋り、信じ続けている。お前が失った誰かと自分はまったく関係のない別人だと叩きつけてやりたかったが、結局何も言わず踵《きびす》を返し、道を辿る。

少しの間歩いて、半蔵がついてきていないことに気づく。振り向いて呼びかけた。

「何をしている。帰るぞ」

早くしなければ本当に日が暮れてしまう。明日も勤めがあるのだから、いつまでも油を売っているわけにはいかない。

「夕餉《ゆうげ》は茶漬けでいい」

ああ、と頷いた半蔵がついてくるのを確認して、朝右衛門は歩き出す。師匠が、お幸が生きていたら、といくら考えても甲斐がない。今、朝右衛門の側にいても命を落とさない者は半蔵しかいないのだからそれで十分だ。

背後にいる半蔵の影が、道の先に伸びている。落ち着かなげに耳を動かしているのがありありとわかった。

ゆび

広い穴蔵の底には首のない死体が並んでいたが、それは朝右衛門にとって日常的な光景でしかなかった。数え直して帳簿に記し、死骸が鼠に食い荒らされていないかを確認していく。壁際の棚には凄まじい形相の生首がいくつも置かれていた。

山田朝右衛門は、刀剣の様し斬りと死罪人の処刑を生業としている。処刑された人間の遺体は朝右衛門が引き取ることになっていた。内臓と脳を抜き取った後の身体は地下に置くことにしている。

これらの死体は基本的に刀剣の様し斬りに使うが、金銭と引き換えに譲ることもある。自ら様し斬りをしたい武家が骨太な死体を探しに来たり、遺族が秘密裏に遺体を引き取りに来たりと需要は常にあった。

地下は湿っており死臭に満ちている。異常はないようだ、と確認したところで上から声がした。

「旦那ァ、いつまで地下に埋まってンだい」

石段を降りてきたのは半蔵だ。当たり前の人間に見えるのはその首から下のみで、首より上は馬とも鹿ともつかない獣の顔をしている。

自らを不死だと嘯《うそぶ》き、三百年生きた忍者服部半蔵を名乗る。この得体のしれない男を屋敷に置くようになってからもう二月《ふたつき》は経っていた。

「はァ、旦那ときたらまったく辛気くさくていけねぇや。まだ若ェってのに死体の相手ばっかしてるもンじゃねェぜ」

わざとらしくため息をつく半蔵を無視して、朝右衛門は若い女の死体の横に立った。

昨日首を斬ったばかりの死罪人だ。仕置き場で泣きじゃくって命乞いをしたので手間をかけさせられたが、こうなってしまえばもう静かに横たわるだけだった。

固く握られた左手を解《ほぐ》して、全ての指を真っ直ぐに伸ばす。そうして、朝右衛門は懐から短刀を取り出した。鞘から抜いて、抜き身の刀身をそっと死体の指に添える。ふっと息を吐くと同時に、短刀に体重をかける。左手の小指、第一関節から先があっけなく切られて落ちた。

「死体刻んで遊ぶのはほどほどにして上がろうぜ」

「趣味でやってるんじゃない」

指の先を拾い上げ、丁寧に布で巻いてから小さな桐箱《きりばこ》にしまった。短刀を懐紙で拭い、鞘に納める。

「吉原《よしわら》からの依頼だ。遊女が客に真心を示すために指を切って渡す慣習がある。まあ、大抵はこうやって偽物を渡すわけだが」

「ああ、心中立てってやつかい。未《いま》だにそんな手に騙《だま》される輩がいるとは、いつの世もかわらンねェ」

「私も、とっくに廃《すた》れた悪習だと思っていたのだが……どうも流行《はや》っているらしい」

「流行ってるッて」

「同じ傾城屋《けいせいや》から何度も使いが来る。金払いがよいのでなにも言わず渡しているが、こう頻繁となると」

一年ほど前からちらほら依頼はあったが、最近は女の小指が手に入れば必ず譲って欲しいとまで言われている。何代も前から取引のある遊女屋なので求められるまま渡していたが、流石におかしい。

いつも屋敷に来る使いの者に探りをいれたが、自分がなにを運んでいるのかも知らないようだ。自分はただの使いなので……と困ったように言う若い衆を問い詰めるわけにもいかず、それ以上の詮索はできなかった。

「気になるなら調べてきてやろうか？」

半蔵がにやにやと馬鹿面を歪めている。

「ちぃッと小遣いをくれれば、その店探ってくるぜ」

「客としてか？」

「吉原に行くならそれしかねえだろ」

普段から半蔵には雑用などをさせる代わりにそれなりの金を渡している。どうせ賭博やら遊女やらに費やすのだからと不要な金を持たせすぎないようにはしていたが。

「まあいい、行ってこい。金子《きんす》は必要なだけ渡す」

半蔵が喜びの声を上げて拳を握っている。不死の身であるというのに即物的な男だ。

この男が馬鹿面の化け物に見えるのは朝右衛門を含めた限られた者だけで、普通の者には印象がまったく残らない平凡な顔に見えるらしい。ひそかに調べ物をするにはもってこいの人材だ。

家業で扱っている指の行方が知れないのでは気味が悪い。放っておいても遊びに消える金なら、ついでに調べさせた方がいいだろう。

一

庭を吹き抜ける朝の風は涼しく、陽《ひ》の光が白く降り注いでいる。

手入れの行き届いていない庭は野放図に彼岸花が咲き誇り、長く垂れ下がった糸檜葉が影を落としていた。

その木の側に、古畳が二枚立てて並べられている。隙間は一寸（約三センチ）も無い。その隙を正面から見据えるように、朝右衛門は脚を広げて立っていた。

使い慣れた打刀を鞘から抜き、正眼に構える。そして高々と振り上げたかと思えば、畳と畳の間を縫うように振り下ろした。風を切った刃は地面のほど近くでピタリと止まる。畳には僅かな傷も付いていない。

山田流の剣術は死体を斬るためのものだ。骨と骨の間を正確に断ち切るためには、立てた刃を真っ直ぐ当てる必要がある。いつでも一太刀で罪人の首を斬り落とせるように。そのための鍛錬だった。

かつてはこうした修行を師と、兄弟子達と、友人と共に繰り返した。賑やかだったこの屋敷も今は朝右衛門と半蔵が住んでいるだけだ。

十年前、朝右衛門に近しい者が病気や事故で立て続けに死んでいった。朝右衛門と親しくする者は命を落とす。いまだにそう噂されている。

静かに刀を引き、深く呼吸する。肺の腑を冷えた空気が満たして、ふと、あの頃亡くなった彼女のことを思い出した。

先日姿を現して助けてくれたあの白い手は確かに、かつて朝右衛門が慕っていたお幸の手だった。この身に憑いているのは彼女の霊魂なのだろうか。だとしたらなぜ。朝右衛門が知っている彼女は、この世に未練を残すような人ではなかった。まして、

「旦那ァ、戻ったぜ」

ふいに、緊張感のない声が響き渡った。半蔵がひらひらと手を振りながらこちらに向かって歩いてきている。朝右衛門は抜き身の刀を握ったまままそちらに向き直った。

「今日も今日とて鍛錬とは感心だが、ちゃんと夜は寝てたのかい。その様子だとろくに飯も食ってねえな？　まったく旦那ときたら俺がいねえとてんでダメなンだから」

鼻唄でも歌い出しそうな様子の半蔵が目の前に立ったと見るや、朝右衛門は柄を握り

なおし袈裟懸けに斬りつけた。その刀は半蔵の左肩から右脇の下までをすっぱりと切り分けた。切断面が斜めにずれていくようにして、半蔵の身体が地面に崩れ落ちる。

沈黙が広がる。溢れ出す体液がじわじわと庭に広がっていった。朝右衛門が長く息を吐き、一歩後ずさる。それと同時に、馬鹿面が口を開いた。

「いってえなあ。三日あけただけで何怒ッてンだ。そんなに俺がいなくて寂しかったのかい」

「お前が金子を盗んでいったから怒っているんだ」

小遣いはたっぷりやったというのに更に簞笥から抜かれていた。たまたま帳簿を確認しなければ気付かなかっただろう。

「しょうがねえだろ、吉原であれっぽっちの金じゃ茶の一杯も飲めやしないぜ」

半蔵は悪びれた様子もなく鼻を鳴らしている。その身体は相変わらず二つに分かれているが、右手の人差し指と親指は円を作り、脚はふてぶてしく組まれている。

不死だと言うだけあって、身体を裂かれた程度では動じないのが腹立たしい。朝右衛門に仕えても一向に死ぬ様子がないのも納得のしぶとさだ。

切断面から溢れた内臓が伸びて絡まり、くっつき始めている。放っておけばいずれ元通りになるだろう。その様子を見ているうちに、こんな無茶苦茶な奴相手に怒ったところで仕方がない気がしてくる。

朝右衛門はしゃがみ込み、半蔵の着物の袖で刀に付いた血を拭った。

「それで、指の行方は摑めたんだろうな」

これで何も情報が無ければ追い出してやる、という気迫を込めて睨み下ろす。

「あッたりめェよ、すっかり探ってきたぜ。終《しま》いから言うと、指を買ッてた花魁《おいらん》は一人だけだ」

「一人だけ？」

そんなはずはない。もう何十本と指を売ったのだ。一人の遊女が複数の男に偽の指を渡す話は聞いたことがあるが、さすがにそんな大人数を騙せば悪い噂が立つだろう。

「番頭も遣《や》り手婆《てばばあ》も口が堅かったが、その花魁付きの禿《かむろ》にお八つ渡したらあっさり教えてくれたぜ。芍扇《しゃくおう》って名の花魁は、女の小指を集めては綺麗な漆の箱にしまい、夜な夜な取り出しては眺めるらしい」

「なんのためにそんなことを」

「なんのためにッて、趣味だろォよ」

「そんなわけがあるか」

どこのうら若い女が趣味で死人の指を集めるのだ。

「気になるンならその花魁に会いに行ってみたらどうだい。お供するぜ」

「お前が花魁に会いたいだけだろうが」

花魁に会うには法外な金がかかる。払うこと自体はできるが、先代から受け継いだ家業で得た大事な財産を無駄遣いはできない。

深くため息をついて立ち上がる。無駄な時を過ごした。今日は出かける用がないとはいえ、暇なわけではないのだ。

「お前のせいで庭が汚れた。片付けておけ」

「へいへい、仰せの通りに」

手足をばたばたと動かして立ち上がろうとするが、繋がりきっていない身体はぐしゃりと地面に崩れた。

二

浮き上がるような感覚と共に目が覚めた。まだ寝入ってそれほど時が経っていないらしく寝間は暗いままだ。酷く喉が渇いていた。何か飲まなければ寝られないだろう。傍らに置いていた脇差を拾い上げて立ち上がった。

障子を開けると、半蔵が縁側に座り込んで月を眺めていた。半月だというのにやけに明るい。ゆっくり振り返った半蔵は口の端を吊り上げた。

「眠れねェのかい、旦那。一献どうだい」

半蔵が指先で盆の端を軽く叩く。その盆の上に二合徳利《どつくり》と共に猪口《ちよこ》が二つ置かれている。朝右衛門は盆を挟んで半蔵の横に座った。脇差を背後に置く。

「三日三晩遊び歩いてまだ飲むのか、お前は」

「三日どころか三百年よ。とかく浮世は色と酒ッてな」

猪口を手に取り、半蔵が酌をするのをただ受ける。透明に満ちた液体に映る月の光。

それに少しの間見惚れてから、口をつけて飲み込んだ。じんと舌先を痺《しび》れさせるような強い酒だった。

思えば、酒などもう何年も飲んでいなかった。この屋敷に師匠が、兄弟子達がたくさんいた頃は度々酒宴があった。罪人の首を斬った夜は酒を飲んで騒がずにいられないものらしい。そうでもしなければ血の匂いに気が昂り、人を殺す家業の重さに耐えられなくなる。

朝右衛門にはわからなかった。人を殺して特別に精神が揺らいだことはない。酒に頼りたいと考えたこともない。それでも今夜は、飲んでもいいかと素直に思えた。

ちびちびと酒を舐《な》めながら、ただ金色の半月を眺める。縁側の床は冷たいが、酒の染みこんでいく身体は熱いくらいだった。

半蔵が空の猪口を指先で弄《もてあそ》んでいる。それを見ながらふと思いついた疑問をそのまま口に出した。

「指を切っても構わないと思うほどの気持ちとは、どれほどのものだろうな」

「なんだ、まだ指が気になンのかい」

徳利を片手で持ち、半蔵の持つ猪口に注いでやる。なみなみと満たされたそれを、半蔵は長い鼻面で迎えるようにして飲んだ。

「俺は旦那のためなら指の一つや二つ切ッたッていいぜ」

「お前の指は切ってもまた生えてくるだろう」

「じゃあ切るのは旦那の指にしよう」

半蔵は左手の小指を立てて見せてから、それをゆっくりと折りたたんで手の内に隠した。

「小指一本なくしちまうだけでも刀は強く握れないもンさ。誰の首も斬り落とせない役立たずに成り下がッて、俺と共に責任も正義もない愉快な放浪の旅に出ようぜ」

笑い交じりの言葉は軽いが、その目は射るような強さで朝右衛門を捉えている。もし頷けば、すぐにこちらの指を切り落としにかかるだろう。

「……馬鹿馬鹿しい」

言い捨てて、一気に酒を飲み干した。間を置かず半蔵が徳利を差し出してきて、また酒が注がれていく。

もう一度猪口に唇をつけようとして、やめた。酔いが回ってきたのかやけに眠い。明日は牢屋敷に出向かなければならない。これ以上飲んでは勤めに差し障る。盆の上に猪口を置いた。

「水を」

へいへい取ってきますよ、と返事して半蔵が立ち上がった。廊下の向こうに消えていくのを見送ってから姿勢を崩した。頬杖で頭を支えて目を閉じる。切られた指が痛いと文句を言いながら、思い出もしがらみもない土地を歩き、誰も殺さず生きていく。一瞬のまどろみにそんな夢を見た。

三

今日は四人の罪人の首を斬った。慣れない酒が残って僅かに頭が重かったが手を抜いたつもりはない。いつも通り一太刀で命を絶っていく朝右衛門を見て違和感を覚えた者はこの場にいないだろう。

明るい日差しに照らされる牢屋敷の塀の内側は血と死の匂いに満ちている。既に牢奉行や検使《けんし》与力《よりき》は去り、仕置き場では人足達が忙しく後を片付けていた。

こうなるともう緊張感などはない。人足達は首のない死体から衣服を剝ぎ取りながら、ひそひそと噂話をしているようだった。

「例の指狩り、昨夜も出たらしいな」

その言葉が気になり、朝右衛門は背後から人足達にゆっくりと近づいた。

「おっかねえ。嬶《かかあ》の指とられちゃたまんねえや」

「指どころか命ごと持ってくんだからなあ。うちの娘にも夜半出歩かんよう言っとかねえとな」

「なんの話をしている」

声をかけると、人足達は目に見えてうろたえた。お許しください、どうぞご勘弁を、もう無駄口は叩きませんと言いながら頭を下げている。無駄に怯えさせてしまったようだ。

人を斬る家業のせいか、周囲の者が死んでいくという噂のせいか、無闇に怖がられてしまうことが多い。なるべく眉間の皺を緩めて穏やかに尋ねた。

「いや……怒っているわけではない。その指狩りというものについて訊きたいのだ」

「おや、知らねえんですかい」

丸い顔の人足が目をぱちぱちと瞬《しばた》かせた。普通なら知らないとおかしいくらい広まっている話なのだろうか。

「近頃よく出る辻斬りなんですがね、むごたらしく殺したくせに金品は盗《と》らず女の小指だけ切り取って持っていくってんで巷じゃもう大騒ぎですよ」

三白眼の人足が引き継いでまくしたてる。

「昨夜なんか夫婦で歩いてるところを二人とも殺されたってんだからもう無茶苦茶でさぁ。夫の方は刀持ってたのにそれでもやられたそうで」

「そうか……よくわかった。ありがとう」

朝右衛門は腕を組んで俯《うつむ》く。人足達はまた死体を整える作業に戻っていった。

最近、指を切る話ばかり聞く。どう考えてもおかしい。やはりこれは、調べなければならないようだ。

四

「近頃指狩りが流行っているらしい」

「ヘェ、なんだいその指狩りってのは」

半蔵はこちらを見もせずに、箸先で卵焼きを摘まんで口に入れた。仕事を終えて屋敷に帰れば、半蔵が夕飯を作って待っていた。こうして居間に膳を並べて向き合うのも毎度のことになっている。

朝右衛門も卵焼きを一切れ食べる。柔らかく出汁がきいている。一人で暮らしていた頃は食事に執着しなかったが、今では卵などという贅沢品の味にも慣れてしまった。

「夜道を歩く女を殺し、小指を切り取って持ち去る輩がいるらしい」

「そいつは物騒な話さね」

朝右衛門は椀をとり、味噌汁を口に含む。具は葱《ねぎ》と豆腐だ。温かい汁が腹を満たし、ほっとした心地になる。

「どうよ。うめェか?」

「ああ、うまい」

「そうだろ、腹いっぱい食えよ。米もたくさん炊いてあるから」

「お前、知っていたな」

半蔵が伸ばした箸が一瞬止まった。しかしすぐに食事を再開してべったら漬けをぽりぽりと齧《かじ》る。

「なんのことだ」

「指狩りのことを知っていて報告しなかっただろう」

家と仕事場の往復の朝右衛門と違って、暇さえあれば町中をふらついている半蔵が知らなかったはずはない。面倒ごとを嫌って情報を伏せていたのだろう。

「花魁の件と指狩りは関係ねェだろ」

「どちらも小指の先ばかり集めているんだ。関係ないわけがあるか」

半蔵は長い耳を伏せて不機嫌そうに目を逸らしている。朝右衛門は一拍置いてから言った。

「指狩りを捕まえに行くぞ」

「はァ？　なんでだよ」

「山田家で売っている指が関係しているかもしれない。おかしな噂が広まれば家名に傷が付く」

「噂なんて言わせとけばいいじゃねェか。既に山田家は罪人の肝を干してる蔵があるだのその肝を薬にして売ってるだの散々な言われようだぜ」

「それは噂ではなく事実だからいいんだ」

朝右衛門はそこで話を切り上げて食事を再開した。もくもくと米を食べ、空になった茶碗を半蔵に無言で差し出す。

受け取った半蔵は櫃にしゃもじを差しこみながら猫なで声を出す。

「なあ旦那ァ、やめようぜ。人を殺して指を盗もうなんてやつまともじゃねェに決まってンだ。危ねェよ。そんな無茶やめてのんびり釣りにでも出かけようぜ」

こんもりと白い米が盛られた茶碗を受け取った。

「明日の夜から出かける。準備をしておけ」

もし師匠が生きていたら、指狩りなどという怪しい噂を放っておくはずがない。

五

ここら一帯は武家屋敷が立ち並ぶばかりで静まりかえっている。僅かな星明かりだけが頼りだった。

二人寄り添って歩いていたが、相手が少しずつ寄ってくるものだからじわじわと追い詰められて、もはや朝右衛門は漆喰《しっくい》の壁に袖を擦《こす》りそうなほどだった。

「歩きにくい。もう少し離れろ」

「いいじゃないですか夫婦なんだから」

そう言って尚も腕を組んでくる半蔵はすっかり武家の妻といった装いであった。

紗綾形《さやがた》の小袖にきりりと帯を結び、ご丁寧にも頬に爪にと紅まで刷《は》いている。御高祖《おこそ》頭巾を被《かぶ》っているとはいえ、朝右衛門にはいつもどおりの馬鹿面がふざけた格好をしているようにしか見えないのだが、すれ違う人々にはとくに怪しまれていないようであった。

「お前さん、いい加減帰りましょうよ。寒くなってきましたよ」

「その口調はどうにかならんのか半蔵」

「いやですねえ、お半《はん》と呼んでくださいな」

すっかり若妻になりきっているようだ。朝右衛門は長くため息をついた。

奥さんにお似合いのいい紅が入っていますよ、と先ほどなどは紅売りに声をかけられていた。今は結構ですありがとう、と言って断る声色もやけに嫋《たお》やかで調子が狂う。準備をしておけとは言ったものの、こんなに気合いの入った変装をしてくるとは思わなかった。

しかしよくよく考えれば女を狙う指狩りをおびき出すのならばこれしかないのだ。自分がやらずにすんだだけましだと思うほかない。

指狩りを捕まえるために夫婦に化けて夜毎《よごと》出かけるようになって五日経った。その間新たな被害は出ていない。事件があった辺りを歩いているが、怪しい人物も見かけていない。

油断なく辺りを見渡しながら進み、小さな神社の前に出た。神社の敷地は木々が茂り、一層闇が濃く見える。

神社の長い石段の真ん中を降りてくる影がある。少しもぶれることのないその足取りを見て、朝右衛門は立ち止まった。

本多髷《ほんだまげ》を結い長羽織を身につけたひょろりとした若者だ。どこぞの甘ったれた若旦那としか思えぬ風体であったがその目付きは血走って異様だ。半蔵を、いや、半蔵の手元を凝視しているようだった。

「お半、下がっていろ」

「やだ、お前さんかっこいい」

「ふざけている場合か！」

石段を蹴るけたたましい下駄《げた》の音が響いたかと思えば、上空に若者がいた。咄嗟に打刀を抜けば、ギンと金物が響き合う音。若者が逆手に握った小刀が打刀の刃をすべり、鍔《つば》競《ぜ》り合って刃先がこちらに向けられる。

「指……」

間近にそんな声を聞いた。ぎりぎりと押し合うが相手の力が強すぎる。小刀の先がこちらの鼻先を掠めそうになったところで弾き、大きく後ろに飛びすさった。

「負けないでお前さん！」

半蔵が呑気《のんき》に声援を飛ばす間にも、若者は休みなく斬りかかってくる。それをかわし、刃で受け、時に流しながら相手の動きを見る。

明らかに人を襲うことに慣れていない腰の入らぬ動きなのに、到底人とは思えない膂力《りょりょく》だった。しかも速度が上がっているような、と思ったところで鋭い突きが朝右衛門の肩口を掠めた。

血の玉が宙を飛び、まずいと思ったところに若者が振りかぶる。その手首を鷲掴《わしづか》みにし、迫ってくる刃を押しとどめようとするが相手の勢いは増していく。

右目に刃が突き立てられる、その寸前に若者が突然体勢を崩した。その足首には棒手裏剣が深々と刺さっている。半蔵が闇の中投げたそれは狙いを正確に捉えていた。

「お若いの、こちらをご覧なさいな」

半蔵が懐から短刀を取り出した。そして息つく暇もなく、自分の左手首を斬り落とす。若者がはっと息を吐く。地面に落ちた手を、半蔵は勢いよく蹴り飛ばした。それは茂みの中に落ちて行方をくらました。

若者は足を引きずって茂みに飛び込み、地面に這いつくばった。

「指、指、指……」

藪《やぶ》の中で辺りを探り執拗《しつよう》に呟く姿は、まるで正気とは思えない。その背後に悠々と近づいた半蔵は、素早く飛びかかると若者の首に腕を回して締め上げた。

若者は手足をばたつかせ、関節が外れるのではというほどに暴れたが、やがて意識をなくしてぐったりと崩れ落ちる。その身体を引きずってきた半蔵は、地面にどさりと若者を寝かせた。

「どうよ、ちょろいもンだぜ」

「もっと早く戦え」

「旦那が下がってろと言ッたんだろォ？」

半蔵は口答えしながらもう一度茂みに踏み込み、ガサガサと足で草を掻き分けている。

「おお、あったあった」

落ちている手首を拾い上げると、切断面に合わせた。たちまちのうちに肉が伸びて合わさり、皮が繋がっていく。開いて閉じてを繰り返す左手はもう完全に治ったようだ。

そしてまた戻ってきたかと思うと、若者の腰から猫じゃらし結びの長い帯を抜き取った。その帯で、若者を後ろ手に縛り上げる。

「で、どうすンだい」

「番所に突き出すにしても、一度話を聞いておきたい。なぜ指を集めているのか」

「承知した」

半蔵は若者の胸ぐらを摑み上げると、容赦なく平手で頰を打った。二度、三度と叩かれてようやく若者は悲鳴を上げながら目を開ける。

怯えた表情で半蔵から離れようとするその姿は先ほどまでの様子とまるで違っている。

「ひいいっなんですかあなたたち」

「なんですかじゃねえ人殺しの指狩り野郎が！」

首を縮めて震え、知りません、と繰り返す若者は嘘《うそ》をついているようには見えない。終いには足が痛いと言って泣き出した。半蔵が力任せに棒手裏剣を引き抜いて、溢れ出す血にうろたえる様子はいっそ哀れだ。

「半蔵、そこまでにしておけ」

朝右衛門は懐から懐紙を取り出し、若者の足首に当てるとこれ以上血が出ないように強く押さえた。

「そなた、名は」

「と、鴇次郎《ときじろう》と申します」

「なぜ人を殺して指を集めていた？」

「知りません、あ、あたしはただ、さっきまで郭《くるわ》にいたはずで」

「郭？　そこで何をしていた」

「遊んでたに決まってるでしょう？　芍扇と夢のような一夜を過ごしていたのにこんなことになるなんて」

「芍扇？」

　つい最近聞いた名だ。確か、朝右衛門から指を買って集めているという花魁。

　半蔵の方をちらりと見る。もう若妻の役をやるつもりはないらしく腕を組んで仁王立ちしていた。

「そんでどうするンだ旦那。こいつ突き出すのか？」

「そうだな。既に何人も殺した指狩りであれば、死罪の裁きを受けるだろう。いずれは私が首を斬ることになる」

「そんな、人なんて殺したことありません、助けてくださいどうか、どうか」

　泣きじゃくりながら地にめり込むほどに頭を下げる若者は、確かに人殺しなどに手を染めそうに見えない。

　朝右衛門はしばらく考え込んだ後、ぽつりと呟いた。

「一旦、晴明のところに行くか……」

六

　夜間にもかかわらず、晴明はにこにこと迎え入れてくれた。裏長屋の狭い一室は相変わらず、硯と筆、紙片や笊、小さな弓や黒焦げのヤモリ、山鳥の尾羽などが無造作に置かれている。薄い布団も敷きっぱなしであった。

「あなた方は愉快な厄介ごとに首を突っ込むのがお上手ですねぇ」

　ぼろぼろの法衣を纏ったその人は、男とも女ともつかない不思議な顔立ちをしている。半蔵の古くからの知り合いであり、かの有名な安倍晴明の子孫を名乗る陰陽師であった。

　ささくれた畳の上に晴明、半蔵、朝右衛門、鴇次郎が車座になっている。鴇次郎の足には最低限の治療を施し腕も解いてやっている。帰りたいと泣くのを宥《なだ》め賺《すか》してここまでひきずってきたのであった。

「やや、そこの方は怪我をしているご様子。傷病治癒のお札を差し上げましょう」

　晴明はいそいそと紙札を取り出し、鴇次郎の足に貼ってやっている。鴇次郎はよく分かっていない様子ながら、ありがとうございます、と礼を言っていた。

　晴明はそのままお札の上から傷口をぱしんと叩いた。痛い、という悲鳴を聞いてから満足そうに居住まいを正す。

「それで、本日はどのような御用で」

「半蔵、説明してやれ」

朝右衛門が言うと、晴明はようやく半蔵の姿に気付いたかのように目を瞬かせた。

「おや、半蔵。随分かわいらしい装いですね」

「だろ？　それも含めてきっちり説明してやるぜ」

半蔵は胡座《あぐら》をかき、小袖の裾から筋肉質な足をさらしながら語り始めた。

突然増えた指の注文。指を集めている遊女。巷を騒がせている指狩り。襲ってきたにもかかわらず記憶のない若旦那。それらに繋がる芍扇という花魁。

晴明は大人しく聞いていたが、やがて目を瞑るとゆらゆらと揺れはじめた。

「おい晴明、寝てんじゃねェだろうな」

「ええ、ええ、もちろん起きていますとも」

ぱっと目を開く。そして鴇次郎を手招きする。おそるおそる近づいた鴇次郎の目の下に親指を当て、瞳の中を覗き込んだ。

「ああ、なるほど。随分単純なお人のようだ。芍扇に惚れた者は意のままに操られる……そういう呪いだったようですね」

朝右衛門はぐっと眉間の皺を深めた。

「花魁にそのような力が」

「面妖なことですが。生まれつき人の正気を奪う力があったものやら、それとも指を集める行為そのものが呪の力を強めるものであったか」

「鴇次郎はそれに操られて指狩りを行った、ということか……やはり番所に突き出すしかないな」

　哀れみの目を向けると、鴇次郎は朝右衛門に縋り付いてきた。

「待って待って、待ってください。人なんて殺してない」

「操られていて記憶がないのだろう。可哀想《かわいそう》だが自らのやったことだ。咎を受け入れろ」

　そう切り捨てると、またしくしくと啜《すす》り泣《な》きを始めた。不憫《ふびん》だが仕方がない。最後はせめて痛みのないように一瞬で首を斬り落としてやろう。

「お待ちなさい。決めつけるにはあまりに早い」

　ぱん、と晴明が手を打ち鳴らした。

「あなた方はご存じないようですが、先ほど死体があがりました。またもやご婦人の指が切り取られていたとかで、巷じゃ上を下への大騒ぎ。現場はみなさま方が先ほどまでいた辺りからずいぶん離れていたそうで」

「と、いうことは……」

「ええ、鴇次郎様には到底殺せなかったはずです」

　鴇次郎は手を合わせ、畳に頭を擦り付けて感謝の言葉を述べている。もうほとんど拝むようだった。

「おそらく芍扇は複数の殿方を操って手駒にしているのでしょう。指狩りは他にもいる」

「でもよ、これまで何人も殺されてンだから、そのうちの一件くらいはやッちまッてるンじゃねェの？」

半蔵が投げやりに口を挟んだ。

「こ、これまであたしは、郭で記憶をなくしたことなんてないんです。今までは友と一緒に行っていたけど今夜はたまたま一人で、それで……お願いします、信じてください」

鴇次郎はぼたぼたと涙を流している。いい加減この泣き顔にも飽きてきた。

「なんにしろ、芍扇本人を止めなければ意味がない。吉原に行くぞ」

「おいおいめでてえな、堅物の旦那が悪所に行くとはね」

ひゅう、と口笛を鳴らす半蔵は言葉ほどには乗り気ではなさそうだった。

「不満か半蔵」

「不満ってことはないですがね。旦那ァ、吉原で花魁と遊ぶっつったら法外な金がかかるンですぜ。しかも芍扇ほど高名な花魁となればよほどの伝手《つて》がなきゃ会ってもくれない。諦めて手頃な遊女に相手してもらいに行きましょうや」

「何を言っている。ここに金も伝手もある者がいるだろう。彼が遊びに行くところにお供すればいいだけだ」

鴇次郎の肩に手を乗せると、逃げようとしたので強く摑む。

「そんな、もう吉原はこりごりです。芍扇にまた会うなんて恐ろしいことはできません」

「では奉行所で沙汰を受ける方がよいと」

耳元で低く言えば、ひぃ、と悲鳴をあげて首を振る。決まりだな、と呟いたところで焦げ臭い匂いに気付く。

見れば、晴明が蠟燭の火で山鳥の尾羽を焼いていた。その灰を硯に落として墨汁に混ぜる。筆にたっぷりと含ませて、細長い紙になにやら書きはじめた。

我君念離別、の文字列を中央に。その下にはいくつかの梵字《ぼんじ》。それらを囲むように、我レ思ウ、君ノ心ハ離レツル、君モ思ワジ、我モ思ワジ、などと連ねていく。

「ありがたい離別のお札です。花魁に会いに行くのなら持って行くがよいでしょう」

晴明はにっこりと笑っているが、この陰陽師が無償で協力してくれるはずがない。前回は十両だったな……と思いながら朝右衛門は口を開いた。

「いくらだ」

「今日はあなたからは頂きません」

驚いて聞き返すこともできなかった。晴明は墨が乾いたのを確認してからこちらに札を差し出してくる。

「指狩りのせいで、いつもお世話になっている長屋のおかみさん方が大層不安がっていますからね。早く解決してきてください」

そういえばこの陰陽師は共に暮らす裏長屋の人々には優しいのだった、と思い出しながら受け取った。晴明という人間のことが、ようやく少し分かってきた気がする。

晴明は硯と筆をまた部屋の隅に置いてから、くるりと鴇次郎の方を向いた。

「鴇次郎様から頂きます。足に貼ったお札の分も合わせて」

なるほど、この場で一番金を持っていて一番立場の弱い人間に目をつけていたようだった。

七

広い座敷だ。床の間には琴や三味線、胡弓《こきゅう》に月琴と遊芸の道具が並んでいた。豪勢な食事が盛られていた膳は既に下げられている。人払いがすんで禿や新造《しんぞ》、芸者や幇間《ほうかん》なども立ち去っていた。四隅に行灯《あんどん》が置かれているがぼんやりと薄暗い。この場にいるのは朝右衛門と半蔵、そして鴇次郎と芍扇だけだった。

芍扇は口から煙管《キセル》を離し、ふうと悩ましげに息を吐いた。そして傍らにいる鴇次郎に煙管を差し出す。

「吸いなんし」

鴇次郎は顔を青くしながらも受け取り咥えたが、ガタガタと震えて灰をこぼしてしまっている。

「ぬし、今宵《こよい》はあまりにつれないそぶり。わっちの方を向いておくんなんし」

細い指で鴇次郎の顎先を引き寄せる。そんな些細《ささい》な仕草も優雅で、不幸にも攫《さら》われて来る前はどこぞの姫であったと噂されるのも無理もない美貌と気品であった。

「尋ねたいことがあるのだが」

二人だけの夜が始まっては困るので、朝右衛門が割って入った。これ幸いと鴇次郎は花魁から離れ、朝右衛門の後ろに隠れた。

朝右衛門に初めて気がついたかのように、芍扇は長い睫毛《まつげ》に縁取られた目を瞬く。

「ぬしさまは……」

「私は山田朝右衛門という。聞き覚えがあるだろう」

芍扇は眉一つ動かさない。朝右衛門は勢いよく畳みかけた。

「率直に訊くが、なぜ指を集めている？　客を操って指狩りをさせてまで」

芍扇は愛らしく首を傾《かし》げて、薄く微笑んで見せた。

「わたしがどうして指を集めるのか、それを知りたいのか」

その言葉を境に、芍扇の纏う雰囲気が大きく変わった。儚げだった表情はこちらを蔑《さげす》むように歪み、少し低くなった声を明朗に張り上げる。もはや郭言葉も捨てたらしい。

「いいだろう。わたしも人に話してみたかったところだ……山田殿は、わたし達が指を切る時のやり方をご存じかな」

知るはずもない。朝右衛門はただ偽の指を売るだけだ。

芍扇は形のよい指を見せつけるようにして、左手をこちらに差し出した。

「左手の小指の先に小刀を当てて、誰かが小刀の背に鉄瓶を叩きつけるんだ。そうすると、ぽん、と見事に指が飛ぶ」

ぽん、と言いながら掌を上に向けた。うっとりと目を細め、夢を見るように語り続ける。

「わたしがまだ、年端もいかない禿だった頃。付いていた花魁の姉さんが大層素敵な殿方に夢中になって、そうやって指を切った。ところが、ねえ。迂闊《うかつ》にも障子を開け放ったままそれをやったから、飛んでいった指は庭木にまぎれて行方が知れなくなってしまった」

芍扇は、少年のように無邪気に笑った。

「ふふ、可哀想に、姉さんたら。真心を示すためにもう一本指を切ることになってしまったのさ」

あまりにも愚かしい。しかし当の花魁にとっては一大事だったろう。その指を渡された客は、果たして喜んだのだろうか。

「さて……最初に飛んでいってしまった指は、どこへいってしまったんだろうね」

「……野良犬にでも持って行かれたのではないか」

朝右衛門は当然考えられることを述べた。芍扇が首を振る。

「あの日、茶屋中大騒ぎで皆が指を探し回った。当然わたしも草むらを掻き分ける羽目になって、そうして見つけたんだ。その時、声が聞こえた」

じわじわと高まっていく嫌な予感に駆り立てられるように朝右衛門は問いかけた。

「声？　誰の」

「知らないさ。だが確かに言っていた。女の小指を百本集めれば悟りを得られる、とね」

言っていることの意味が分からなかった。悟り、とは仏陀《ぶつだ》が至ったとされる境地のことであろうか。どうして、指を集めればそれを得られるというのか。

戸惑っている間に、芍扇が手を叩いた。それを聞きつけたのか、店の若い衆が座敷に入ってきた。その顔に見覚えがあったので、思わず小さく声が出る。使いとして度々屋敷に来ては、指の入った箱を受け取っていた男だった。驚くこちらには目もくれず、芍扇の側に膝をつく。

「善吉《ぜんきち》、あれを」

命じられた善吉という若い衆は、座敷を出たかと思うとすぐに戻ってきた。漆塗りの箱をうやうやしく芍扇に渡す。

芍扇は箱を開けると、中に手を入れた。取り出したのは、大量の指に糸を通して輪にしたもの。黒く変色して乾いた指もあれば、まだ血の跡が残る新しい指もある。芍扇はそれを躊躇《ちゆうちよ》なく首にかけた。

「これで九十九本。あと一本……あとたった一本あれば悟りを得られる。だから、邪魔せず帰ってほしい」

はい分かりましたと帰れるわけがない。

「まだ問いの答えを聞いていない。死体の指でよいのならば、私が売る指だけでもよかったはずだ。なぜ生きている人を殺してまで」

「そんなの、答えるまでもないと思ったがね。誰かを犠牲にしてでも、一刻も早く抜け出したかったんだよ。この苦界《くがい》——現世から」

ふいに、善吉が床の間に置かれていた琴を持ち上げた。そして振り下ろしたそれが額に叩きつけられる寸前で、朝右衛門は後ろに倒れ込んだ。半蔵が朝右衛門の首根っこを摑んで引いたようだった。

慌てて体勢を立て直す。半蔵の背越しに善吉を見るが、目付きがおかしい。神社の前で見た鴇次郎のように操られているようだ。その鴇次郎は悲鳴をあげて腰を抜かしており動けないらしい。

とにかく戦わなければならない。打刀を抜こうとしたが、無い。そういえば遊郭に刀は持ち込めないのだった。懐に隠し持っていた短刀を取り出し、鞘から抜き払った。

「半蔵、そいつを引きつけておけ」

「無茶しないでくれよォ、旦那」

半蔵は三味線を拾い上げると、善吉に殴りかかっていった。三味線と琴の弦がぶつかって響く音を縫って、朝右衛門は芍扇に走り寄る。

あと数歩、というところで視界が歪んだ気がした。赤い着物の裾が眼前をはためいたかと思えば、誰かの手が首元にひたりと触れた。

振り向けば、芍扇の顔が間近にある。濡れた黒い瞳が覗き込んできて、心臓を素手で摑まれたような気持ちになる。

「わたしのものになりなさい。それがお前の幸せだ」

蠱惑《こわく》的な声が耳から入り込んできて、頭に靄《もや》をかけたようだった。全身が熱くて自由に動かない。短刀を握る指を芍扇が撫でた。

「綺麗な指だな。これまで数多《あまた》の人間を殺してきた指だ。だが本当は、殺したいと思ったことなどないのだろう？　もうそんなことはしなくていい。さあ、それを渡すんだ」

人差し指が、中指が、薬指が、柄から一本ずつ剝がされていく。それもいいかと思えてくる。もう誰を殺すこともなく、ただ目の前の美しい人に傅《かしず》いていたい。

小指が剝がされる寸前、目が何かに覆われた。ひんやりとして滑らかなこれは、手だ。お幸の手。この身に取り憑いた何かに、また守られている。

短刀を強く握りしめると同時に、お幸の手が消えた。目の前に不意を突かれたような芍扇の顔がある。その首元にかかっている指の輪にむけて、短刀で斬りつけた。

繋いでいた細い糸が切れて、九十九本の指が宙を飛んで散らばった。ぼたぼたと畳の上に落ちていく。朝右衛門は間髪容れずに懐から札を取り出し、茶色く乾いた指に押しつけた。

途端に、全ての指が灰になって崩れ落ちていき、札だけが残った。芍扇がか細い悲鳴を上げて、こちらに摑みかかってくる。

「もう少し、もう少しで悟りを得られたのに、あと一本だけだったのに」

「落ち着け、こんなことで悟りを得られるはずがない」

朝右衛門の胸を繰り返し叩く力はあまりに弱い。呼吸が速すぎて心配になり、背中を軽く叩いてやる。しゃくりあげて泣く合間に何かを呟いているようだ。

「悟りを、得られないなら……」

もっとよく聞こうとしたところで突然襖が開き、数人が踏み込んできた。騒ぎを聞きつけて店の者が様子を窺いに来たらしい。

これはまずい、と辺りを見渡してみる。泡を吹いて動けずにいる鴇次郎。折れた琴と三味線を間に睨み合う半蔵と善吉。短刀を握って向かい合う朝右衛門と芍扇。なんと説明したものだろう。

「あの、お客さま、どうなさいましたか」

茶屋のおかみがおそるおそる訊いてくる。答えようとしたところで、芍扇が勢いよく立ち上がった。その手を見て、短刀を奪われていることに気付く。

部屋の隅まで後ずさりながら、芍扇は首元に短刀を当てた。場が騒然とするなか、芍扇は祈るように目を閉じた。

「どうか、もう二度と生まれ変わらないように」

刃を首に滑らせた。勢いよく吹き出した鮮血が畳を濡らしていく。血の匂いが立ちこめて、芍扇の身体がゆっくりと倒れ込んだ。

それを目撃してしまったおかみは金切り声をあげて気を失った。それを支える番頭もうろたえるばかりで何もできないようだ。朝右衛門もただ、呆然と座り込んでいた。

そんな中、善吉だけが芍扇に駆け寄った。そしてその手から短刀を奪うと、芍扇の左手から小指の先を切り取る。そしてその小指を口に含むと、ためらいなく飲み込んだ。

何度か咳《せ》き込み、泣き笑いの表情を浮かべる。

「来世で一緒になりましょう」

そして善吉は、そのまま短刀を自らの喉に突き立てた。刃は首を貫通したが、血はあまり出ないようだった。

善吉が命を落とすまでに少々時がかかったが、痛みにのたうち回りながらも善吉は笑い続けていた。その度喉から空気が漏れて、奇妙な音が鳴り続けた。

八

「さすが朝右衛門さま、そうして見事に指狩りの首謀者を討ち取ったのですね」

晴明が嬉々《きき》として褒め称《たた》えるが、朝右衛門と半蔵は暗い顔で座り込んでいた。いつもの晴明の散らかった部屋も心なしか更に陰鬱に見える。あの事件が起こったのはたった三日前だ。心が晴れるはずもない。

証人が多かったので、花魁と若い衆の心中に運悪く巻き込まれた客ということで落ち着いた。

半蔵に証言を任せていたら、あの短刀は元々花魁のものだということになっていた。特別なものでもなかったが、使いやすくて気に入っていた短刀を失った。いや、そういう問題ではない。自分が容易く短刀を奪われなければ、あの二人は自死せずにすんだかもしれないのだ。

鴇次郎もここまで痛い目にあえば二度と吉原に行こうなどと思わないだろう。

「だァから、変なことに首つっこまない方がいいっつってんのに……」

半蔵のぼやきに反論できない。しかし山田家の家業に指狩りなどというものが関わっていた以上無視はできなかった。どうすればよかったのだろうか……と何度も反芻《はんすう》する。とにかくこの件に区切りがついてしまう前に、ひっかかっていたことについて訊こうと顔を上げた。

「晴明。指を百本集めて悟りを得られるなんてことが本当にあるのだろうか？」

「その昔、アングリマーラという人がいました」

間髪容れず晴明が解説を始めた。待っていたかのような勢いだ。

「彼は自らの師に、百人分の指を集めれば悟りを得られると教えられ、道行く人を襲いました。ついに百人に届くという時彼の前に仏陀が現れ、説法して改心させたそうです。仏弟子になった彼はその過去もあり迫害されましたが、修行の末ついに悟りを得たのだとか」

「と、いうことは……」

「ええ。指を集めて悟りを得られるなどという話は、あまり鵜呑《うの》みにしない方がいいということですね」

やれやれ、という顔で両手を広げて首を振っている。

「果たして芍扇に悟りなどという考えを吹き込んだのは誰だったのか。他の誰でもない彼女が自分で辿り着いたのか、人が死ぬと都合のよい怨霊につけこまれたのか、あるいはその善吉という男が囁いたのか……今となっては確かめようもないですね」

芍扇はありもしない話を信じて人を殺した。それがもし善吉が仕組んだことだったとしたら。

「この結末も……善吉が望んだことだったのかもしれない」

「朝右衛門さま、そう落ち込まないでください。離別の札の御利益が及んでいれば、芳扇と善吉は来世では別の道を歩めるかもしれません」

来世、という言葉が出た途端に半蔵がぴくりと耳を動かした。それを横目に、朝右衛門は疑いの気持ちで問いかける。

「来世というものが、本当にあるのか」

「さあ。あるとも聞きますが、ないとも聞きますね」

もし、来世があるとしたら。お幸には、次こそ幸せな人生を歩んで欲しいと思う。自分のような人間にいつまでも取り憑いていたりせずに。

「さあ、お二方元気を出して。これで長屋のおかみさん方が襲われる心配もなくなったわけです。わたくしも多少なりとも感謝しているのですよ」

正面から感謝の言葉を受けて、少々胸があたたかくなった。自分がしたことにも、意味はあったのかもしれない。

「半蔵、次はもっとうまくやるぞ」

「次とかがね、なくて穏便に暮らせりゃそれが一番なんですがねェ」

半蔵はぺたりと耳を伏せ、指先で畳の縁をカリカリと引っ掻いた。

いぬ

筵に膝をつく侍に暴れる様子は無かったが、射殺すような目で山田朝右衛門を睨みつけている。酷く痩せた身体は怒りのためか、恐怖のためか、僅かに震えていた。

刺すような冷えた風に、濃い血の香りが漂っている。つい先ほど、この侍の仲間を二人斬ったところだった。今日はこの男で最後だ。山田朝右衛門は静かに問う。

「何か、ご遺言は」

「俺は首を打たれる謂《いわ》れはない。国を堕落させる幕府の狗《いぬ》どもを除こうとしただけだ」

「左様ですか」

「俺を殺しても、憂国の士が必ずや志を遂げるだろう」

その声は憤怒《ふんぬ》に震えている。今にも喉元に食らいついてきそうな形相だった。朝右衛門が目線で合図をやると、人足の内の一人が脇差を抜いて侍の喉縄を切った。襟を引けば、骨張った首筋が露《あら》わになる。ここにきて侍は暴れだしたが、人足が三人がかりで押さえつけて首を前に出させた。

憂国の士、か。攘夷《じょうい》派の武士をもう何人も処刑した。相手に志があろうとなかろうと、朝右衛門は達しに従い首を斬るだけだ。侍は尚も呪詛《じゅそ》の言葉を吐いている。

朝右衛門は刀を大上段に構え、そのまま真っ直ぐに振り下ろした。


屋敷の中の道場はがらんとして寒々しく見える。かつては多くの門人が鍛錬に明け暮れた道場で刀を振るうのは、今では一人だけだった。

古畳が立てて置かれている。山田朝右衛門はその前に立ち、刀を構えていた。思い浮かべる。目の前には寝かされた首の無い死体。その背骨と背骨の間を狙う。

床を踏みしめ、刀を高々と振り上げる。鋭く振り下ろされた刃は、軽い音と共に畳を真っ二つにした。イグサが零れ落ちることもない、鮮やかな切り口。

朝右衛門の家業は死体を用いての刀剣の様し斬り、及び死罪人の首斬りだ。いつでも変わらぬ精神状態で、僅かな狂いも無く刀を扱えなければ務まらない。

朝右衛門は静かに刀を引き、鞘に納めた。背後から道場の扉が開く音。

「旦那ァ、妙な御仁が来てるぜ」

入ってきたのは半蔵だった。その半蔵本人も、妙としかいいようのない風体をしている。浅黒い肌、背丈は並より少し高い程度、そこまでなら普通だったが、その首から上は馬とも鹿ともつかない獣のものであった。耳は長く立ち、黒い毛皮に覆われ、長い鼻面が皮肉げに歪んでいる。

三百年を生きている忍者服部半蔵その人だと豪語し、実際に不死だとしか思えない振る舞いを見せる彼を下働きとして使うようになってもう四月《よつき》が経っていた。

「妙とは一体」

この屋敷に普段来る客と言えば、死罪の執行日や様し斬りの達しを伝えに来る者くらいのものだ。不吉な噂のつきまとう首斬り朝右衛門にわざわざ会いに来る者は少ない。

「旦那の友人だかで、清水紺太夫《しみずこんだゆう》って名の」

「追い返せ」

承知、と答えた半蔵が踵を返した時だった。

「やあ、この屋敷は変わらんな」

堂々たる足取りで道場に入ってきた武士がその清水紺太夫であった。十年前と変わらない人懐こい笑みを浮かべ、噛み締めるように言う。

「久しいな。今はもう……朝右衛門だったか」

朝右衛門にとってかけがえのない友人であり、だからこそもっとも会いたくない人物であった。

一

向かい合って座す。いつも以上に苦々しい表情の朝右衛門と対照的に、紺太夫はにこやかだった。その背後に、半蔵が紺太夫から預かっていた打刀を置いた。そしてそっと立ち上がり障子の前に至ると、丁寧に膝をついて礼をし、客間を出て行った。

「ずっと一人で暮らしていると聞いて心配していたが、ちゃんと世話をする者がいるようでよかった」

紺太夫が半蔵の出て行った方を目で追いながら言った。

紺太夫には、半蔵の顔は普通の人間のように見えているはずだ。半蔵の首から上が獣に見えるのはごく限られた人間だけだった。

「紺太夫……貴様、何の用があって来た」

「旧友に会いに来るのに理由がいるか」

かつて紺太夫と朝右衛門は同門で剣の腕を磨いていた。六代目山田朝右衛門を師と仰ぎ、死体の扱いや刀剣の鑑定方法を学んだものだった。

紺太夫がここを出ていったのは十年ほど前のことだ。元々長州藩《ちょうしゅう》に願い出て江戸で修行をしていたのだが、紺太夫の兄が急死したために国へ戻って跡を継がなければならなくなったのだ。それ以来当主として忙しくしていたはずだ。

前に会ったのは確か、朝右衛門が跡を継いでしばらくした頃だった。屋敷までやって来た紺太夫に一方的に別れを告げて追い返した。それ以降も紺太夫は参勤交代に付き従って江戸と長州を行ったり来たりしていたはずだが顔を合わせることはなかった。

「前にも言ったはずだ。もう会いに来るなと」

「まだ、自分のせいで皆が死んだなんて思ってるのか。あんなのたちの悪いただの噂だろう」

朝右衛門と親しくする者は不可解な死を遂げる。そういう噂だった。そしてそれは事実で、朝右衛門に取り憑いた何かが周囲の者を憑り殺していく。それに影響されず共にいられるのは、半蔵のような不死者や、先日知り合った陰陽師のように対抗する術《すべ》を持つ者だけだった。

紺太夫は角ばった顎を大きく開けて説得を続ける。

「あの頃は病も流行っていたし、巡り合わせが悪かったんだ」

「病だけじゃない。事故にしろ、誰かに殺されるにしろ、ろくな死に方はせんぞ」

「だが、側仕えの者を置いているじゃあないか」

「あれはよいのだ」

「ふうん、随分信用してるんだな」

紺太夫はからかうような口調で言ったが、ふいに笑みを消して、真剣な顔つきでこちらを見据えてきた。

「今日は頼みがあってきた。吉田松陰《よしだしょういん》先生に会ってほしい」

「吉田松陰……」

知っている名だった。五年ほど前、黒船に乗って密航しようとした長州藩士だ。当時はかなり騒ぎになったので朝右衛門の耳にも届いている。その後国元に送還されて萩《はぎ》城下の獄に繋がれたが、出獄を許された後は松下村塾《しょうかそんじゅく》という私塾を主宰し、身分の区別なく多くの弟子を教育したという。その弟子である攘夷派の志士を朝右衛門はもう何人も処刑した。

「紺太夫、貴様……松下村塾に」

「ああ、素晴らしいお方なんだ。会ってくれればわかる」

紺太夫が訴えるように見据えてくる。かつてと比べると顔の丸みは失われたが、その目は変わらず強い光を映していた。

「松陰先生に会ってくれ。そして、どうかお前も仲間に加わってほしい」


今日の晩飯は焼いたサバと大根の味噌汁、沢庵《たくあん》と白い米であった。後は寝るだけなのだから晩飯はもっと軽いもので構わない、と何度も言っているのに半蔵は毎度何品も箱膳に載せて出してくる。

旦那は不健康だからこれくらい栄養が必要だ、とその度言い訳をするものの本人が食べたいだけではないかと思う。案の定半蔵はサバにかぶりつき、米をかきこんでは長い鼻面を緩めている。

不死だというのに、随分美味そうに食べるものだ。飯を食べなくても死なないらしいのに、味覚と空腹にはしっかり振り回されているのだから難儀なものだと思う。

半蔵は喉を大きく動かして飲み込んでから、箸の先をこちらに向けた。

「それで、その吉田松陰ッてのに会うのかい」

「いや……断った」

吉田松陰。いずれ自分が首を斬るかもしれない男だ。攘夷運動が過激になるにつれて、攘夷派への締め付けも厳しくなってきている。江戸に呼び出された松陰の弁明しだいでは、死罪になるかもしれない。

「会ったところで何が変わるわけでもあるまい」

吉田松陰が自分に会って考えを変えるとは思えないし、逆も然《しか》りだ。黒船がこの国にやってきてから世情は荒れ、罪人は増え、朝右衛門が処刑しなければならない数も格段に増えた。最近は幕府と揉《も》めた攘夷派の首を斬る役も回ってくる。しかしどんな世になろうと、朝右衛門はただ受け継いだ役目をこなすだけだ。

「それに……紺太夫にはもう会わない方が良い」

朝右衛門の周囲の者が死んでいく、というのはただの噂ではなく事実なのだ。朝右衛門にいつからか取り憑いた何かは、師匠を、師匠の娘を、兄弟子たちを次々と殺した。あの白い腕を何度も目にした今では、そう確信している。

紺太夫も、朝右衛門から離れるのが遅ければ死んでいたかもしれないのだ。せっかく生きながらえたのだから、こちらの知らないところで妻子を大事にして達者でいてほしい。

朝右衛門はサバの身を骨から几帳《きちよう》面《めん》に外し、口に入れた。旬なだけあって脂がのっている。半蔵は、骨の一欠片《ひとかけら》も残らない皿を見下ろしていた。

「ま、それがいいンじゃねェの。あちらさんも何かと複雑なようだし」

その言葉に何か含みがあるような気がしてじっと見たが、なんだおかわりかい、と言われるだけだったので空になった茶碗を差し出した。

二

三日前と同じように閉め切った客間で向かい合っている。紺太夫の姿勢は前のめりで、今にも畳に額をつけてしまいそうなほどだった。

「頼む、松陰先生に会ってくれ」

「断ると言ったはずだ」

朝右衛門は腕を組み、目を伏せている。前回もすげなく追い返したというのに、紺太夫は勝手知ったるという様子で屋敷に上がり込んできたのだった。

「どうしてそうまで私を吉田松陰に会わせたいのだ」

「おれにとってお前ほど信じられる相手はいない。十年ろくに会わなかった間だって、お前との友情を疑ったことなどなかった。だから共に戦ってほしいんだ。朝右衛門、このままではこの国は遠からず滅ぶぞ。松陰先生の話を聞けばわかる。今すぐ動かなければ」

「松陰が牢から出るまで待てないのか」

「待てない」

紺太夫は床につけた拳を強く握り、こちらに真っ直ぐな目を向けてくる。これまでの経験上、こうなった紺太夫はこちらが折れるまで粘り続ける。どうしたものか、と思っているところに外から声がかかった。

入れ、と言えば障子を開けて踏み入ってきたのは半蔵だった。茶と饅頭《まんじゆう》をそれぞれの前にそっと置いたかと思えば、ちらりと紺太夫の顔を見て、またすぐに出て行く。一瞬吹き込んできた風で客間の空気が少し冷えた。紺太夫に茶を勧めたが、口をつけようとせず半蔵が出て行った方を睨みつけている。

「朝右衛門。あの男は本当に信用できるのか」

「どういう意味だ」

「あの男は……妙な匂いがする」

「そうか……優秀な鼻だな」

本気で感心したのだが、紺太夫は冗談で言っているんじゃない、と声を荒らげた。紺太夫は、半蔵が普通ではないことを知っているのか。それとも、ただ勘が鋭いだけだろうか。朝右衛門は湯呑《ゆのみ》を持ち上げ、茶で喉を潤す。

「信用している。あいつは今のところ死んでいないからな」

そして湯呑を置き、問う。

「紺太夫、貴様は死なないか」

「死なない」

その答えに躊躇いはない。しかし、信じるわけにはいかなかった。人は死ぬ。自分の身に憑いた何かは、いつか紺太夫を殺すだろう。事故なり病気なり、不自然でない形を装って。

「そうか……ならば、行こう」

紺太夫は訝《いぶか》し気に、え、とだけ声を漏らした。朝右衛門はさっさと立ち上がった。

「吉田松陰のところだ。お前が言ったんだろう」

喜び勇んだ紺太夫が打刀を拾い上げて勢いよく立ち上がるのを、厳しい声音で止める。

「だが、これが最後だ。吉田松陰に会って、それで私の考えを変えられなければ、もう金輪際会いに来ないでくれ」

今回で諦めさせる。紺太夫が戸惑いつつも頷くのを見届けてから、障子に手をかけて開け放った。

三

朝右衛門の顔を見知っている門番があっさり表門を開けてくれたので牢屋敷に入るのは簡単だったが、問題は牢番だった。

「おや、山田朝右衛門殿。どうしましたこんな夜更けに。牢になど用はないでしょう」

牢番は油断なくこちらを見上げている。鼻の横に大きな黒子のあるこの男は、牢屋同《どう》心《しん》の中でも古参だった。無法者たちの相手をしてきただけあって狡猾で度胸もある。

少しでも怯めば押し負ける。朝右衛門は、さも当然であるかのように要求した。

「吉田松陰に会わせてくれ」

「さて、罪人と面識がおありですか」

「いずれ首を斬る相手だ。話がしたい」

「話なら仕置き場ですればよいでしょうに」

睨み合うがらちが明かない。ここは強く脅しをかけるべきかと刀の柄に手をやったところで、半蔵が間に割って入った。

「まァまァ、長らく御様御用を勤めてきた山田朝右衛門が怪しいもンではないことくらいおわかりでしょう。ここはどうか、通してくださいや」

半蔵は猫撫で声で頼み込むと、牢番の手に小さな包みを握らせた。牢番はちらりとその包みを見ると、すぐに懐にしまった。

「お通りください」

牢番は態度を翻すと、張番所の内側へ招き入れた。

「ああ、場所さえ教えてくれれば案内はいらンぜ。あんたも持ち場を離れるわけにゃいかンだろう」

半蔵はそう言って情報を聞き出すと、すたすたと歩き出した。それに付いて行きながら、朝右衛門は小声で尋ねた。

「どうやって納得させた?」

「簡単でさァ、旦那が仏壇の裏に隠してた端金があるだろ？　あれをたまたま預かってたもンで、それを渡したまでさね」

「なんだと、また勝手に金を……」

「あーあー、おかげで役に立ッたでしょう？　今日はこのまま穏便に松陰殿と話して帰りましょうや」

半蔵は悪びれる様子もない。まだ腹に据えかねていたが、ここで説教しても仕方がない。

ふと、ここまで静かな紺太夫が気になってちらと振り返った。いつになく張り詰めた面持ちだ。久しぶりに吉田松陰に会うので緊張しているのだろうか。

半蔵は当たり前のように埋門をくぐり、室内の奥の方まで入り込んでいく。並ぶ牢に入れられた囚人たちはこちらに興味を示さず、ただ寝そべっているようだった。

ふいに半蔵が足を止めたので、朝右衛門たちもそれにならった。分厚い木の格子の向こうで硬い床に座り、燈明皿の明かりで本を読んでいるその武士はまるで自室でくつろいでいるかのようだった。

松陰先生、と紺太夫が声をかけて、ようやく彼は顔を上げた。

「おや、紺太夫。こんなところまでよく来てくれたね」

先生、と慕われる以上はもっと年嵩《としかさ》の人間かと思っていたのだが、実際の吉田松陰は朝右衛門や紺太夫と変わらない歳に見えた。総髪を乱れなくまとめ、すりきれてはいるが清潔な麻の着物を身に着けている。秀でた額と鷲鼻《わしばな》が、聡明《そうめい》さと頑固さを表すかのようだった。松陰は紺太夫と挨拶を交わしながら、閉じた本を傍らに置く。

「そちらの方々は」

松陰がこちらに興味を向けてきたので朝右衛門も挨拶をしたが、半蔵は後ろに下がって名乗ることをしなかった。

「そうですか。山田朝右衛門殿……お噂はかねがね。お会いできて嬉《うれ》しいことだ」

吉田松陰は穏やかに微笑んで立ち上がった。格子の向こうにいる松陰と確かに目が合っているのに、強く光を映すその瞳はまるでずっと遠くを見ているかのようだった。

「こちらこそ。お会いできて光栄にございます」

朝右衛門はそっけなく返す。松陰がきいた噂とはどんなものだろう。紺太夫の友人としてか、それとも松陰の弟子を何人も処刑した首斬り朝右衛門としてか。

朝右衛門が考え込んでいる間に、紺太夫は当たり障りのない話題から切り出した。故郷に置いてきた松陰の家族について。長州からここまでの道のりについて。紺太夫とも面識のある他の弟子の動向について。そんな会話がじれったく感じて、朝右衛門は問いかけた。

「あなたは、生きるつもりで江戸まで来たのですか。それとも死ぬつもりで」

紺太夫は突然の問いに目を見開いている。松陰はこちらの真意を窺うように軽く首を傾げた。

「できれば死なないで頂けると、私の仕事も楽になる」

吉田松陰を目の前にして、朝右衛門が言いたいことはそれだけだった。吉田松陰が命を落とせば、彼の弟子は更に無茶な活動に走るだろう。紺太夫も例外ではない。最初から朝右衛門は攘夷運動に加わるつもりなどなかった。ただ、無用な勤めが増えず、数少ない友人の命が危険にさらされなければそれで良い。

「もちろん、生きるつもりで来ました」

吉田松陰は深く頷き、胸に掌を当てた。

「しかし、いざとなれば死も厭《いと》わない。僕は既に、胸の内の全てを幕府の面々にお伝えしました。それをどう判断するかはあちらしだいです」

この人は死ぬな、という気がした。ただの直感だったが、長く人の死に触れてきた朝右衛門の勘は研ぎ澄まされている。たとえ今回生き延びたとしても、遠からず命を落とすだろう。こうやって自分の信念を疑うことなく常に希望を見据えている人は、いつか重要な目的のためにあっさり命を手放してしまう。

これ以上話すことはない。朝右衛門が帰ろうかと思い始めた時、半蔵が長い獣の耳を立てて、朝右衛門を背に庇《かば》うように一歩踏み出した。遅れて、足音が重なって聞こえる。現れたのは、六人の武士だった。それぞれくたびれた着物を着ているが、みな血の滴る抜き身の刀を握っている。それを見て紺太夫が驚きの声を上げる。

「お前たち、どうして……」

武士たちのうち、もっとも年嵩の四十余と思《おぼ》しき者が嬉し気に答えた。

「おお紺太夫殿、奇遇ですな。こんなところで会うとは……」

「何用ですか」

無遠慮に近づいて来ようとした年嵩の武士だったが、冷たい松陰の声に足を止めた。

「どうしても先生にお会いしたく……」

「先生と呼ばれる筋合いはない。君たちはとうに破門した」

「それでも我々は、先生のためを思ってきました。ああ、このような牢に押し込められておいたわしい……」

「話にならない。牢番はどうした」

松陰の問いかけに、年嵩の武士は胸を叩いてみせた。

「無論、門番も牢番も斬り捨てました。運も我々に味方してくれたようだ。ご安心ください、松陰先生。ここよりすぐにお連れ致します」

その一言で、牢内の空気が一気に張り詰めた。年嵩の武士は両手を開き、なおも訴えかけてくる。

「松陰先生。幕府の狗どもは、はなから先生を江戸から出す気などありません。このままでは殺されるだけです。逃げて、反撃の時を待ちましょう。隠れる場所は用意してございます」

「僕は逃げも隠れもしない」

松陰はぴしゃりと言ったが、その武士が怯む様子はなかった。

「松陰先生のお志は痛い程よくわかります。しかし今は、とにかく生き延びてもらわねばならぬ。さあ紺太夫殿、貴方もこちらに加わってください」

突然水を向けられた紺太夫は、目を白黒させている。

「紺太夫殿！　松陰先生が亡くなればこの国はまた一歩滅びへ向かうのですぞ」

「紺太夫。君も僕の意志を愚弄するなら、その者たちと同じように破門する」

迷っている様子の紺太夫であったが、松陰の言葉を聞いて心を決めたようだった。年嵩の武士の前に立ちはだかる。

「悪いが、協力はできない。帰ってくれ」

それを聞いた年嵩の武士はゆるく首を振ると、ゆっくりと刀を正眼に構えた。

「ならば、斬り捨てるまで」

それが合図かのように、他の武士たちも刀を構えた。松陰が制止の声を上げるがきく者はいない。

「朝右衛門、手を出すな。こちらの問題だ」

そう言った紺太夫も鯉口を切り、体勢を低くする。そして年嵩の武士が斬りかかってきたと同時に刀を抜き放ち、二つの刀身がぶつかった。金属質な音が響き、競り合いの果てに紺太夫が押し勝つ。間髪容れず横ざまに振りかぶり、勢いよく相手の側頭部を殴りつけた。ゴッという重い音と共に年嵩の武士が倒れ込む。

「安心しろ、峰打ちだ」

紺太夫はそう言っているが……安心、できるだろうか。鉄の塊で殴られて、年嵩の武士は泡を吹いて倒れている。小刻みに痙攣《けいれん》しているところから見ても、脳が傷んでいるかもしれない。

朝右衛門は絶句していた。共に修行をしていた頃の紺太夫は、多勢を相手にするような度胸も、動きを見切る正確さも、相手をなぎ倒す馬鹿力も備えてはいなかったはずだ。しばらく会わない間に一体何があったというのだろう。

後に続く五人の武士たちはいきり立っているが、この狭さではいっせいに襲いかかるということもできないようだった。二人の武士が紺太夫に刃先を向け、じりじりと距離を詰めている。一人は目つき鋭く気迫に満ち、一人は無表情で泰然としていた。

多勢に無勢。助太刀《すけだち》が必要だ。朝右衛門が飛び出そうとしたところを、半蔵が遮った。

「おッと、旦那、やめときなよ」

あくびを嚙み殺しながら、のんびりとした口調で続ける。

「こんな狭くちゃ同士討ちになるかもしれん。そもそも奴《やっこ》さんも手ェ出すなッてンだから」

「だからって一人で戦わせるわけには」

「心配いらンよ。どうも一人じゃないらしい」

どういう意味だ……と問いかける暇もなく戦況は動いていた。

同時に斬りかかってきた二本の刀を紺太夫は受け流し、返す刀で一人の太腿《ふともも》に打ち下ろした。それを受けた目つきの鋭い武士は体勢を崩して床に倒れ込む。あまりに素早く、重い一撃。おそらく腿の太い骨が真っ二つに折れていることだろう。

もう一人が間髪容れず突きを入れてきたが、紺太夫は最小限の動きでかわす。何度斬りかかられても避け、刀で流す。しかし、その動きがふいに鈍った。脚を折られた武士が紺太夫の脚にしがみつき、必死の表情でしゃにむに刀を突き上げている。その刃が、紺太夫の脛《すね》を浅く切った。血が流れ落ちる。

その赤を見て、朝右衛門の内を焦燥感が駆け巡る。なぜ人がこないのだろう。異変に気づいた周囲の囚人たちが騒いでいるのに、牢屋同心たちは見廻りにもこない。今まで多くの人の死を見てきた。そして今度は紺太夫の番で、それは今日この時になるかもしれない。それだけは、どうしても避けたかった。

朝右衛門は思わず刀の柄に手をかけた。抜き放つ前にその柄の先を半蔵が手で押さえる。邪魔をするなと睨み上げたが、半蔵は気にした様子もなく顎で紺太夫の方を指した。

「見てみな、あれが奴さんに憑いているもンだ」

紺太夫の足下に揺れる黒い影。牢の僅かな明かりに照らされて濃いそれは、巨大な犬の形をしていた。犬は紺太夫の脛を斬りつけた刀に嚙みついて、目つきの鋭い武士を地面に引き倒していた。武士に犬の姿は見えていないようで、ただ突然重くなった刀に戸惑い、無闇に地を這いながら腕に力を込めている。

その間に、紺太夫は正面にいる無表情な武士の肩を打ち砕いていた。だらりと垂れ下がった腕から刀が落ちたが、それでも素手で紺太夫に摑みかかろうとする。紺太夫の袖を摑んでぶら下がり、かまわず斬れと後続の者に叫んでいた。紺太夫は柄でその顔を殴りつけたが、折れて曲がった鼻から血を流す武士に怯む様子はない。

確かに、何かが紺太夫を助けているようだ。しかし、それなら大丈夫だとは、朝右衛門には到底思えなかった。相手は決死の覚悟で乗り込んできている。いくら紺太夫が強くても、何かが味方していても、一太刀深く入れば終わりだ。止めなくては。何としてでも。

朝右衛門は刀を抜くと、牢の格子に歩み寄った。格子に手を突っ込むと、吉田松陰の胸ぐらを摑む。松陰は驚いた様子だったが、逆らうことはしなかった。

「止まれ。それ以上進めば吉田松陰を殺す」

松陰の喉元に切っ先を突きつけながら、朝右衛門は声を張り上げた。その場にいた皆が、それまでの争いが嘘のように動きを止める。

「全員刀を下ろせ」

誰もが朝右衛門を注視していたが、それに従う者はいない。後ろに控えていた一人が刀を正眼に構えたまま、僅かに足を踏み出した。

「脅しだと思っているのか？　半蔵、来い」

苛立《いらだ》ち混じりに呼べば、半蔵は耳をパタパタと動かしながら無造作に近づいてきた。

腕を出せ、と言えばその通りにする。

朝右衛門は刀を片手で振り上げ、その腕に向かって振り下ろした。その刃は鮮やかに肘を斬り、派手な血飛沫と共に腕が床に落ちた。半蔵が声にならない声をあげ、腕を押さえて蹲《うずくま》る。だくだくと溢れ出す血が、地面に染みこんでいった。

「朝右衛門、なにを……！」

紺太夫の驚愕《きょうがく》の声を無視して、落ちた腕を踏みつけた。草履越しに、硬く弾力のある肉の塊を感じる。周囲がざわつく中、朝右衛門は血に濡れた刃をまた吉田松陰の首元に向ける。

「私は人斬り朝右衛門だ。人一人斬り殺すなど造作もない。貴様らの大事な松陰先生の命が惜しければ、全員大人しくしろ」

今度こそ、その場の全員が固まった。沈黙が広がる中、松陰一人がふふ、と笑う。

「無茶をするお人だ」

赤く濡れる刀身に手を添えて、刃を首筋に押し当てるようにする。

「きいただろう皆、刀を納めて立ち去りなさい。なんにせよ、僕は今この牢を出るつもりなどないのだから」

指をつー、と滑らせて血をなぞる。その目は侍たちを見据えるようでいて、遥《はる》か遠くを見つめている。

「僕は僕の花を咲かせた。己の行いに恥じるところなど一切ない。誰にも僕の信念を止めることはできない」

不思議な余韻を残す声が場を支配していた。全てを救ってくれる特別な人なのだと、信じさせるに足る響きを帯びている。朝右衛門は間近にきいて理解した。

彼の訴える声は、人々の胸に深く食い込む。決して神秘的な力ではないが、人間が持ちうる中で最も危険な才能だった。誰もが松陰を見つめ、次の言葉を待っている。

「立ち去りなさい。そして僕が死ぬことがあれば、君たちが遺志を継ぎ国を守りたまえ」

沈黙が広がる。もはやこの場から闘気は消え失せていた。ずっと倒れ伏していた年嵩の武士がふらふらと起き上がり、地に落ちていた刀を鞘に納めた。

「引くぞ」

その一言で武士たちは一歩引き、刀を腰に差した。

「松陰先生……どうぞご無事で」

いまだふらついている年嵩の武士はそれだけ言い残すと、仲間に支えられて牢を出ていく。他の者も、怪我人を抱えると素早く去っていった。

「最後まで……わかってもらえなかったようですね」

松陰が呟いたのを最後に、まるで何事もなかったかのように牢内は静まり返った。いや、何事もなかったにしては血腥い。朝右衛門は松陰の胸ぐらから手を離し、刀を格子の隙間から抜いた。そして呆然と立ち尽くしている紺太夫に声をかける。

「紺太夫、脚の具合は」

「朝右衛門、お前……彼の腕、腕を……！」

振り返った紺太夫はわなわなと震えながら半蔵を指差したが、当の本人は血溜まりからひょいと自分の腕を拾い上げるところだった。

「はーッ、いッてェ、人の腕をなんだと……」

ぶつぶつと文句を言いながら、肘腕の切断面を合わせる。捻るように動かせば、肉の線維が繋がり、表面を皮が覆っていく。

口を開けてその様子を見る紺太夫を横目に、松陰は興味深げに言った。

「これは驚きました。まるで手妻《てづま》のようですね」

朝右衛門は一瞬考える素振りをしてから問いかけた。

「手妻だと言えば、納得しますか」

「しませんね。きっちり説明していただきたい」

手短に説明を試みようとすると、半蔵が呆れた顔で止めた。

「あんたら、やッてる場合かよ。ここにいるのがバレたら面倒だ。さっさとズラかるぜ」

牢屋敷内では大捕物が始まっているらしい。どこか遠くから、火事だ、というような叫びも聞こえる。怯えた囚人たちの悲鳴や、ここから出してくれと懇願する声も飛び交っていた。この混乱に乗じて立ち去った方が良さそうだ。

朝右衛門は刀についた血を懐紙で丁寧に拭いながら切り上げた。

「申し訳ないが、これ以上語らうことはできないようだ」

松陰は頷き、にこやかに言う。

「残念です。またいつかお会いしましょう」

「ああ……また、いつか」

もう会わない方が良いとわかっていながら、朝右衛門はそう返した。

「おい紺太夫、行くぞ」

肩を摑んだが、紺太夫は呆けたように立ち尽くして、牢内の松陰を凝視していた。そして僅かに身体を震わせながら、声を絞り出した。

「松陰先生、おれは……」

「紺太夫、正しいことを為してください」

吉田松陰は薄く微笑んでいる。その態度は薄暗い牢には到底似つかわしくなかった。

「頼みましたよ」

その声は静かでありながら、いつまでも胸の内で響き続けるかのようだった。

四

暗闇の中、僅かな月明かりだけが頼りだ。他に人通りはなく、町は静まり返っている。すたすたと前を行くのは朝右衛門。一歩遅れながらついていくのは紺太夫。その二人に付き従って半蔵が後ろを歩いている。

風が吹いて寒い。町木戸が閉まる前に帰らなくてはならない。早足で進む朝右衛門を追いかけながら、紺太夫は切り出した。

「朝右衛門……おれと共に戦ってくれないか」

朝右衛門は答えず、ただ足を進めている。

「あの場を収めた姿を見て、やはりお前が必要だと感じた。半蔵の不死も、にわかに信じがたいが……きっと攘夷を果たすために役に立つ」

見上げれば、月の光が薄雲に透けて虹色に輝いている。それが風に乗って流れていく一瞬ごとに、影が、光が移り変わっていく。懐かしいなと思った。かつて居残って鍛錬を繰り返し、疲れ果てて道場を出る時に二人で見上げる月はいつもこんな風に輝いていた。

「犬だ」

朝右衛門はぽつりと呟くと足を止めた。つられて立ち止まった紺太夫に向き直る。

「半蔵が不死だということは説明したのだから、お前に憑いている犬のことも説明してもらいたい」

あの犬は、松陰には見えていないようだった。間違いなく怪異に属するものだ。紺太夫は迷うように視線を彷徨《さまよ》わせたが、やがて語り始めた。

「朝右衛門、犬神《いぬがみ》の作り方を知っているか」

紺太夫は犬の大きさを示すように、膝上ほどの位置で手を動かした。

「生きた犬を首まで地面に埋め、ちょうど届かぬところに餌を置く。犬が餓死せんとするまさにその時、首を斬り落とすのだ。飛んだ首は凄まじい勢いで餌に食らいつき、その骨を祀《まつ》れば犬神となる。どうやらそんなことを実際に行った者が、先祖にいたらしい」

月に照らされた紺太夫の影が、いっそう濃くなって僅かに揺らいだ気がする。

「おれの家系では……当主に犬神が憑き、力を貸すと言われている。長らく半信半疑だったが、ここ数年は明確におれを助けるようになった。姿が見える者は限られているようだが……これはきっと、攘夷を果たせという犬神の意思だ」

紺太夫は一歩踏み出し、朝右衛門の肩を右手で摑んだ。

「朝右衛門。お前が犬神を見ることができるのも何かの思し召しかもしれん。共に大義を成そう」

紺太夫の顔はいつもと変わらない朗らかなもので、それでいて懇願するような切実さがあった。朝右衛門は肩に食いこむ手をそっと取り、下ろさせた。

「お前に犬神が憑いているのと同じように、半蔵が不死なのと同じように、私には死神が憑いている。何の役にも立たない。ただ死んでほしくないと思う者ばかりが死んでいく。紺太夫。危険なことはやめてくれ。それができないなら、もう私に会いにくるな」

拒絶の言葉は、夜の道にことのほか大きく響いた。紺太夫は困ったように眉を下げて微笑んだ。

「清水家の当主は代々短命だ。最後は犬神に食い殺されるが、それまでは死なない」

紺太夫が一歩下がったから、それだけの距離が空く。

「どうせ短い命だ。国のために使わなければ」

見合う二人の間を冷たい風が吹き抜けていく。どこか遠くで、獣が鳴くような声がした。紺太夫は一瞬強く二重の瞼《まぶた》を閉じて、また目を開くといつも通りの朗らかな笑みを浮かべた。

「だが、そうだな……お前は昔から争い事を好まなかった。お前はただ山田朝右衛門の名を守っていればよい。それだけでいい世の中に、おれがしてやるから」

紺太夫は一歩下がると、踵を返した。長生きしろよ、と言い残して暗闇の中に踏み込んでいく。一度も振り向かないその姿はすぐに見えなくなった。

五

朝右衛門は縁側に腰かけている。その背後に膝をついた半蔵は、掌を擦《す》り合わせてすき油を薄く広げた。そのまま、朝右衛門の下ろした長い髪に手を差し入れる。すき油を髪に馴染ませていくたびに、木蠟《もくろう》に混ぜられた白檀の甘やかな香りが漂った。ずっと無言で任せていた朝右衛門だったが、ふいに目を開ける。

「吉田松陰の処刑が決まった」

「あ？　えらく早《はえ》ェな」

半蔵の言う通りだ。あれからまだ半月も経っていないというのに、もう松陰の死すべき日が決まってしまった。

あの日は大変な騒ぎだった。牢屋敷に侵入者が入り、さらにそれを取り逃がすなど前代未聞のことだ。逃走の途中で四人が斬り捨てられたが、少なくとも二人は逃げ延びたらしい。

牢屋敷内では何箇所も小火《ぼや》が出ていたから、他にも協力者がいて火をつけたようだ。死んだ牢番の懐から不審な金が見つかったこともあり、彼が侵入者を招き入れたのではないかと疑われていた。あまりの不祥事なので、お上は公にしないことに決めたそうだ。

それでも吉田松陰の脱獄を助けようとした者の犯行であったことは松陰の証言からも

明らかだったから、早く元凶を処刑したいと考えたのかもしれない。

「執行は今日だ」

二日前に通達を受けたがなんとなく口にする気になれず、半蔵には今日処刑があるということしか伝えていなかった。それに不満を示す様子もなく、半蔵は柘植《つげ》の櫛《くし》で髪を梳《す》き続ける。

「あの紺太夫とかいうご友人には教えてやったのかい」

「何も伝えていない」

おそらく、もう知っているだろう。松陰は、死の決まった獄中で文《ふみ》を書き続けていたという。最後の松陰の教えも、既に弟子たちに伝わっているかもしれない。

紺太夫が何も言ってこない以上、こちらから言う義理もない。半蔵が器用に櫛を操り、髪を一まとめにしていく。元結《もとゆい》の一方の端を口にくわえ、もう一方を巻きつけて髪を結んだ。そうしている間の半蔵から答えが返ってこないのを知っていて、朝右衛門は続けた。

「信念がある者は、こうもあっさり死んでしまうのだな」

松陰は尋問の折、問われていない老中暗殺計画のことまで口にしていたらしい。それが露見しなければ生きていられたかはわからないが、とにかく松陰は保身のために隠し事をするという、一種当たり前の卑怯《ひきょう》さすら持ち合わせていなかった。

松陰を問い詰めた者は、その声が持つ力を、真っ直ぐすぎる思想を恐れて、何としても殺さなければならないと思ったのではないか。人の心を動かす稀有《けう》な才能が、松陰自身を追い詰める。いや、本人は追い詰められたとも思わず、ただいつも通り信念を貫いただけだと言って泰然と全てを受け入れるのだろうか。

朝日が眩しい。ろくに手入れもされず木々が伸び放題の庭にも光が降り注ぎ、葉の裏に濃い影を作っていた。


空が高い。午前の日差しは仕置き場を明るく照らし出していたが、乾いた空気は冷え切っていた。刀を清めるための手桶にも水が満ちて、キンと張り詰めている。人足が時折手をこすりながら、血溜めの穴の前に筵を敷いていた。

半蔵はまた正面から牢屋敷に入り、朝右衛門に付き従っている。普通の人間は半蔵の顔を記憶することができない。頻繁に顔を合わせる牢奉行も鍵役同心も、朝右衛門がいつも連れている男の名を気にすることはなかった。

朝右衛門はいつも通り襷で袖を絞り、袴の股立《ももだ》ちを取った。露わになった手足の間を風が撫でていく。手を差し出せば、預けていた刀を半蔵が差し出してきた。それを腰に差せば、準備は整う。仕置き場の真ん中で立ち、ただ、待つ。今日の処刑は一人だけだった。

改番所《あらためばんしょ》の方から、おありがとうございます、という声が聞こえた。澱みないその声は吉田松陰のものだった。検使与力に死罪を改めて伝えられる局面になっても、松陰は落ち着き払って見える。

面紙をつけるのは断ったようだ。こちらに向かって歩いてくる吉田松陰は、以前会った時と比べると少々やつれて髭《ひげ》も伸びていたが、姿勢は伸びて足取りもしっかりしている。半蔵には気付いていないようだが、朝右衛門の顔を見て微笑んだ。

「山田朝右衛門殿。ご苦労様です」

労《ねぎら》いの言葉を受けた朝右衛門はただ一礼する。吉田松陰は人足の示す方に向かい、筵の上に端座した。失礼、と言いながら懐紙を取り出した松陰は洟《はな》をかんでいる。こんなに落ち着き払った死罪人はかつて見たことがない。

大抵は泣くか、震えるか、暴れるか。辞世の句を朗々と詠んだ盗人もいたが、そうした死に際の度胸を示すような振る舞いでもない。ただ、日常を過ごすように平静だった。

朝右衛門は刀を抜いた。差し出す。半蔵が柄杓で手桶から水を汲み、刀にかけた。透明な水が刀身を伝い、光を受けて落ちていく。

松陰の方を見れば、興味深そうにこちらの動作を眺めている。朝右衛門はいつも通りの問いかけをした。

「何か、ご遺言は」

「いいえ、何も」

「左様ですか」

松陰の側に立つ。松陰は自ら頭を下げ、血溜めの穴に首を差し出した。介添え人足がすかさず喉縄を切り、襟を引いて首筋を露わにした。その中にある骨を、肉を、流れる血を思い描く。

息を吸い、吐く。刀を正面に向ける。相手が誰であろうと、勤めを果たすだけだ。刀を高く振り上げる。振り下ろすその刹那に、予感が駆け巡る。松陰の思想は、多くの武士たちに影響をもたらした。そしてついに、この時。松陰の死が引き金になり、彼らは大きく動き出すだろう。

一瞬の後、松陰の頭は胴体から離れて、穴の底に落ちた。首の根から勢いよく鮮血が吹き出し、松陰の頭の上に降り注ぐ。落ちていく血の間から覗く左目はどこまでも穏やかに、やはり遠くを見つめている。

血が流れ落ちる音が、酷く近くで聞こえる気がした。

巻藁の端が落ちている。たった今斬り落としたそれを眺めながら、松陰の死に様を思い出す。三日前のそれは今も朝右衛門の胸に強く焼きついている。松陰は静かに死に向かい、朝右衛門は平静に勤めを果たした。普段の勤めより滞りなく済んだというのに、どうしてかふとした折に脳裏に浮かんでくる。

日に日に気温が下がり、足袋越しに触れる木の床から寒さが伝わってくる。刀を鞘に納めたと同時に、道場の扉が開く音がした。

「旦那ァ、文が届いてるぜ」

半蔵が折り畳まれた紙をひらひらと振りながら入ってくる。

受け取って広げてみれば、紺太夫からのものだった。文字を目で追っていく。一通り読み終えて、ぐしゃりと握りつぶした。

「おいおい、どうしたんだよ」

半蔵に問われて我に返る。紙の塊を懐に無理やり押し込んだ。

「道場を片付ける。貴様は戻っていろ」

切れた巻藁の端を拾い上げる。胸元で乾いた音を立てる紙が不愉快だった。

文には、本格的に攘夷運動に乗り出すこと、もしもの時藩に咎めが向かぬよう脱藩したとのことが記されていた。自分に何かあった時は、息子を頼む。そうも書いてある。長州にいる息子をどうしろというのだ。朝右衛門が関わらずとも、親類が世話をするだろう。的外れだ。こんな、死を覚悟したような文まで寄越して。

巻藁を強く握りしめていると、背後からとっくに立ち去ったと思っていた半蔵の声がした。

「奴さんのことは心配いらンよ。なんたッて神が憑いてる」

「何が神だ。所詮犬畜生じゃないか」

紺太夫が強かろうと、犬神が味方につこうと時代の流れに呑まれれば死ぬ。

「あいつが断罪される側に回れば、首を斬るのは私なんだ」

振り向いて、力任せに巻藁の端を投げつける。それを難なく受け止めて、半蔵は歩み寄ってくる。

「いざとなッたら俺が代わりにやッてやろうか。アンタは屋敷にひきこもり布団を被って震えていればいい。あとはただ親友を失った自分を憐《あわ》れんで泣いているだけで時は過ぎていく」

手を長い鼻面に当て、こちらの耳元でそんなことを囁く。一瞬揺らいだが、自分の思考を無理やり正気に引き戻した。

「馬鹿を言うな。私が勤めを投げ出すことなどない」

「つれないな。命令さえしてくれれば、俺は旦那のためになンだってやるッてのにねェ」

「お前はなぜ……そうまで私に従う」

たかだか四月と少し前に知り合っただけの関係だ。それも、初めて会った時は半蔵の首を斬り落とそうとしていた。

「そうさね。それは……もうちょいと、気分が乗った時に教えてやろう」

半蔵は人差し指を長い鼻先に当て、口の端を吊り上げた。

「俺は死なないから、急ぐこたァないのさ」

死なないというその言葉だけが、浮き上がって聞こえた。

ふし

並んだ大甕《おおがめ》には人の脳みそが詰まっている。まるで柿でも干すように梁《はり》から吊るされているのは、人の肝を縄で結んだものだった。暗い肝倉の中を注意深く歩く山田朝右衛門は、萎びた紫色の肝の一つ一つに手を添えて乾き具合を確かめている。ようやく納得のいくものに触れて、一束を手に取った。

　山田家の稼ぎの内で大きな割合を占めるのが薬の販売だった。死体から抜き取った肝を用いた薬は、労咳に覿面に効くとして求める者が後を絶たない。人胆丸《じんたんがん》と呼ばれるそれは、医者や薬種問屋との取引材料のみならず、滋養強壮を求める小役人どもへの気の利いた贈り物としても機能する。

　首が落ちたばかりの死罪人の身体。その鳩尾を切り開いて引き出した胆嚢《たんのう》を、汁が溢れ出さぬようにかたく糸で縛る。てらりと水気を帯びて張りがあり、柔らかかったそれが陰に干されて乾いていく。それをすり潰してできたものを朝右衛門は売り、人々はありがたがって飲んでいる。そこに後ろめたい隠し事など存在しない。

「はァーあ、旦那ときたら年の瀬だってのに夜毎他人の肝をすり潰して、他に楽しみはないもんかね」

そうぼやく声の方に振り向けば、見慣れた獣頭がある。

「年の瀬だから薬を作っているんだ。年始の挨拶に手土産の一つもなしでは今後に差し障る」

「切り刻んで丸く固めた罪人の肝がそんなに欲しいとは。甘酒でも配って歩いた方がよほど健全だと思うがねェ」

半蔵は人胆丸の効果を信じていないらしい。かくいう朝右衛門にとっても薬の真偽はどうでもよかった。おかげさまで生きながらえたと感謝されたこともあれば、効果のないものを売りつけて騙したと罵られたこともある。どちらが正しいのかは知らない。先代から受け継いだ家業だから続けているだけだった。

倉を出れば、遮るもののない寒風が身に染みる。荒れ果てた裏庭を歩いているところで、異常な音を聞き取った。力任せに木戸を叩くような音と、大きな呼び声。

「なんだァ？　こんな夜半に来客か」

不気味な噂が多く人の寄り付かないこの屋敷に夜の客とは。急用かもしれない。肝の付いた縄を帯に結んで腰に下げ、朝右衛門は門の方向に足を向けた。

「別に旦那が行かンでも、俺が見てくるぜ」

半蔵の言葉を無視して、早足で進んでいった。

門を開ければ、そこにいたのは十代後半といった見た目の若者だった。

「夜分にお訪ねして申し訳ありません」

整った顔に浮かべる笑みは愛嬌《あいきょう》たっぷりだが、その目は値踏みするように朝右衛門の動きを見据えていた。腰には木刀を差しており、油断のない立ち姿からは武芸の心得が見受けられる。

「高名な山田朝右衛門さまにお会いできて嬉しいです！」

日頃陰気な環境に浸っている頭に、明るい声が飛び込んできて響く。深夜の門前であまり大きな声を出さないでほしいものだ。

「それで。何用でここに」

朝右衛門は迷惑だ、という態度を隠しもしない。若者はめげる様子もなく、ぐっと拳を握った。

「人胆丸をわけて頂きたく」

「薬種問屋に行けばいい」

「高くて買えません」

それはそうだろう。人胆丸を店で買おうとすれば、一服で金一分はくだらない。彼がどこの侍の子かは知らないが、身なりから見てもそうやすやすと代金を払えるほど裕福ではないはずだ。

「ならば、諦めるしかなかろう」

「譲って頂けないのですか」

ここで少しわけてやることはできるが、材料が材料だ。訪ねてきた者にほいほいくれてやってはすぐに薬が尽きる。

今一度断ろうとした時、若者が咳き込んだ。聞いたことのある奇妙に重い咳だった。なるほど。家族や知り合いのために訪ねてきたのかと思ったが、自分の労咳を治すためにここまで来たらしい。

「おれは、やるべきことがあるんです。ここで死ぬわけにはいかない」

口元を拭う。その目は生への執着で爛々《らんらん》と輝いている。しかしどれだけ強固な意志も、身体が病に蝕《むしば》まれれば儚く消えていくしかない。

「旦那ァ、ちょッとくらいわけてやれねェのかよ」

これまで黙って背後に佇《たたず》んでいた半蔵が茶々を入れてくる。日頃他人の死などろくに気にしないくせに、何を善人ぶっているのか。

若者をチラと見れば、その頬は瘦《こ》け、紅潮している。微熱があるのかもしれない。それを見て否応もなく思い出すのは、朝右衛門が密《ひそ》かに慕っていた師匠の娘。あの人も労咳で亡くなった。山田家に伝わる人胆丸をいくら飲んでもついぞ治ることはなかった。

山田朝右衛門の側に居る人間はことごとく死んでいく。そんな巷の噂を彼は知らないのだろうか。所詮噂と侮っているのかもしれないが、それは確かな事実だ。朝右衛門の身体には何かが確かに取り憑いていて、周囲の人間を次々と殺していく。

「お帰りいただこう」

人胆丸を飲んでも治るとは限らない。そんなものに執着するより、家に帰って療養する方が良い。何より、死にたくないなら山田朝右衛門に関わらない方が良い。

張り詰めた静寂が満ちた。若者は見ていて可哀想になる程落胆した顔をしている。

「そうですか……どうしても、わけて頂けないのであれば」

消え入りそうな声を絞り出していたが、最後の一声は鋭かった。

「力ずくでも」

一瞬寒気が背筋を走り、とっさに打刀を抜いた。眼前を閃いた何かを、混乱した頭のまま斬り落とす。それは若者が握る木刀だった。しかし勢いは止まらず、短く鋭くなった木刀の先を尚もこちらの鳩尾に突き立てようとしてくる。熱に潤んだ瞳がこちらを強く捉えたから、逃げられない、と思ってしまった。欠けて尖った木の先が心窩《しんか》に触れる寸前、止まる。割り込んだ半蔵が右手で木刀を摑んでいた。

「おいおい、手荒なマネはよせよ。旦那も話せば分かッてくれッからさァ」

半蔵の軽い声には僅かな焦りが滲んでいる。若者は尚も動きを止めない。折れた木刀は、若者の力と半蔵の力を受けてギリギリと拮抗《きっこう》していた。若者は重い呼吸に喉を鳴らしながらも、凄まじい気迫を木刀にこめていく。しかし力比べは半蔵に分があるとみえ、少しずつ押し返されていった。

緊迫していく空気の中、若者が動いた。膝蹴りを腹に叩き込めば、僅かに呻《うめ》いた半蔵の手が緩む。そのまま木刀を押し込めば、尖った切っ先が凄まじい勢いで半蔵の右頬を突き破った。貫かれた皮と肉。血が玉となってはじけ飛ぶ。

その間を縫うように伸びた手が、若者の腕を掴む。半蔵は口内に至った木刀を舌先で確かめると、にっと笑って見せた。

若者はそれを一瞬見上げていたが、未だ握りしめていた柄を更に押し込んだ。まだ無事だった左頬の内側に尖った木の先がめり込んでいく。半蔵は木刀を噛み締めながら、木刀の柄から若者の指を剝がそうとしている。

二人が必死の形相を浮かべ、至近距離でじりじりと木刀を奪い合う。

朝右衛門はその様をしばらく眺めていたが、強い風が吹いて我に返った。寒い。指先が冷え切っている。袴の裾についた枯れ葉を払いながら、朝右衛門は言い放った。

「もういい。薬をやるからさっさと帰ってくれ」

「本当ですか!?」

色めき立った若者は、ぱっと表情を明るくしてこちらを向いた。半蔵は頬から木刀を勢いよく引き抜いて、不満げに鼻面を歪めている。

「旦那ァ、いいのかよ。こんな物騒な若造に薬なんかやッちまって」

「少しくらいわけてやれと言ったのはお前だろう」

「頬ッぺたに風穴開く前と後じゃ話が違《ちげ》ェだろうよ」

半蔵はぽっかり開いた穴に人差し指を突っ込んでみせた。朝右衛門には獣面の皮が引き剝がされたように見えるが、若者には人の顔が裂かれたように見えているのだろうか。

「申し訳ありません。うっかり穴を開けてしまいました……」

若者はしおらしく目を伏せてはいるが、まるで障子でも破ったかのような口ぶりだった。朝右衛門に襲い掛かってきた気迫といい、初めから斬りかかる気満々だったのだろうと思うと恐ろしいものだ。

木刀しか手持ちがないところを見ると殺意はなかったのかもしれないが、そんな得物でも倒せるという確固たる自信があって乗り込んできたのだろう。

「こんなものはすぐに治る。気にしなくていい」

とにかく早く帰ってほしい。これ以上騒ぐと、またご近所で妙な噂が立つ。ただでさえ、朝右衛門の屋敷では夜になると怨霊の嘆きの声が聞こえると言われて久しいというのに。

若者は詰め寄るような勢いでこちらに歩み寄ってきた。

「ご迷惑をおかけした上にただ薬を頂くのも申し訳ない。おれにできることならなんでもお礼いたします」

そうはいっても、金子は払えないのだろうに。強盗を働こうとしたあげくにお礼をするとは、行動の全てがどうにもちぐはぐだ。紅顔に浮かべた表情は真摯そのものなのに、血に濡れた木刀を胸の前で握りなおす仕草は脅しのようだった。

「半蔵。何か、雑用でもさせてやれ」

「はァ？　こんな夜中に他人様《ひとさま》に手伝ッてもらうことなんて」

「煤払《すすはら》いには人手があった方がいいだろう」

半蔵はめくれた頬の皮を押さえながらしかめ面をしているが、若者は気にした様子もない。

「よろしくお願いいたします！」
冷気を吹き飛ばすような快活な声が闇に響く。
「まだ名乗っていませんでしたね。おれは沖田《おきた》。沖田総司《そうじ》です」

一

先程肝倉から取ってきた肝を、細かく切って薬研ですり潰す。その繰り返しだ。薬研車の把手に体重をかけて押せば、石が擦りあわされる快い音が響く。前後に動かすごとに、乾いた胆嚢はただの粉末になっていった。これは一体誰の腹中に収まっていたものだったろうか、と考えてすぐ思い出すのを諦める。首を斬った相手の顔や名前などいちいち覚えていられない。

燈明皿の揺れる明かりを頼りにして、ただひたすらに作業に集中している。そんな時に控えめな足音が聞こえて手を止めた。

「旦那ァ、起きてるかい」

入れ、と言えばがらりと襖が開く。この半刻（約一時間）程で、半蔵は全体的にくたびれたようだった。頬の穴は何もなかったかのように塞がっていたが、顎に血の跡が残っている。何度も再生するこいつの肝を引きずり出せば薬の材料に困ることはないな、とふと思ったがすぐに打ち消す。そんな得体の知れないものを薬として人に渡して、後々どんな影響が出るか知れたものではない。

「やあッと帰ったわ、あの小僧」

ため息をつきながらどっかりと座り込む。朝右衛門は改めて作業を再開した。砕いた粉末をふるいにかけていく。深い紫色の粉末が、宙を舞い、鉢に落ちていく。

「薬は渡したか」

「旦那が言ッた通りにしたが、あの調子じゃ奴さんまた来るぜ」

「なぜだ。十分に渡したのだろう」

「こんな高額な薬を貰ってこの程度の手伝いでは申し訳ないからと」

無理やり奪おうとしたかと思えば義理堅かったりして、本当にわけが分からない若者だ。

「お前の削げた頰の肉が元に戻ったことに関しては、彼はどう思っていたのか」

「治癒が早くて羨ましいと、いたく感心した様子だッたぜ」

不老不死の一端を見てその感想とは、図太いというのかなんなのか。半蔵は頭の後ろで手を組んで、天井を見上げている。

「しかしあの見た目では、肺の腑を病むのも無理はねェさな」

「あの見た目では、とはどういう意味だ」

半蔵はこちらに目を向けると、僅かに顎を上げて皮肉な笑みを浮かべてみせた。

「労咳ってェのは美しく賢い者がかかるというぜ」

「そんなわけがあるか」

鼻で笑った。ふるいの端を軽く叩いてから傍らに置けば、鉢に残ったのは、きめ細かな粉の山。

「この薬を扱ううちに、労咳病みなどさんざん見てきた。美しい者も醜い者も、賢い者も愚かな者も差などなく死んでいった」

黒猫を飼えば治るだの、色を知れば治るだの、人の肝を食えば治るだの。巷では様々に言われているが、何をしたところで死ぬ時は死ぬ病だ。美醜など関係あるはずがない、とは思うけれど。ふと思い出す。あの人は確かに美しい人だった。命を落とす間際まで、痩せた肩は儚く、熱を帯びた顔には赤く血が通い、濡れた黒い瞳は煌《きら》めいていた。誰もがああやって死んでいくなら、麗人がかかる病だと囁かれるのも無理ないのだろうか。

「そうか……だが、俺は確かに思ったよ。死神というのは、若く優秀な者を好むのだな、と」

半蔵は手を下ろすと、畳の目をなぞるように指を動かした。

「少し、昔話をしたい気分だ。付き合っちゃくれねェか」

長い話になりそうだと察して、朝右衛門は鉢を脇に寄せた。本当は今夜のうちに練り合わせて作り上げたかったのだが。作業をしながら聴くような話でも無いようだ。

半蔵は胡座を組みなおして顎を撫でた。ためらうように何度か口を開いたが、長く息を吐きだすと語りだした。

「ざっと、三百年は前のこと――」

二

板壁に穴が開き、屋根が崩れている。山を少し登ったところにあるその荒れ寺は、鬱《うっ》蒼《そう》とした木々に囲まれていた。

どこか泊まれるところはないかと村の人間に訊いて教えられたのがこの廃寺だった。どこの家も余所者を泊める余裕はないようだったし、寺というのは虚《こ》無《む》僧《そう》姿の旅人を置くにはちょうど良いと判断されたのだろう。

かつては立派だったと見える木製の本尊は腐りかけている。方々の隙間から冷たい風が吹き込んでいるが、野宿せずに済んだだけありがたいというものだ。半蔵は本堂の床に横になり、朝を待つことにした。

服部半蔵は忍の者だ。今では武士としての身分を持っているが、生まれは伊《い》賀《が》だった。一族を連れて生国を出《い》で、情勢を見ては主君を代えて戦乱の世を生き抜いてきた。

現在仕えている主君は若いながらも戦に長《た》け、この数年で周辺を掌握せんとする勢いだった。初めて会った時、時の将軍の下を離れてでもこの人につこうと決めた判断は間違っていなかった。そう確信している。

だからこそ、主君の言葉が気になってはいた。「自分には死神が憑いている」と、勝ちを収めた後の祝宴でふと漏らしたあの言葉。確かに神が憑いているとしか思えない勝ちっぷりだが、軍神《いくさがみ》ではなく死神とは。

眠りにつくために、呼吸を整えていく。いくら考えたところで主の御心など分かるはずがない。今は自分の役目を果たすだけだ。半蔵は影武者を家に残し、自身は織田《おだ》領内に忍び込んで現地の調査をしていた。織田家とは領地が隣り合っていることもあって争いを繰り返している。主君はまた、近くこの地に攻め入るつもりだ。その時、集めた情報が必ず役に立つだろう。

塩や食料、武具や馬の流れ。年貢の変動。治水や新田開発によって変わった地形。もう何年も潜伏している配下の者を訪ね、自身でも聞き取りを重ねた。そろそろ主の下に戻って報告しても良い頃合いだ。

そんなことを考えながら微睡《まどろ》んでいると、本堂に近づいてくる足音が聞こえた。薄く目を開けて、入ってくる者の様子を窺う。

月明かりを逆光にしたその影は異様だった。奇術を生業としているのだろう。放下師《ほうかし》らしい派手な服装の男だったが、その首から上がおかしい。人間の胴に、馬とも鹿ともつかない奇妙な獣の顔がついている。

「おや。起こしてしまったか」

そう声をかけられたので、半蔵は平静を装ってゆっくりと身を起こした。放下師は風呂敷包みを置いて床にどっかりと腰を下ろす。

「見たところそちらも旅の方だろう。流れ者同士、一晩ご一緒させて頂きたく」

半蔵は腰に下げた打刀にさりげなく手をかける。総毛立つような思いだった。

「会って早々にこのようなことを訊くのも無礼かとは思うが」

「なんでしょう」

屋根に開いた穴から差し込む月明かりを頼りにして相手の顔をまじまじと見る。何度確認しても、頭の上には二本の長い耳が立っている。

「拙者の目には、貴殿の顔が獣に見えるのだが」

放下師は何度か大きな目を瞬いて、自分の頬を確かめるように撫でた。

「ほう。ほうほうほう。俺の顔が見えると。素晴らしい」

喜色に満ちた声を出しながらこちらににじり寄ってくる。半蔵は後ずさって数歩分の距離をとった。

「たいていの人には、俺の顔は印象の残らない普通の顔に見えるはず。最後に俺の顔を言い当てたのはもう、どこの誰だったか。二百年は前のこと」

「二百年だと」

「ああ、俺は不老不死なのだ」

返答に窮《きゅう》した。ただでさえ得体の知れない化け物だというのに、更に不死とは。袖から覗く腕は若々しく、せいぜい三十年程しか生きていないように見える。

「信じられないという顔をしている」

放下師は懐から小刀を取り出すと、手の甲を上にして床に手を広げた。そして無造作に小刀を振り下ろすと、人差し指と中指をぶつりと切り落とした。

闇の中、ぬらりとした液体が床に溢れていく。放下師は指のとれた手を何度も握ったり、落ちた人差し指を拾い上げて断面をこちらにじっくりと見せたりした。

そうしてから、血の滴る手に人差し指を合わせた。まるで何事もなかったかのように指が繋がる。ひょいと中指も繋ぎ合わせると、手は元通りになった。

「奇術にしか見えぬが」

「ああ、そうだろう。日頃は奇術として披露し日銭を稼いでいる。だが、これには仕掛けも技もない。ただ切って繋げるだけだ」

ひらひらと動かしてみせる手には血の跡が残ってはいるが、皮膚は繋ぎ目もなく滑らかだった。

「長く生きたところで目立った才もなく、この身体を見世物にするほかない」

何百年という時を無駄にしてきた、と放下師は自嘲気味に口にした。

「お主がなぜ俺の正体を見破れたのかは分からないが、これも何かの縁」

奇妙に歪んだ唇は、確かに笑みの形を作っていた。

「殺してくれないか」

放下師は自分の首を指さし、うわずった声で続ける。

「ほら、この人と獣の境目を、すっぱりと斬り離せば終いだ」

そしてこちらに摑みかかってきたので、とっさに振り解《ほど》いた。よろけた放下師は、床を見つめて激しい呼吸を繰り返し、勢いよく顔を上げると小刀をこちらに突き出してくる。

抜き身の刃が半蔵の肩口をかすめる。殺す気だ、と理解して一気に血の気が引いた。

放下師が無闇に振り回す小刀を紙一重で避けて打刀を抜き、素早く斬り払った。

小刀を握ったままの右腕がごとりと落ち、鮮血が肩口から吹き出す。放下師はしばらくそれをぼんやりと眺めていたが、無造作に拾い上げると肩に合わせた。切断面の肉が伸びて、絡まって繋がっていく。数瞬の後にはもう、腕が繋がっていた。

「殺してくれ」

獣の顔に埋め込まれた目だけは、人間らしい丸い瞳孔をしているのが酷く不気味だった。放下師が小刀を握りしめてこちらに踏み込んできたその瞬間、恐慌状態のまま刀を横一文字に振り抜いた。

人と獣の境目が刃で切り離されていく瞬間が、まるで引き延ばされたかのように緩慢に見えた。直後視界が歪み、頭全体が温《ぬる》く湿った何かに覆われたような感覚がして、何も見えなくなった。

凄まじい目眩《めまい》が治まるまで、その場に膝を突いていた。ようやく目が開くようになり、おそるおそる辺りを見渡す。

そこにあるのは放下師の首なし死体。先ほどまで瑞々《みずみず》しかった肌は萎びて、まるで死後長い時が経っているかのようだった。

指で触れて、その身体に生気がないことを確かめる。なんとか両足で立ち上がり、獣の首がどこにもないことに気がついた。

一体どうしたというのだろう。先ほどまでのことは夢ではないだろうか。放下師の大仰な奇術に騙されたような気すらしてくる。

しかし、死体は確かにある。彼が数百年生きたというのは真実だろうか。その長い生が、今夜半蔵の手によって絶たれたというのか。

半蔵は考えもそこそこに、身なりを整えると荒れ寺を後にした。放下師の死体が見つかって騒ぎになる前にこの土地を離れなければならない。

半蔵は夜の山を早足で進んだ。少しも休まず歩き続け……やがて朝日が差し込む。ここまで離れれば大丈夫だろうと一息つき、水を汲むために川を覗き込んだ。そこに映った顔は、馬とも鹿ともつかない獣のものだった。


自分の屋敷に戻ってしばらくは平穏だった。しかし、おかしなことが起こり始めた。馴染みの家臣が、妻が息子が、時折半蔵の顔を見失う。貴方は誰かと問いかけてきて、名乗れば狐《きつね》につままれたような顔をする。問い詰めれば、なんとなく別人のように思われたというような不可解な言葉が返ってくる。

いつもと違う着物を身につけていれば見知らぬ人間がいると驚かれ、初めて会う相手にはまったく顔を覚えてもらえない。そんなことが徐々に増えていく。まるで、自分の顔がなくなってしまったかのようだ。もしやと自分の腕に傷をつければすぐに治ってしまった。

じわりと、滲むように嫌な確信が深まっていく。騙されたのだ。不老不死の化け物。あれを殺した者はその性質を受け継ぐのだろうか。

ほどなくして、主君に呼ばれたのは城の庭に備え付けられた茶室だった。潜伏していた時の報告は済ませてある。改めてここに呼ばれたということは、何か密談があるのだろうか。

新しい畳の香りがする。狭い茶室は閉め切られ、周囲に人の気配もない。

点《た》ててもらった苦い茶を啜りながら主君の顔を窺う。目が合うと、主はにっこりと笑ってみせた。

「半蔵。そう固くならずともよい」

主君はいつも通りの朗らかさで、盆に載せた茶菓子をこちらに押して寄越した。

「お主の好きな饅頭だ。食べよ」

「は、ありがたく頂きまする」

半蔵は促されるままに白い饅頭を手に取った。口に入れれば、ふくふくとした粒あんがぎっしり詰まっているのが分かる。

今の主君に仕えるまでは、甘味を嗜むことなどしなかった。里では、甘いものにうつつを抜かすのは軟弱者だと戒められていた。こうやって勧められるまま食べるごとに、好きな甘味などが増えてしまい困ったものだった。

このような贅沢に慣れてはいけない、と思いながらも久々の菓子に少々気が緩んだところだった。

「半蔵、お主、憑かれておるな」

主君が突然そんなことを言ったから、饅頭を取り落としそうになった。慌てて口の中のものを飲みこむ。

「憑かれている、とは」

「近頃、お主の妙な噂をきく。半蔵の姿を見ているはずなのに、そこにいることに気づくことができない。顔は覚えているはずなのに、実際に会うと別人のような気がする……まるで顔の印象がぼやけてしまったようだ……と。しかしわしには、そういった風聞とは少々違って見える」

主君は、涼やかな目元を細めるとこちらににじり寄ってきた。ためらいなく手を伸ばすと、半蔵の輪郭を確かめるように触れた。

「わしにはお主の顔が、獣に見える」

息をのんだ。正体が露呈した恐怖と、ようやく言い当ててもらえた安堵に震える。主君の手は遠慮なく鼻の頭を撫でている。

「面妖だな。人の顔を触っているとしか思えぬのに、見えているのは馬とも鹿とも」

「なぜ、分かるのでございますか」

あの男は、二百年間自分の顔が分かる者はいなかったと言った。それほどまでに珍しいなら、なぜ自分には見えたのか。主君にも見えているのか。

「言っただろう。わしは死神に憑かれている」

左の眼球の丸さを確かめるように指先が動いている。睫毛の縁をなぞる、ざらりとした感覚。右目で見た主の肩越しに、不吉な影を見た気がした。

「憑かれている者同士、通じるものがあるのだろう」

主はすっと手を引く。腑に落ちた思いだ。ようやく自分の身に起こったことを口に出せる。

「殿、拙者は……不老不死の化け物の首を斬りました。それが呪いだった。顔を奪われ、もう死ぬことも叶わない」

「殺してやろうか」

主君は明るい笑みを浮かべ、自分の胸元に手を置いた。

「わしには既に死神が憑いている。不老不死の呪いがこの身に降りかかることはない」

障子越しの日差しが主の姿を柔らかく浮かび上がらせている。きっと今、自分を殺せるのはこの人だけなのだ。それを意識した瞬間、不思議な陶酔に襲われた。それもいいか、とは思ったが。

「少々、考えさせて頂きたい」

まだ死ぬには早い気がした。呪いが解ける方法もいずれ分かる可能性がある。それにもし、自分が不老不死になったことに意味があるとしたら。それはこの人が天下をとるのを見届けるためだろう。


赤く、炎が闇夜に立ち上る。この地で偉容を誇っていた九つの堂塔は火に包まれ、焼けた柱が爆ぜる音があたりに響いている。

尾張《おわり》の地への侵攻は順調だった。この勢いで進み続ければ、織田や斎藤《さいとう》もいずれ敵ではなくなる。半蔵は高揚する気持ちを抑えながら、危機がないか周囲を窺う。

燃え上がる伽藍《がらん》を見上げる主君の頬もまた、火の光に赤く照らされている。その横顔がこの世の何より美しく思えて、この時が無限に続く気がした。

ふいに、砂利を踏む音がした。主君がこちらを向き、凪《な》いだ瞳が兜《かぶと》の隙間から半蔵を捉える。

「半蔵。わしはまもなく死ぬだろう」

他の家臣に届かぬような、小さな声だった。

「もう、殺すのに飽きてしまったから……死神が許すまい」

そうして常と変わらぬ笑みを浮かべた。風が舞い、火の粉を巻き上げる。覇気のない主君の姿に動揺しつつも、なんとか励まそうとする。

「そんな……これからではありませぬか」

「どうか、わしの子や孫を助けてやってほしい」

何を言うのか。この人だから、ここまでついてきたというのに。

風が強く吹き、火が一層勢いを増すほどに主君の冴えた鼻筋に影が差す。見える口の動きと、実際の言葉がずれて聞こえた。

「殺してやれなくてすまない」

焼けた塔が、崩れ落ちていく。

三

「あのお方が、家臣に斬られてあッけなく亡くなッたのは……ちょうど今くらいの、凍り付きそうな時期だッたなァ」

「それでこんな話を始めたのか」

奇妙な話だ。朝右衛門は腕を組んで俯いた。到底本当のこととは思われないが……現に不老不死の者が目の前にいる。

「しばらくあの人の子孫にも仕えたがねェ、どうにも味気なく。まあ、そッちは何代目かの服部半蔵がうまくやッてるらしいから構わんさ」

半蔵は指先で床をコツコツと叩いた。そして躊躇いがちに口を開く。

「俺は、アンタがあのお方の生まれ変わりだと思っている」

「何を根拠に」

「顔が似ている。あまりにも」

「馬鹿馬鹿しい」

生まれ変わりというものがあるとして、顔まで似るものだろうか。

「旦那はそう思うかい。しかし、アンタも何かに憑かれている。それが死神ではないかと……そんな気がしてならねェのさ」

遠くで風の鳴る音が聞こえる。家鳴りが激しい。

「死神、か……」

朝右衛門の周囲の人間を殺してきた何かが死神だとしたら、確かに腑に落ちる。しかし。

「半蔵。お前の主の周りの人間が、次々と不審な死を遂げた……というようなことはあったか」

「さて。そんなことはなかッたが」

それをきくだけでも、自分に憑いているものとは性質が異なるように思う。更に言えばその人は一国の殿様で、明朗で美しく、大事な子や孫がいたわけだ。家族もおらず、笑顔もろくに作れない自分とはあまりに違う。

「やはりその人は、私とは何の関わりもないようだ」

半蔵は眉をひそめたが、それ以上何か言うつもりはないようだった。生まれ変わりなどという戯言《ざれごと》を信じる気はないが、わざわざ半蔵がこんな話を始めた理由はなんとなく摑めるような気がした。

「お前は私に殺されたいのか」

初めて会った時も、わざわざ自分から処刑されに来たくらいだ。傍らに常に置いている脇差に手をかける。

「殺されたいなら、殺してやってもかまわないが」

三百年生き続けた苦しみなど分かるはずもないが、数月《すうげつ》共に過ごした程度の仲だ。一太刀の手間くらいならかけてやってもいい。

すでに憑かれているから不老不死の呪いが降りかかることもない……半蔵のかつての主君の理屈が通用するなら、自分が殺しても同じだろう。

半蔵は一瞬眩しそうに目を細めたが、首を振った。

「いや……まだいい。万が一アンタが不老不死になっても困るだろ」

「また死に損なっても知らんぞ」

「それも悪くねェさ。千年後も同じ花が咲くのを見られるなら」

油が少なくなってきたのか、燈明皿の火がちらちらと揺れている。半蔵の顔に差す影も不安定に動いて表情を分かりにくくしている。

「あの沖田って奴は、どれくらい生きるかねえ」

「見たところ症状は軽そうに見える。本当に労咳かも分からぬし、そう心配することもなかろう」

「いや……ああいう目をした奴は、病を逃れても戦場で死ぬ。なんならそっちの方が、本人にとっちゃ幸せかもしれんがね」

火が一瞬、明るく燃え上がって消えた。

四

月明かりを頼りにして、沖田は竹箒《たけぼうき》で繰り返し庭を掃いている。落ち葉や枯れ枝が一通り取り除かれ、荒れ放題だった庭も幾分すっきりしてきた。

沖田は妙に律儀な奴で、高価な薬を貰っておいて一晩だけの手伝いでは、と言って度々夜の屋敷を訪ねてきては雑用をこなしていくのだった。

朝右衛門が縁側からその様子を眺めていると、廊下の向こう側から半蔵が歩いてきた。大きな握り飯がいくつも載った皿を手に持っている。

「何をしているんだ」

「お、旦那ァ。見ての通り、あの若造に夜食を持ってきてやったのさ」

皿をこちらに向けてくる。朝右衛門は一つ取ると頬張った。白い飯を包む、香りの良い海苔《のり》。

「随分とかわいがってるみたいだな」

「ガキみたいな歳の奴が腹減らしてるとこは見たくねえだけさ」

半蔵はいそいそと庭に下りていった。握り飯を差し出された沖田の顔は、ここから見ても分かるほど嬉しそうだ。

朝右衛門はもう一口食べて、具は鰹節《かつおぶし》か、と独りごちた。この屋敷に一人になってからもう何年も、食事は生きるための義務でしかなかった。最近は……半蔵が来てからは、食というものに執着するようになった。今日の晩飯は何だろうかとふと考える度に、気が緩んでいるなと思う。

武士は倹約を旨とするものだというのに、厄介な舌にされてしまった。もし半蔵がいなくなったら、自分は前までの簡素な食事で耐えられるだろうか。ゆっくり噛んで、最後の一口を飲み込む。

庭に視線をやると、沖田は両手に握り飯を持ってかぶりついていた。あの食欲ならばいずれ病も治るのではないだろうか。そんなことを考えていると、玄関から不審な物音が聞こえた。

初めて沖田が訪ねてきた時と同じように、乱暴に木戸を叩く音のようだ。

縁側を下りて門の方にむかうと、後ろから半蔵が追いかけてきた。沖田はまだ握り飯に夢中だった。

「旦那ァ、来客の心当たりは」

「ない」

「まッたく、夜分に突然訪問すんのが流行ッてんのかねェ」

門に辿り着くと、客人は尚も戸を荒々しく叩いていた。

「はーいはい、今開けますよォ」

半蔵は手で朝右衛門を制して下がらせると、門を外して門を開けた。

そこにいたのは、重々しい表情をした青年だった。二十代半ばと見える。衣服も総髪も目も闇に溶け込んでしまうほど黒い。知り合いか、と半蔵が無言で問いかけてくるが、こんな威圧感のある立ち姿を見たことがあれば忘れないだろう。

半蔵がやや顔を強ばらせて青年に向き直る。

「やァお兄さん、何の御用だい。それとも家をお間違えかな」

青年は答えず、ただ半蔵の顔を訝し気に眺めている。半蔵は青年の顔の前で手をひらひらと動かしてみせた。

「どうしたんだい。眠いンなら帰った方が」

「お前、人ではないな」

確信を持った低い声。半蔵と朝右衛門がその言葉に呆気にとられている間に、刀が抜かれた。

一閃。半蔵の胴が真っ二つに斬られた。鮮やかな斬り口から上体がずれて、地面に落ちる。少し遅れて、腰から下も地面に倒れた。赤い液体が溢れてあたりを汚していく。

青年は半蔵の肩口を踏みつけると、真っ直ぐに朝右衛門を睨んだ。

「お前は、人のようだが……」

背筋に汗が伝うのを感じながら、朝右衛門は黙って柄に手をかけた。相手の目的が分からない。ただの賊には見えないが、なぜこの屋敷を狙ってきたのか。どうして半蔵が人ではないと見抜けたのか。

青年はすっと刀を持ち上げ、切っ先をこちらに向けた。隙のない構え。日頃死体を斬る訓練しかしていない自分と違って、対人を想定した剣法を学んでいるようだ。しかし、武士の構えにしては荒々しい。

青年は深く息を吸うと、闇夜に高く叫んだ。

「沖田を返して貰おう」

朝右衛門は弾かれるように刀を抜いた。斬りかかってくる刃を真正面から受ける。今、相手はなんと言った。聞こえた音を処理できずにいるうちにも、青年の猛攻は止まらない。

上段からの重い太刀筋をなんとか受け流し、鋭い突きを紙一重でかわし、一歩、一歩後ずさる。剝き出しの殺気が向けられている。先程まで呑気に握り飯を食べていたというのに、なぜこんなことになったのかと考える。

その思考の隙を見抜かれたか、青年が一際大胆に踏み込んできて、目の前を白銀の刃が閃く。死を強く感じた時、その刃先ががくりと揺れた。

見下ろせば、半蔵の上半身が青年の足にしがみついている。

「落ち着けよ兄ちゃん、話を聞け！」

「放せ化け物！」

さすがに驚いたと見えて、青年は表情を引きつらせている。動揺そのままの勢いで、刀を半蔵の肩口に突き刺した。これ幸いと半蔵が刃を素手で鷲摑みにする。

後は醜い争いだった。半蔵の顔を何度も蹴って刀を取り戻そうとする青年と、自分の肩に深く刀を差し込んで離さないようにする半蔵の口汚い言い争いが響く。

この隙に青年を斬るべきだろうか、とも思うがもはや殺し合いの雰囲気でもない気がする。ただ、こう騒いでは近所に迷惑がかかるのではないかと心配になった。

「何してるんですか、土方《ひじかた》さん！」

混乱した場に割り込んだのは沖田だった。頰に米粒がついたまま、青年の肩を摑む。

青年は手を緩め、ただ表情に安堵を浮かべた。

「沖田、無事だったのか……」

「無事だったのかじゃないですよ、他人様の家で真剣振り回して！」

沖田は半蔵にかけより、そっと助け起こした。その惨状を見て露骨に頰を引きつらせた。

「うわあ、生きてる……生きてるんですかこれ？」

「おかげさまで生きてるようだぜ……すまんが、足の方とくっつけてくれねェか」

半蔵が足を指さしたから、朝右衛門はそれを拾ってきてやった。沖田と協力して斬り口を合わせていく。

「あー、ちょいずれてねェか？　あとなるべく砂が入らないように」

「つけて貰う身で文句を言うな」

半蔵を黙らせ、内臓が今にも零れそうな切断面を重ねる。水気を帯びた内臓が吸い付くように合わさり、筋肉の線維が伸びて絡み合う。外周をなぞるように皮が繋がっていけば、もはや継ぎ目も見当たらない。

朝右衛門は半蔵の肩から刀を抜くと、そのままボロボロになった着物の袖で血を丁寧に拭いた。そうして幾分綺麗になった刀を、持ち主に差し出した。

「どうぞ」

「ああ……かたじけない」

青年はそれを鞘に納めてから、途方に暮れたように沖田の方を見た。

「何がどうなっている？」

五

客間にあげられた土方は、未だ警戒の抜けない様子で片膝を立てている。その横に正座する沖田は過剰なまでに姿勢を伸ばし、無言で怒りと不機嫌を表現していた。

朝右衛門はその向かいで、この忙しい年末にどうしてこんなことになってしまったのかと考えている。背後にいる半蔵の、井戸水をかぶり着替えてもなお香る血なまぐささにも気を散らされる。

閉め切られた部屋の陰鬱な空気の中、沖田がついに口を開いた。

「こちらは土方歳三《としぞう》といいまして、おれが世話になっている道場の弟弟子にあたります。どうにも血の気が多く問題を起こす奴で、ご迷惑をおかけして申し訳ありません」

そうして深々と頭を下げる。その沖田も先日強盗を働こうとしたあげく半蔵の顔に穴を開けていたが。

とはいえ、朝右衛門も半蔵を真っ二つにしたことはあるので他人を責めるのも忍びない。

「ご覧の通り、こいつの胴はよくとれる上にすぐ治るので気になさらぬよう」

「かなり痛いのでなるべく斬らないでもらえると助かるンだが」

半蔵の文句を無視して、土方に問いかけた。

「それより土方殿は、なぜ半蔵が人ならぬものと気づかれたのか。顔を見て正体を見破ったのでしょうか」

「顔は別に……ただの勘だ」

そっけない返答に、沖田が補足する。

「彼は生まれつき、この世のものではない何かに気づく性質らしく。そのせいで方々に奉公しては問題を起こし、あげく我が道場に流れてきたのですが……まあ、門下生は肝の据わった者ばかりですから。おかげでおれも怪異には慣れました」

半蔵の頬の穴がすぐ治ったのを沖田が気にする様子もなかったのはそういう理由のようだ。

「それでは、何用でこちらに」

朝右衛門が重ねて訊く。沖田が肘でつつくと、土方はようやく喋り出した。

「沖田が夜な夜な出かけていくのでおかしいと思い、後をつけた。訪ねてみれば明らかに人ではないものが出てきたので……」

沖田が怪異に魅入られたと思い、斬りかかったということか。

「何も問題ないから、ついてこなくていいと言ったでしょう」

「しかし、近藤《こんどう》さんも心配していた」

「揃《そろ》いも揃って……」

沖田は頭を抱えてしまった。そうかと思えば、背を曲げて咳き込む。喉に絡みつくような湿った音がする。

沖田は重々しく呼吸を繰り返し、口元を拭うと土方を見上げた。

「おれが、ここを訪ねていたのは……薬をわけてもらった礼です。ここしばらく続く咳が労咳かもしれない、というのは近藤さんには伝えていたのですが」

「労咳……」

土方は愕然とした表情で呟くと、こちらを向いた。

「あなたは、医者なのか。沖田は治るのか」

土方は膝の上で強く拳を握りしめていた。朝右衛門はいつも通りの無表情を保っている。

「私は医者ではない。ただ薬を取り扱っているだけだ」

「そんな、無責任ではないか」

「土方さん！」

膝を立てて詰め寄ろうとする土方の袖を摑んで止めて、沖田はまた小さく咳き込んだ。

土方はそれを見下ろして、端正な顔を歪める。

「労咳は……恐ろしい病だ。俺の父母も労咳で亡くなった。生家でも薬を取り扱っていたが、肺に効くものではなかった。集めたいかなる薬も効きはしなかった」

「土方さん、大丈夫です。薬を貰ってから、少し楽になった気がする……おれはまだ戦えます」

沖田の言葉を受けて、土方はしぶしぶ座り直した。未だ気を許さぬそぶりでこちらに意識を向けてくる。

「薬をわけてもらったことは、感謝する……しかし信用はできない」

こちらの背後を見透かしているような目だった。

「あなたの身に取り憑いているそれは何だ」

「何だと思われます」

朝右衛門の問いかけに、土方は端的に答えた。

「分からないが……死に近い」

土方の黒々とした目を覗き込めば、そこに映るものの姿を捉えることができるのだろうか。分からないが、とにかく青年の勘は確かなようだった。確かに、これ以上沖田がここにいれば、朝右衛門に憑いたものがいずれ沖田を殺すだろう。

「薬は、必要なだけ差し上げましょう。彼の言うとおり、もうこの屋敷に訪ねてこない方が良い」

沖田はもの言いたげだったが、それより先に土方が頭を深く下げた。

六

門の内側にはまだ血の跡が残っている。まもなく月は沈んで、辺りは混じりけのない暗闇に包まれるだろう。

「ありがとうございました。このご恩は忘れません」

沖田は軽く懐を叩いた。そこには人胆丸が入っている。手元にある分を全部渡してやったから、しばらく困らないだろう。

朝右衛門は最後に一つだけ忠告しておくことにした。

「その薬で治るとは言いきれない。可能ならば、剣を置いて静養した方が良い」

「いえ。おれの天命は、戦いの先にあります」

あっさり述べて、半蔵に笑いかける。

「半蔵さんも、ありがとうございました」

「おう、気楽にやれよ」

半蔵が軽く手を振る。沖田は深々と頭を下げてから、こちらに背を向けた。

「世話になった」

土方はそれだけ言い残すと、沖田の後を追いかけていった。やがて二人の影が道を曲がり、見えなくなる。それを見送って、半蔵が呟いた。

「あいつら、長生きできるかねェ」

「随分気に入ったようだな」

「俺ァ、出会いがしらに斬りかかってくる奴は大概好きなのさ。旦那の方こそ、随分寂しそうじゃねエか」

そんな顔をしているだろうか。額を押さえて自分の表情を確認する。

「……この屋敷が、こんなに賑やかなのは久々だった」

かつては師匠の下に門下生の若者が集い、煩いくらいだった。自分や、友人や、兄弟子達が日々剣技を磨き、将来を語り合った。あの二人を見ていると、そんなことを妙に思い出す。そして彼らが、次々と死んでいった頃のことも。

「門を閉めろ」

はいはい、と答えて半蔵が門を閉じていく。カタン、と音を立てて門がかかった。外界と境ができればようやく深く呼吸ができる。

「自分の身に長らく取り憑いているもののことが……ようやく分かってきたような気がする」

自分の身に取り憑いたものが何だったのか。なぜ朝右衛門の周りの人間は死なねばならなかったのか。まだ曖昧だが、いつからそうなってしまったのかは分かる。

初めて人の首を斬ったあの日から、全てが狂っていったのだ。

ゆめ

「信之丞《しんのじょう》、あの者の首をお前に任せる。できるか」

山田朝右衛門に問われた信之丞は、はい、とそれだけを答えた。

朝右衛門が視線で示すのは、引き立てられてくる三人の罪人。その中でも一番若く、頑健そうな男を指しての言葉だった。

信之丞は今日、初めて人を殺す。

どんよりと曇った空を烏が行き交っている。高い練塀に囲われた空気は淀《よど》んで蒸し暑い。牢屋敷の仕置き場では、処刑を間近に控えて役人共や人足達が忙しなく準備をしている。

その中心に泰然と構える男こそが、六代目山田朝右衛門だった。刀剣の様し斬りや罪人の処刑を請け負う山田家の当主だ。ここまで重ねてきた六十余年で眉間に深く刻まれた皺が、瘦けた頰がいかめしい雰囲気を醸し出している。

その周囲には弟子達が控えており、信之丞もそのうちの一人だった。まだ十九歳だったが鍛錬で磨いた剣技と生真面目な性格を買われ、首斬りの大役を任されることになっていた。

「鍛錬通りでいい。落ち着いてやりなさい」

感情を表に出さない師匠には珍しく、心配が滲む口調だった。そっと肩を押されて踏み出す。罪人の若い男は既に、血溜めの穴の前に跪かされている。

「何か、ご遺言は」

いつもの師匠の言葉を真似《まね》て罪人に訊いたが、ただ死にたくないと繰り返し呟いて震えるのみだった。人足達が罪人の背を押さえつけて襟を引き、首をさらけ出させた。

どうやら遺言はないらしい、と判断して信之丞は静かに刀を抜いた。側に控えていた同輩の紺太夫が、手桶から柄杓で掬った水で刀身を清めてくれる。透明な水が刃を伝い、流れていった。

ただ真っ直ぐに向かい、教えられた通りに経を唱える。そして大上段に振り上げる。日に焼けた首元めがけて、一気に振り下ろした。

刃が肉を、骨を断つ一瞬、何か得体のしれないものと目が合った。その瞳孔は落ちてしまいそうなほど黒く深く、渦を巻いている。それに見惚れたと同時に、何かが胸を割って入りこんでくるような、奇妙な心地がした。知らない熱い液体が身体の中に満ちるような、気持ちよくて悍《おぞ》ましい感覚だ。全てがゆっくりに感じられ、浮き上がるような陶酔が過る。

飛んだ首が地面を弾んで転がり、切断面から吹き出した血が穴に勢いよく流れ込む。練習で巻藁を斬る時よりも重く濡れた感覚が手に残ったが……それだけだった。

斬る瞬間、奇妙な白昼夢を見た。あれはなんだったのだろうと考えるが、瞬きするうちに記憶が朧《おぼろ》げになっていく。とにかく、やったこと自体はいつもの鍛錬と変わりない。返り血の一滴も浴びぬまま、役目を不足なくこなせたようだ。

信之丞はほっと息を吐いて振り向いた。師匠が優しく頷いてくれるのを期待していたが、そうはならなかった。

大きく見開かれ、恐怖さえ滲むような目がこちらを見ている。厳しくも穏やかな師匠にこんな表情を向けられたことは未だかつてなかった。自分は、何かを間違えたのだろうか。

人足達が罪人の身体を揉み、切断面から血を絞り出している。噎せ返るような死の香りが漂っていた。

一

「旦那ァ、いい加減起きたらどうだい」

その声に意識を呼び戻され、朝右衛門は目を開けた。闇に浮かぶ馬とも鹿ともつかない珍妙な顔が、こちらを覗き込んでいる。朝右衛門は驚くこともなく、その顔を押しのけて上体を起こした。

「半蔵……何をしている」

「何って。随分魘《うな》されてるみたいだから起こしに来てやッたのよ」

獣面のその男は三百年生きている忍者服部半蔵を名乗り、朝右衛門の屋敷に住み着いていた。出会ってからしばらく経つが、未だにその正体は得体が知れない。

半蔵は胡座をかき、脇差を手に持っていた。朝右衛門が常に身に着け、寝る時も側に置いている脇差だった。戦の絶えた今の世の武士が持っているものとしては長く重いそれは、いざとなれば人体も容易く断ち斬る。

それを右手に、左手に移しては指先で弄びながら半蔵は静かに問う。

「悪い夢でも見たのかい」

「……そうだな。悪い夢だった」

隣室の半蔵を起こしてしまうほど魘されていたのかと思うと、今更ながら気まずい。

十年以上も前の夢だ。山田朝右衛門の名を継ぐ前。まだ信之丞と呼ばれていた頃の夢。やけに鮮明で、まるで過去をそのまま繰り返したかのようだった。

鳩尾を手で押さえる。長らく忘れていたが、今ならわかる。初めて人を斬ったあの日、胸の中に入ってきたものは。

「難儀なこった」

半蔵はにやにやと笑いながら、ゆっくりと親指で鯉口を切る。

「しッかし、旦那ともあろうものが油断してすやすや寝こけちゃッてェ。いつもなら寝所に侵入者ありとみるや、この脇差で撫で斬りにしてるとこだろうに」

「今更お前を斬ったところで畳が汚れるだけだろうが」

「にしたッて、得物を奪われても起きないとはらしくねェなァ」

朝右衛門は脇差の柄を掌で押さえて、刃を納めさせた。そして取り返した脇差を元の位置に置き直すと、夜着を被って横になる。

「寝直す」

半蔵の軽口に付き合っていられないほど眠かった。以前は眠りが浅くて困っていたほどだったのに、ここ数日眠くて仕方がない。

半蔵が僅かに首を傾げて長い耳をぱたぱたと動かした。

「旦那、どッか調子悪いンじゃねェか」

「眠いだけだ」

「子守歌でも歌ッてやろうか」

「いらん」

言い切って目をつぶる。しばらくの間半蔵がこちらの様子を窺っている気配がしたが、やがて諦めたのか立ち上がった。静かに襖を閉めて出て行く音を聞きながら、再び眠りに落ちていった。

二

山田朝右衛門の屋敷では、夜が深まるほどに怨霊の嘆く声が響き渡る。そう世間で噂される原因の一端がこの酒盛りだった。十数人の人々が輪になり、思うままに馳走《ちそう》を食い、酒を呷《あお》っては高く笑い合っている。この声を外から聞いた者は、亡霊の声だと思うものらしい。

広間の奥で一人、六代目山田朝右衛門は静かに盃《さかずき》を傾けている。常日頃礼節を重んじるその人も、この場の弟子達の馬鹿騒ぎを咎めることはしなかった。仕置き場での勤めを終えた後は、人を殺《あや》めた昂りを酒で静めずにいられない。人の命を奪ったその日を狂乱の宴《うたげ》で区切らなければ日常に戻ることはできない。

信之丞は隅に座って皆の浮かれた様子を眺めていた。その横に腰を下ろした者がある。

「信之丞、どうしたこんなところに一人で。お前の初仕事を祝う宴でもあるんだぞ」

十七年上の兄弟子、五三郎《ごさぶろう》だった。信之丞の持つ盃になみなみと酒を注いでいく。

「ご苦労だったな。今日が初めてであれとは恐れ入った。見事なものだ」

「は、恐縮にございます……」

信之丞は溢れそうな酒におそるおそる口をつけた。酒はあまり得意ではない。いつもは兄弟子達が食べた後の膳を片付けたり、零れた酒を拭いたりで忙しく宴に加わる暇もないのだ。信之丞自身はその立場に満足していたのだが、今日は初めて勤めをこなしたのだからと兄弟子達に強く誘われて断れなかった。

「俺が初めて人の首を斬った時は狙いを外し、慌てて二度三度と斬りつけてようやくだった。辺りを無駄に血で汚して、勤めを終えた後は吐いて倒れて……はは、今思い返しても恥ずかしい」

五三郎は垂れた目を細め、照れたように笑みを浮かべている。信之丞は本心から答えた。

「私は……師匠や五三郎殿に教わってきたから、なんとか落ち着いてできました」

「ああ、立派になったもんだ。ここに来た時はこんなに小さかったのになあ」

こんなに、と言いながら五三郎が人差し指と親指を広げて見せる。

「さすがにそこまで小さくはなかったと思いますが」

呆れて言い返せば、五三郎は床を叩いて大笑いした。どうやら既にかなり酔っているらしい。

信之丞が生家を離れて山田家に弟子入りしたのは、まだ前髪を垂らした小僧の頃だった。右も左もわからぬ中、挨拶の仕方から布団の敷き方、刀の握り方までをも教えてくれた。まさしく兄のような人だ。

「お前が立派になって嬉しいよ。頼りにしている」

五三郎が肩を組んでくる。普段からよく褒めてくれる人ではあったが、今日は一際真っ直ぐ伝えてくれる。酒のせいだけでなく、胸が温かくなっていく。

「はい、これから先もお役に立てるように……五三郎殿？」

五三郎の頭が傾いで、のしかかってくる重みがどんどん増していく。その手から、空の盃が落ちた。顔を覗き込んでみると、穏やかな寝息を立てている。

あまり強くもないのに仕方がない人だと思いながら、床に寝かせる。幸せそうな寝顔を見下ろしながら、自分の盃をちびちびと干していく。

周りの兄弟子達もまだ騒ぎ、笑い合っている。酔ってふわふわと浮き上がるような心地でそれらを眺めていると、視界の端に師匠が出て行くのが見えた。

そういえば師匠と話ができていない、と気づいて立ち上がる。障子の隙間をすり抜けて追いかけると、師匠は縁側に立って庭を眺めていた。

「お師匠様」

「ああ、信之丞か」

師匠の隣に立って同じ方向を眺める。曇った空からは星の光は差さず、小綺麗に整っているはずの庭も暗く沈んでよく見えない。

「今日はご苦労だったな。初めてであれほど鮮やかに斬れる者はそうはあるまい」

「私は何か、間違えたのでしょうか」

ずっと気になっていたことを問うた。師匠はぐっと奥歯を噛み締めて、しばらく考えたのちに口を開いた。

「お前は……人の首を斬る時、命を絶つ時、何を思った」

「何を、ですか。もちろん、全てを手順通りに、刀を真っ直ぐに振り下ろし、鍛錬と変わらぬように……」

「そうだな。そうしろと私が教えた……しかしな、大抵の者はそうはできない。人が初めて人を殺す時、心が揺らぎ、手が震える。上手《うま》くできたように見えても思い悩み、苦しむ者もいる」

話を聞きながら、去年出て行った兄弟子のことを思い出した。要領の良い人で、初めての首斬りもそつなくこなしたように見えたが、翌日からひどく落ち込んでいる様子だった。これ以上はできないと言い残して暇《いとま》を求めたが、今頃はどこで何をしているだろう。

「お前は何一つ間違えなかった。これから先、どんな勤めを任せても上手くやるだろう。しかし……」

師匠は言い淀んだ後に、独り言のように呟いた。

「お前に首を斬らせるのは、少し早かったかもしれないな……」

それきり言葉を交わさず、二人は庭の方を向いたままただ立っていた。信之丞には師匠の言っている言葉の意味がよくわからなかったが、自分がまだ未熟らしいということだけは理解した。

師匠が踵を返し、広間の方に戻っていく。ジー、ジー、と虫が低く鳴く音だけが響いている。蒸し暑いはずの夜なのに寒気がする。急に酔いが回ってきた気がして、縁側に座りこんだ。何もかもが億劫《おっくう》に感じて目を閉じた、その時だった。

「ちょっと、どうしたんですか」

涼やかな声に顔をあげると、闇に浮き上がるような白い顔の人がいた。五代目山田朝右衛門の孫であり、師匠の養女でもあるお幸だった。

「少し……酔ってしまったようで」

「どうせ五三郎さんに飲まされたんでしょう。まったくあの人は、自分も弱いくせに」

ぶつぶつと文句を言いながら信之丞の額に手を当てる。日頃薙刀を軽々と振るうその掌は少し硬くて、ひんやりとして気持ちがいい。

「ちょっと熱いかしら……お水を持ってきましょうか、それとも肩を貸してあげましょうか」

あんまりな子供扱いに、思わず小さく笑ってしまった。お幸は昔から、信之丞にとって姉のような人だった。風邪を引いた時はいつも心配して看病してくれたし、師匠にひどく叱られて落ち込んでいる時は決まって慰めてくれた。

「いえ、自分で戻れます」

無理やり立ちあがろうとして、ぐらりと視界が歪み、また座り込んだ。

「ほら、無理しないで。今日は大変なお勤めだったんでしょう。きっと疲れたのね」

「いえ……疲れてはいないというか、もっと疲れるべきだったらしいというか」

「なあにそれ」

お幸がくすくすと笑う。ころころと変わる表情を好ましいと思う。そして、いつまで経っても自分は笑顔を作るのが上手くならないということに思い至る。

「お幸さん、私は……人らしい心を持っていないようなのです」

お幸はぱちぱちと目を瞬いて、小首を傾げた。

「そんなことないでしょう。信之丞さんは昔から、周りをよく見ている優しい子でしたよ。自分の気持ちには、随分疎いようだけど」

信之丞の肩に手を置いて、優しく微笑む。その顔が息がかかるほどに近くて、にわかに鼓動が速くなった。

「大丈夫。焦らなくても、いずれわかるようになりますよ。みんな、あなたが大事なんですから。信之丞さんも、自分を大事にしてくださいね」

ぽん、ぽん、とあやすように腕を叩いてくる。その振動に身を委ねていると、お幸の言葉通り全てが上手くいく気がした。

三

夕方になって暑さも和らいできた。寝床に帰る烏たちの群れが赤い空を行く。まばらに草の生えた裏庭には二人分の長い影がある。

「それで、最近仕事を任せてもらえてないのか?」

紺太夫が軽い口調で尋ねながら大きく振りかぶり、巻藁の端を投げつけてきた。

「ああ……これも私の未熟さゆえのこと」

信之丞は答えながら、刀を抜き、飛んできたそれを斬り捨てた。空を切る鋭い音と共に、巻藁が地に落ちる。休む間もなく次々と飛んで来る物体を一つずつ確実に斬ってゆく。

「へえ、おれにはずいぶん見事にこなしたように見えたが。まあ、お師匠様の意向には従うほかないな」

信之丞より後にここに弟子入りした紺太夫は、立場的には弟弟子にあたるのだが歳が近いこともあって親しい友のような関係だった。

紺太夫はこちらに歩み寄ってくると、巻藁を拾い上げた。もともと細長い巻藁を鍛錬で散々切り刻んだ端なので一尺もなかったが、それが更に真っ二つになっている。その切り口は鮮やかで藁が崩れることもない。

「本当にすごいな、信之丞は。居合ももうおれよりずっと上手い」

山田流の剣術に本来居合の技はない。死罪人や死体を斬るのが勤めなので、生きている人を相手にした戦い方は教わらないのだ。

鍛錬を終えた後の手慰みのように、信之丞に居合を教えたのは紺太夫だった。彼の生家では居合の技が重視されていたらしい。紺太夫は自分でやるより教える方が得意らしく、すっかり信之丞の方が上達してしまった。

「まずい、誰かいるぞ」

紺太夫が突然声を潜めたので、信之丞も身を硬くした。居合の練習は勝手にしていることだ。師匠は黙認してくれているが、頭の固い兄弟子に先ほどの曲芸じみた居合斬りを見られたら遊んでいると思われるかもしれない。

二人で茂みに隠れて、そっと人の気配がする方を窺い見る。そこで会話をしていたのは、五三郎とお幸だった。

「なんだ、五三郎殿か……」

紺太夫がほっとしたように息を吐く。あの二人なら怒られることもないだろう。とはいえ一度隠れた手前、声をかけるのも憚《はばか》られて様子を見る。

五三郎が差し出したのは、赤い玉簪《たまかんざし》だった。お幸は信じられないというようにそれを見つめていたが、ふいに花が咲くように顔を綻ばせた。そして宝物を戴《いただ》くように受け取る。

それを、信之丞はただぼんやりと見ていた。何か、とても綺麗なものを目にした気がする。

「なるほど、なるほど……やはり噂は本当だったか」

紺太夫の言葉に我に返った。そちらを見上げると、訳知り顔で頷いている。

「噂？」

「なんだ、知らないのか？　お幸さんと夫婦《めおと》になって、五三郎殿が山田朝右衛門の名を継ぐって話だ」

それを聞いて、胸にすとんと落ちるものがあった。今までどうしてそれに思い至らなかったのかと思うほど、確かにお似合いだった。

感心しながら二人の方を見ていたら、紺太夫がばしっと肩を叩いてきた。

「残念だったな。そう落ち込むな」

「落ち込む？　何を言っているんだ」

「惚れてたんだろ？　お幸さんに」

「ば、馬鹿を言うな。お幸さんは私にとって、姉のような人で……」

「ふうん……？　そういうことにしといてやるか。なんにしろ、五三郎殿が継ぐなら山田家は安泰だな。おれも早いところ山田流剣術を修めて国に帰らなきゃならないが……まあ、当分は無理だろう」

　紺太夫はぶつぶつと呟きながら顎に手を当てて考え込んでいる。そうかと思えば、ぱっと顔をあげてこちらを向いた。

「信之丞はこの先どうするんだ。ずっとここにいるのも良いが、お前は剣の腕も立つし刀剣の鑑定もできるからどこぞに仕官だってできるだろう。なんなら、おれと一緒に長州に来るか？」

　冗談めかした紺太夫の言葉もうまく耳に入ってこない。考えがまとまらないまま口に出す。

「いや、ここまで山田家に世話になった恩があるからな……五三郎殿が跡を継ぐなら、側でお役に立ちたい」

　順当に考えれば、それが良いだろう。五三郎とお幸が夫婦になり、山田家は続く。二人の子が大きくなる頃、信之丞が剣の稽古をつけてやる……そんな将来を夢想する。それはどうしようもないほど幸せな光景で、きっとそうなれば良いと思う。ちくりと、小さな棘《とげ》が刺さるような胸の痛みには気づかないふりをした。

「まあ……お前はそうするよな」

紺太夫が地面に指先で円を描いた。かすかに、五三郎とお幸が言葉を交わすのが風に乗って聞こえる。それが聞こえなくなるまで、紺太夫と信之丞はその場にしゃがみ込んでいた。

四

前を行く師匠の早足について行くのがやっとだった。霧の中を彷徨うような気分のまま、必死で背中を追う。見慣れた町並みのはずなのに、ぐにゃぐにゃと景色が歪んで足下がおぼつかない。

つい先刻、屋敷を訪ねてきた同心と師匠が深刻な顔で話し込んでいるところに行き合った。何かあったのかと問うと、確かめに行くので供をしなさいと命じられた。取るものも取りあえず訳もわからぬまま ついてきて、道すがら教えられたがそれでもまだ理解できない。

「お師匠様、なぜ、なぜ五三郎殿は」

どうして死んでしまったのですか。

師匠は地面を抉《えぐ》るようにただ足を進めている。振り向かぬまま答える声は落ち着いていたが、僅かに掠れていた。

「わからぬ……襲われた形跡はないらしい。誤って川に落ちたのか、自ら身を投げたか……」

「そんな……そんなはずありません」

つい先日お幸との結納が済んだばかりなのだ。自死を選ぶなどありえない。どんな辛いことがあったとしても、あの明朗で誠実な人が全てを投げ出すことなどあるはずがない。やはり五三郎が死んだというのは誤りではないだろうか。誰か背格好の似ている他人の死体ではないのか。だって、五三郎がいなくなったらお幸は、頬を染めて簪を受け取っていたあの可憐《かれん》な人はどうなるのだ。

ぐるぐると考えを巡らせている時に師匠が立ち止まったのでその背にぶつかった。気づけば川沿いの往来にいる。辺りには小店が立ち並んでおり、空には鱗雲が浮かび涼しい風が吹いている。荷を積んだ舟が広い川をゆったりと下っていく。

柳の木の根元にぞんざいに置かれた死体を見つけて息をのんだ。荒莚がかけられていてよく見えないが、体格のいい男性のようだ。行き交う人々がちら、と一瞥《いちべつ》して立ち去っていく。土左衛門《どざえもん》など珍しくもない。

ここまで先導してきた同心が師匠に何かを説明している横をすりぬけて駆け寄った。師匠が制止する声を背に聞きながら、震える手で荒莚を剝ぎ取った。

水を吸って白く膨らんだ顔に面影などない。やはり別人に違いない、と思い込もうとするが肉塊を包む着物の柄も、腰に差された刀の柄も嫌というほど見覚えがある。五三郎だと、認めるしかなかった。

五

失礼いたします、と声をかけて待ったが返事がない。信之丞はおそるおそる襖を開けた。横になっているだろうと思っていたのだが布団はもぬけの殻だ。お幸は縁側に腰かけて庭を眺めていた。信之丞は粥《かゆ》の載った盆を枕元に置いて、縁側に歩み寄った。

「お幸さん。冷えるでしょう」

もう冬だというのに、痩せた身体に襦袢だけを纏って風に身をさらしている。沓脱石《くつぬぎいし》の上に投げ出した裸足が寒々しい。その手には、血のように赤い玉簪を握っている。

お幸はこちらに関心を向ける様子もなく、垂れ下がった糸檜葉の枝が揺れるのを眺めている。そして長く息を吸い込んだかと思えば小さく咳き込んだ。咳はしだいに大きく、重くなっていく。

「ほら、お身体に障りますから。中に入りましょう」

そっと背中をさする。お幸が労咳を患っていることがわかったのは五三郎が亡くなってすぐのことだった。心労も祟《たた》ったのだろう。たったの三月で病状は深刻なものとなった。

お幸はふらりと首をもたげて、ようやくこちらを見た。結われていない髪がさらりと揺れる。

「信之丞さんは、ここを出て行かないの？」

ゆっくりと瞬きをして、いつも通り弟分を心配する時の優しい声で語りかけてくる。

「逃げていいのですよ。これが山田家に降りかかる呪いなら、あなたは関係ないもの」

あの日の五三郎の死を皮切りに、転げ落ちるかのように不幸が続いた。同門の弟子達が、出入りする使用人達が立て続けに不可解な死を遂げる。ある者は出先で火事に巻き込まれ、ある者は唐突に首を吊り、ある者は井戸に身を投げて命を絶った。

これまで処してきた罪人の呪いが山田家の者を次々と殺している、という噂があっという間に広がった。それを恐れた者は早々に暇を乞い、ただの噂だと笑い飛ばした者は事故や病で消えていく。

どんどん屋敷から人がいなくなっていくある日、紺太夫が国に戻ることとなった。家長だった兄が亡くなり、急遽《きゅうきょ》家督を継がなければならなくなったためだ。こんな時にいなくなってすまない、と謝る言葉を聞きながら信之丞はほっとしていた。万が一呪いが本当だとしたら出て行った方がいい。紺太夫に生きていて欲しいと思うから、喜んで見送った。しかし、

「私はずっとここにおります」

自分が屋敷を離れる選択はありえなかった。ずっと世話になってきた山田家を見限ることなどできない。そもそも他に行き場所もない。

もはや、師匠とお幸と自分しかこの屋敷にいないのだ。近頃は師匠も心痛のせいか体調を崩しがちだ。なんとか支えなければならない。

信之丞が決意に固めた拳を、お幸がそっと左手で包み込んだ。丸い瞳を潤ませて、悲しげに微笑んでいる。

「わたしはもう、きっと駄目だけれど。あなたはどうかお元気で。みんなが、わたしがあなたを大事に想っていること、忘れないでくださいね」

まるで遺言のようなそれに、上手く返事ができなかった。労咳の慢性的な熱のせいか、お幸の頬は赤く上気している。死が近い。それゆえに美しかった。

六

見る影もない。師匠は布団の上に横たわったまま浅く息をしている。お幸が亡くなってしばらくして、師匠が中風《ちゆうふう》で倒れた。一命は取り留めたものの手足に強い痺れが残り、刀を握るどころか立ち上がることも困難な状態だ。今では寝込み、ただ痩せ細っていくだけだった。

それでも落ち窪《くぼ》んだ目はかつてと変わらない強さで信之丞を見据えている。

「お前に山田朝右衛門の名を託す」

そう告げられた時、全ての希望を絶たれたような気がした。空虚な胸の内を抱えたまま言葉を紡ぐ。

「はい……謹んで、お受けいたします」

深々と頭を下げた。ついにこの時が来てしまった。ここしばらくは山田家に来る依頼の全てを信之丞がこなしていた。他に継げる者がいるはずもない。

「信之丞。頭を上げなさい」

そっと顔を上げる。師匠が乾いた唇を歪ませて、ふっ、と笑った。障子越しに差し込む夕日の光に淡く照らされている。

「すまないな。まだ教えてやりたいことが沢山あったというのに、お前を置いていくことになってしまった」

師匠の言葉がどんどん弱く掠れていくから、にじりよって耳を傾ける。

「お前は刀の扱いも死体の扱いも飛び抜けて上手かった。それなのにどうしてか、死というものがよくわかっていないようだった。一度命を絶つ経験をさせてみれば変わるかと思ったが……」

ただでさえ寒い部屋が、どんどん冷えていく気がした。その先を聞きたくない。師匠が、布団の隙間から手を差し出した。強張って上手く動かないその手に、信之丞は縋るように触れた。

「信之丞。五三郎が、お幸が死んだ時何を思った。私がいなくなった後何を思う。悲しんだか、惜しんでくれるか。私達が殺してきた、これからお前が殺す罪人達にも同じように命が、人生があった」

言い聞かせるような優しい口調に、初めてこの屋敷に来た時のことを思い出した。あの日、身寄りのない自分を受け入れてくれた家族。その全てを、自分は永遠に失うのだ。

「きっといつか、お前にも命の重みが、山田朝右衛門という名の負う責任がわかる時が来る。だからそれまで、生きなさい」

嫌だと言いたかった。大切な人が誰もいないこの屋敷でたった一人生き続けることを思うと怖くて仕方がない。それでも師匠の言葉に逆らうことなどできなかったので、こくりと頷いた。

七

どうしてこうなってしまったのだろう。なぜ皆は死ななければならなかったのだろう。これが首斬りを続けてきた一族が辿るべき末路だったのだろうか。死ぬべきだと誰かが決めた罪人を殺し続ける。何代も重ねたそれは、どれほどの罪だったのだろう。

乾いた手を握りしめて、その硬さに驚いた。何かがおかしい。どうしてこんなに暗いのだろう。突然夜になってしまったかのようだ。自分の手が握っているものをよく見ようと顔を近づけて、あっと声を上げた。

それは骨だった。節くれだってただ白らかな指の骨。咄嗟に手を離せばカタリと音を立てて地面に落ちる。気づけばそこに横たわっていたのは、師匠ではなくただの人骨だった。髑髏《どくろ》に空いた眼窩《がんか》がじっとこちらを向いている。

「信之丞さん」

突如響いた声に顔を上げた。そこにいたのはお幸だった。病床に臥《ふ》せっていたころの姿だ。髪を下ろし、襦袢だけ纏っている。その肌は燐光《りんこう》のように淡く青く輝いていた。

「お幸さん」

何が何やらわからぬまま、信之丞はその足下に取り縋った。ずっと耐えていた感情が決壊したかのように苦しくて己の胸元に爪を立てる。

「どうして死んでしまったのですか。大事だと言うなら、どうして側にいてくれなかったのですか。どうして私だけ生き残ってしまったのですか」

「信之丞さん、落ち着いて。みんなが死んだのは」

お幸はしゃがみこんで、信之丞の頬をそっと撫でると言いきかせるように囁いた。

「あなたのせいですよ」

優しい姉の顔でにっこりと微笑む。何を言われたのかわからず、信之丞は呆然とその顔を見つめた。

「あの日、初めて人を殺した時。あなたは死と目が合った。死は一目見てあなたに惚れ直した。だって三百年前から、あなたは何も変わっていなかったから」

くすくすと笑いながら、信之丞の乱れた髪を耳にかけなおす。耳の裏に細い指が触れて、ぞくりと冷たい感覚が背に走った。

「前とはやり方を変えてみたんです。今度こそ自分のものにするため、あなたが大切に思う者を一人ずつ殺していった。それはとても上手くいったから、十年の間あなたはずっと孤独だった。あなたが山田朝右衛門の名を継いだのも、わたしには嬉しいことでした。何十人、何百人と殺し続けても心を動かさないあなたはとても美しかったから……」

じわじわと絶望が広がっていく。それでは、自分がいたからあんな悲劇が生まれたのか。自分さえいなければ、五三郎は生きてお幸と夫婦になり、立派に跡を継いでいたのか。自分が人を殺したあの日、運命が捻《ね》じ曲がった。死ななくてよかった人が大勢死んだ。

「本当はもっと長く、あなたが殺すところを見ていたかった。でも近頃は、邪魔者がうろついているから……迎えに来たのです」

お幸が苛ついたように眉をひそめたのは一瞬のことだった。信之丞の手をとると、ぞっとするほど綺麗な笑みを浮かべる。

「みんなと同じところに行きましょう。そして今度こそ、わたしのものになって。心から死を望んで、わたしを受け入れてください」

そっと、何かを握らされる。手に馴染むそれは使い慣れた脇差だった。

「首を斬るのは得意でしょう、山田朝右衛門さま」

そうだ、自分は山田朝右衛門だった。師匠から名を継ぎ、数えきれないほど人を殺してきた。人一人殺すなど、造作もない。

柄を握り、ゆっくりと抜き放つ。闇の中に浮き上がる銀の刀身を、そっと首元に押し当てた。全身が熱い、気がする。瞼を閉じて浅い呼吸を繰り返す。

「そう、お上手」

お幸に額を撫でられながら褒められて、一気に多幸感に包まれる。これでようやく、皆に会える。もう寂しい思いをすることもない。もう誰も殺さなくていい。泣き出したいくらいに嬉しかった。

刃が薄皮を斬る、じわりと滲む痛みに身を任せようとしたその時、違和感に気づいた。刀が重い。前にも後ろにも動かせない。それがもどかしくて目を開ける。滲む視界に映る、すぐ側に立つ人。獣面の男が、刃を強く握りしめて止めていた。手の内から血が流れ出して刀身を伝い、朝右衛門の手に、襦袢に、布団に落ちていく。

「旦那ァ、いい加減起きたらどうだい」

半蔵だ、ということはわかった。しかし、なぜ止められたのかがわからない。思考に靄がかかったかのようで、もう少しだったのにという苛立ちだけが募っていく。血の匂いが漂って空気が薄い。視界だけが明瞭になってきて、ここが自分の部屋だということに気が付く。

半蔵は一つ舌打ちした後、ぐるりと眼球を回してお幸を見下ろした。

「ようやく会えたなァ、死神」

「そんな無粋な名で呼ばないでください。わたしはただ、死、そのもの」

冷たく返したお幸は、朝右衛門の首に腕を回した。そして抱きしめる腕の力を強めながら、軽蔑の目を半蔵に向ける。

「あなたは……本当に気持ち悪いですね。生き恥を曝《さら》し三百年も這いずってまだ執着しているのですか」

それを睨み返す半蔵の目も、今まで見たこともないほど血走って深い憎しみを湛えていた。

「その言葉、そッくりそのまま返すぜ」

「あなただけは、永遠に迎え入れてあげません。せいぜい不細工な命を抱えてのたうち回りなさい」

「構わねェ、さっさと冥府に帰りなァ」

一際強く刀身を握るから、半蔵の指に刃が深く食い込んでいく。流れていく血をただ眺めて、どうしてこれが自分の血ではないのかと考える。お幸の手がさらりと首元をなぞって離れた。

「旦那、いつまで寝ぼけてンだ」

半蔵が握ったままの刃を力任せに引いた。自分の首に当たっていた刃が半蔵の方を向く。その途端、カッと頭の中が燃え上がったように感じた。勢いよく立ち上がりそのまま柄を強く押し込む。それは半蔵の胸に、深々と突き刺さった。

「邪魔を、するな」

朝右衛門の叫びに、半蔵は長い鼻面を引き上げて笑いで返した。その口から血が溢れだす。

「邪魔しなかッたらどうすんだ。アンタ、死ぬのか」

「死ぬ。これ以上、独りは嫌だ。誰にも死んで欲しくない」

「独りじゃねえだろ。少なくとも、アンタの側にいる俺は死なねェんだから」

半蔵が両手を広げた。鋼まで通った刀が背から突き出しているが、半蔵の仕草は軽やかなものだった。

「ほォら、見てみろ。死神にも嫌われたバケモンだ。何回殺したッて死なねェぜ」

半蔵が、高笑いした。口の端から血の泡が噴き出しても構わず笑い続ける。下品なそれを近くで聞いているうちに、そのあまりの煩さに頭が痛くなってきた。

「ああ、まったく、お前は……」

先ほどまで囚《とら》われていた死を望む気持ちがするりと抜けていってしまった。気持ちよく二度寝しようとしたところを無理やり叩き起こされたような気分だ。

「……夜間に騒ぐな。また近所で噂が立つ」

苦言を呈してやれば、半蔵はおどけた仕草で口元を押さえた。その手の下では、歯をむき出してにやにやと笑い続けている。

あまりに阿呆《あほ》らしくなってきて、朝右衛門はため息をついた。強く押し込み続けていた柄を握りなおして一歩後ろに下がる。ずるりと重く濡れた感触と共に刀を引き抜いた。

「もう終わりかい。もッと確かめてみたらどうだ」

半蔵は自身の胸元に開いたどう見ても致命傷の穴を両手で指さした。こちらを虚仮《こけ》にするように血まみれの舌を突き出してくる。

「もういい……十分だ」

朝右衛門は緩やかにかぶりを振った。何もかもが異様な状況なのに、かつてないほど心が穏やかなのが不思議だった。

その時、首に腕がするりと回される感触。背後からまた、お幸が抱きしめてきている。

「馬鹿みたいですねえ。これで繋ぎとめたつもりですか」

白い指先が鎖骨に触れた。愛おしむように首元に頬ずりされる。

「人は皆、平等に死ぬ。遅かれ早かれわたしのものになる」

「抜かせ。死ンでも手に入らなかッたからまだ纏わりついてンだろうが」

半蔵が低く吠《ほ》えた。お幸はそれに答えず、朝右衛門の耳に直接吹き込むように囁いた。

「信之丞さん、わたしがあなたを大事に想っていること、忘れないでくださいね」

懐かしい言葉が終わると同時に、お幸の身体が朝右衛門の身体に重なり、溶け込んで消えた。入り込んできた奇妙な感覚に混乱して、しばし呆然とする。沈黙が広がった。

「クソッ、逃げられたか……」

半蔵が拳を握りしめた。後ろに倒れた獣の耳が強い敵意を表明している。朝右衛門は辺りを見まわしながら呟いた。

「なんだったんだ。一体……」

「死神だ。前から言ッてるだろう、旦那に取り憑いてるッて」

「死神。そう、だったな。しかし、なぜお幸さんが」

「そりゃァ、あれがアンタにつけ込むのに一番都合がいい姿だからだろう」

「ああ、そうか……あれは」

あの人じゃなかったのか。自分に死神が憑いているのは薄々知っていた。それが朝右衛門の身近な人を次々と殺していったことも、お幸の姿をしていることも。どうしてだろうと思いながらも、少し期待していた。お幸の霊が側にいて、ずっと守っていてくれたのではないかと。

お幸の姿を騙られていたことへの怒りはなかった。ただ、虚しかった。

「旦那、首出しな……ああもう、ちょいと切れてるじゃねェか」

半蔵の指の背が触れて、首がちりりと痛んだ。生きている、と強く自覚して自嘲の笑みを浮かべる。

「なァにへらへらしてんだ。勘弁してくれよ、俺と違ッて旦那はいつ死んだッておかしくねェんだから……そりゃァ、アンタは死にたかったんだろうが」

「そうだな、死にたかった」

「ああまッたく、邪魔して悪かッたよ」

「しかし、生きていて良かった」

師匠から継いだ山田朝右衛門の名を捨てるわけにはいかない。お幸にも元気でいろと言われている。まだ死ぬわけにはいかない。

「お前がいて助かった」

今度こそ、心からの穏やかな笑みが浮かんだ。途端に半蔵は嬉し気に頷いて、ぱたぱたと忙しなく長い耳を動かした。

「そうだろ。まッたく旦那は、俺がいねェとダメなんだから」

「しかし、随分都合よく止めに来たな」

「そりゃァ、旦那の様子がおかしかったから寝ずの番で見張ッてたのよ。健気《けなげ》な忍がいたもんだろ？」

半蔵が軽口を叩きながら立ち上がる。そして障子に近寄ると、一気に開け放った。冷えて澄んだ風が吹き込んでくる。

「寝なおす時間はねェみたいだな。ほら、朝だ」

まだ暗い空の下の方が、淡い赤に、黄に染まり始めている。長い夜が明けた。

八

豆腐の入った味噌汁を啜る。温かい汁が腹に落ちて、身体を温めてくれる。ほう、と息を吐いている間に半蔵が勝手に朝右衛門の膳から空の茶碗を取り上げる。つやつやとした米が茶碗に山盛りにされて、また膳に置かれた。朝右衛門は特に文句を言うこともなく茶碗を手に持った。かぶら漬けを一枚とり、白米と共に口に入れる。さっぱりとしたかぶと米の甘みで、活力が満ちていくようだった。

半蔵がこちらの様子をしげしげと観察して、いつもの問いかけをする。

「美味いか」

「美味い」

「そりゃァ良かった。しかし朝ッぱらからあんなことがなきゃ、もっと良いもん食わせてやれたのに」

「これだけあればいい」

満ち足りた食事だ。一人だった十年の間、食べていたものとは比べるべくもない。ただひたすらに米をかきこんでいく。半蔵が湯呑に茶を注いだから、湯気と共に茶の香りが辺りに漂った。

「それで、今日は何人だい」

「四人だ」

「まッたく、働きもンだねェ」

呆れ顔で差し出された湯呑を受け取る。今日は四人の罪人の首を斬る予定があった。いつもと変わらない仕事だったが、この身に憑いた死神は朝右衛門が殺す度に喜ぶのだろうかと思うと、憂鬱が過る。

半蔵が人差し指を立て、名案を思いついたとでも言いたげな顔をした。

「せッかく生き延びたんだから勤めなんて投げ出して水茶屋にでも行こうぜ」

「せっかく生き延びたのだから勤めを果たさなければ。水茶屋は一人で行ってこい」

「あーあ、旦那ッたら真面目なンだから。仕置き場でもなんでもお供しますよ」

茶を吹き冷ましてから口に含んだ。温かい。少しの間目を閉じる。これからどれくらい生きて、どれくらい殺すのかと考えた。

英吉利《イギリス》の公使館で通訳をしている男が殺されたらしい。下手人は捕まっていないが、異国に敵意を持つ侍だったようだ。

商人達が密やかに交わし合うそんな言葉が気になって朝右衛門は足を止めた。声をかけて詳しく聞こうとしたところで、強く袖を引かれた。

「ほら旦那、物騒な噂なんて放ッといてさッさと遊びに行こうぜ」

そう言われて振り向けば、手をひらひらと振る半蔵がいる。その手も胴も足も当たり前の人間なのに、その首から上は馬とも鹿ともつかない異形の獣の姿をしていた。

神社に続く道を行く人々は半蔵の見た目を気にする様子もない。彼が獣頭に見えるのは朝右衛門を含めた限られた人間だけと知っていても、誰に気にされることもなく堂々と道の真ん中を進む姿は奇妙に見えた。

仕方なく半蔵の後をついていきながら、何度目かわからない反論をする。

「この忙しい年始に遊んでいる暇などないのだが……」

「年始だから遊ぶんだろォよ。見ろ、空は晴れて澄み渡り、地には浮かれた人々が行き交う。そんなめでたい時分を旦那は、放ッとくと生首の並べ替えで終わらせちまうんだから」

生首の管理だけではない。歳暮やら年賀やらで減ってしまった薬も肝をすり潰して作り足さなければならないし、腐りにくくするための処理をしなければならない死体もある。

山田朝右衛門は刀剣の様し斬りを家業としているが、罪人の処刑も重要な生業となっている。それに伴う死体の保管や譲渡、人体を材料とした薬の作製などでとかく忙しい。遊んでいる暇などない……と何度も主張したのだが、半ば無理やり半蔵に連れ出されてしまった。

「ちょいと遅れたがせッかくの初詣。買い食いでもしていくかい、それとも凧《たこ》でも揚げるかい」

「童《わらべ》じゃあるまいし、凧揚げなどしていられるか」

「じゃあ買い食いだな。待ってなァ」

半蔵はさっさと団子屋に入っていってしまった。朝右衛門はしかたなく、その場に立って辺りを眺めた。

餅を焼く甘い香りが漂っている通りには商店が立ち並び、威勢のよい店主の呼び込みが響いていた。晴れ着の婦人達が賑やかにお喋りを交わし、頭巾を被った猿回しの後を童達がぞろぞろとついて回っている。

ふと顔を上げると、高くに奴凧が揚がっていた。今にも雲に届きそうなそれを見ていると、随分昔の正月に師匠が鳶凧《とんびだこ》をくれたことを思い出す。挨拶回りの帰りに、弟子の中でも年若い自分と紺太夫への土産にと買ってきてくれたのだ。

凧で遊ぶような歳ではありませんと断ろうとしたが、自分より少し年上のはずの親友があまりにはしゃぐものだから、意地を張るのも馬鹿らしくなってしまった。

屋敷から少し離れた明地《あきち》まで駆けていった。一つの凧の糸を交代で握るたびに強い風を感じる。少しずつ高く上っていく凧を、ただ夢中で見上げていた。

懐かしさにふ、と口元が緩む。今頃紺太夫は何をしているのだろうか。そんなことを考えている時に、馴染みのある言葉が耳に入ったので振り返った。侍が二人、硬い声色で会話しながら通り過ぎていく。

訛《なま》りが強くて内容は聞き取れなかったが、長州の言葉だろう。まだ国言葉が抜けない頃の紺太夫がよく使っていた。侍達は年始の浮ついた雰囲気にはそぐわない、険しい顔つきをしている。何か、嫌な予感がした。後を追いかけようと足を向ける。

「旦那、どこ行くんだい。こんな所ではぐれたらあッという間に迷子だぜ」

割り込むように現れた半蔵に阻まれた。こちらの返答を待たず、いそいそと経木《きょうぎ》を開いて団子を取り出している。

「醤油《しょうゆ》と蜜、どッちにするよ」

「……醤油」

団子の四つ刺さった串を受け取りながら半蔵の肩越しに道を見るが、先ほどの侍達はもう姿を消していた。

一つ口に入れれば、柔らかい団子のほのかな甘みと、焦げた醬油の香ばしさが広がる。吹き付ける風で寒いが日差しは明るい。半蔵も蜜団子にかじり付いて頰を緩めている。今日くらいは少々気を抜いても良いかと、そう思えた。

一

火事だ、と誰かが叫んだ。参拝を終えて帰ろうとしていたところだった。見れば空に白い煙が立ち上っている。半蔵が獣の耳を真っ直ぐに立てて辺りの様子を窺う。

「まずいな、火元が近いみたいだ。さッさとずらかろうぜ……旦那？　おい、どこ行くんだ！」

気付けば走り出していた。脳裏を過ったのは先ほどの侍達のことだ。彼らが火をつけたのではないか……そんな気がしてならなかった。

「何やッてんだよ旦那!?」

「これは、放火かもしれない」

「だッたらなおさら逃げた方が良いだろうがよォ！」

半蔵の言うとおりだとわかっていたが、引き返す気になれなかった。強い、焦りのようなものを感じる。

走るほどに火元に近づく。赤い、赤い火が空を舐める。煙が天を焦がし、人々が悲鳴を上げて逃げ惑う。燃えているのは寺のようだ。その光景になぜか、強い既視感を覚えた。練塀に沿って進み、正面の門に至る。ちょうどその時、炎を背にして悠々と出てくる人影があった。

先ほど見た二人の侍と、旧友の紺太夫だった。朝右衛門は思わず呟いた。

「紺太夫……」

こちらの姿を認めた紺太夫は、ぱっと人懐っこい笑みを浮かべて駆け寄ってきた。

「朝右衛門か。奇遇だな。どうしたんだ、こんなところで」

「どうしたはこちらの台詞《せりふ》だ。貴様、一体何をしている」

「いや、大したことじゃない。少し燃やしただけだ」

絶句した。何かの間違いだと言って欲しかった。しかし紺太夫は平然とした様子で、話があるから先に行ってくれと他の侍達に指示を出している。

彼らを見送ってから、紺太夫は世間話をするような気軽さで語り出した。

「ここの寺は仏蘭西《フランス》の領事館として使われているんだ。だから燃やした。わかるだろう？　異国人を払わなければ、この国は蝕まれて腐っていく」

「火付けは罪が重いぞ」

「覚悟の上だ。罰を恐れては何も救えない」

「中に人はいるのか？　誰か焼け死んでいたら……」

「死ぬとしたら異国人か、それに与《くみ》する者だ。気にすることはない」

話が通じない。これは本当に紺太夫だろうか。共に修行に明け暮れた、どこか要領が悪く、しかし人好きのするあの紺太夫だろうか。

止めなければ、と思った。紺太夫の掲げる理想がどんなものかは知らないが、そのためにこんなことをさせたくない。

無言のうちに、朝右衛門は打刀を抜き払った。紺太夫は困ったように少し眉を下げる。

「よせ、朝右衛門。お前と争いたくはない。おれはただ、お前が暮らすこの国を守りたいだけだ」

紺太夫は刀を抜くこともせず、無防備にこちらに歩み寄ってくる。

「わかってくれ。必要なことなんだ。お前だって大義のために、人を殺してきただろう」

「私は……」

幾百の死罪人を取り決め通りに殺してきた。師匠から受け継いだ家業を守るためだった。それと同じだというのだろうか。

紺太夫が数歩先に迫った時、割り込んできた者があった。

「そこまでにしとけよ。いくらアンタがご友人ツッても、うちの主を虐《いじ》めていい訳にはならんぜ」

半蔵は冗談めいた声色を紺太夫に向け、緩く両腕を広げて立ち塞がった。紺太夫は何度か二重の瞼を瞬かせたが、やがて噛み締めるように頷いた。

「そうか……あんたがいるんだったな。なら安心だ。せいぜいおれの親友を助けてやってくれ」

その言葉と同時に、紺太夫の足下の影からするりと犬が抜け出した。紺太夫がその身に飼っている犬神だ、と思い出した時にはもう遅かった。影が伸びるように膨れ上がったその犬は、勢いよく飛びかかると半蔵の腕を骨ごと砕いて食い千切った。

半蔵は痛みに呻きながらもなお、残った腕で犬を捕まえようとした。その手は確かに犬を捕まえたように見えたが、不可解にもすり抜ける。そして息つく暇もなく朝右衛門に襲いかかった。

その動きを冷静に見極めて一閃、朝右衛門は刀を振り下ろす。それは犬の眉間を的確に捉えたように見えたが、その身を裂くことは叶わずに空を切った。

上体に飛びつかれて仰向けに倒れ込む。四肢に乗る巨大な犬の重みも息づかいも感じるのに、腕で払いのけようとするとまるで手応えがない。

眼前に迫る鋭い牙に、食われる、という原始的な恐怖を覚えた。こちらは抵抗する術がないのに、この犬は容易く喉笛を食い破ることができる。

しかし犬はあっけなく身を翻すと、煙の中に溶けるように消えていった。気付けば紺太夫の姿もなく、辺りは黒煙に包まれている。

「あーあ、逃げられちまッたな」

半蔵は自らの腕を拾い上げると、それを元の位置に付けた。みるみるうちに肉の線維が絡み合い、繋がっていく。

半蔵はこの不死の能力でもう三百年生き延びているのだという。自らを戦国の世を駆け抜けた初代服部半蔵その人だと言ってはばからない。

半蔵は手を開いたり閉じたりして完全に治ったことを確認してから、朝右衛門を助け起こす。

「旦那、いい加減離れようぜ。俺はともかく、アンタは煙に呑まれて死んじまう」

ぱちぱちと弾けた火の粉を吸い込みそうになる。袖で口元を押さえながら、その場を立ち去った。

二

相変わらず雑然とした部屋だ。薄い壁は今にも破れそうだし、畳は荒れて所々変色している。巻物や薬草、杓子《しやくし》や紙に硯まではいいとして、猫の髭に牛の蹄《ひづめ》、乾燥させた甲虫の死骸までそこらに散らばっていて汚いとしかいいようがない。かろうじて空いている床になんとか三人が座っていた。

一通りの事情を聞き、顎に指を当てて深く頷く。

「それは災難でしたねえ。火除《ひよ》けのお札でも書いて差し上げましょうか。それとも、火傷《やけど》治しの薬草でも」

襤褸の法衣を身に纏い、男とも女とも知れない不思議な顔立ちに薄い笑みを浮かべている。安倍晴明の子孫を名乗るこの陰陽師は、いかにも怪しい見た目に反して腕は良かった。この裏長屋では医師の役割も担っているらしい。

朝右衛門もそれを知って頼りに来たが、今の悩みは火難ではなかった。

「犬神を倒すための札を書いてくれ」

火事に遭ったのは十日前のことだ。煙のせいかしばらく喉を痛めていたが他に怪我もない。幸い、死人もなかったらしい。領事館は使われておらず人もいなかったそうだ。

それを知って朝右衛門は心底安堵した。きっとわざと無人の建物を狙ったのだ。やはりあいつは人を殺せるような奴じゃない。まだ引き返せる。

「紺太夫を止めなければ。そのためには犬神を倒す必要がある」

「なるほどなるほど。しかし犬畜生とはいえ、神と呼ばれるもの。そう簡単には……」

「祓えないのか」

「いえ、できます」

陰陽師はあっさり言うと、硯と筆を引き寄せた。水差しから水を注ぎ、墨を磨《す》りはじめる。

「しかし良いのですか？　その紺太夫という方から、犬神を祓ってしまって」

「どういう意味だ」

「そろそろわかってきたのではないですか、朝右衛門様。あなたに取り憑いたものの性質が」

陰陽師は手元から目を離さない。墨の香りが漂い出す。

「あなたに取り憑いた死神は、あなたに近寄る者を許さない。半蔵がそれに殺されずに済んでいるのは、半蔵が不死の性質を持つ化け物だから。わたくしが死なずに済んでいるのは、多少ばかりの陰陽道の心得ゆえに」

壁に隙間でもあるのだろう、風が吹き込んで底冷えする。

「紺太夫殿はあなたの無二のご友人だとか。彼を守る犬神が消えれば、死神にとってはさぞ都合が良いことでしょう」

朝右衛門は膝の上で拳を強く握った。紺太夫まで死ぬことになれば、自分は古い知り合いの全てを亡くすことになる。しかし、このまま紺太夫を好きにさせておけば、それこそとんでもない事件を起こして命を落としかねない。

しばらくの間、墨が少しずつ磨られるささやかな音だけが響いた。それに耐えかねたように、ここまで黙っていた半蔵が口を開いた。

「なァに悩んでんだよ、旦那。放ッとけばいいだけじゃねェか。奴には奴の考えがあッてやってンだろ。案外ああいうのが、本当に国を救ッちまうかもしれねェ。何が正しいかなんてわかッたもンじゃねェ時代だ。他人様の事情に口出しするだけ野暮ッてもんさ」

そうなのかもしれない。ただ日々を生き延びているだけの自分が、国を守ろうという志に水を差す権利などないのだろう。

しかし……このまま目立つ行動を続ければ、いずれ紺太夫は捕まり裁きを受ける。そうなったとき、友人の首を斬るのは朝右衛門の役目になる。

なんのことはない。朝右衛門が恐れているのはそれだった。攘夷の志士などもう何人も殺してきた。そこに友人を加えたくない。

陰陽師が筆を取り、細長い紙に書き始める。「屋ノ上へ犬登リタルニ」という文字に続き、「福来神唸急如律令」と記されていた。

それをそっと差し出される。乾かぬ文字を崩さぬように慎重に受け取った。

「晴明、これは……」

「屋根の上に犬が上ったときなどに役立つ札です」

なんだその限られたときしか使えぬ札は、とは思ったが口には出さなかった。これまで晴明に渡された札は場にそぐわないように見えてもどれも役に立った。

「御寄進は、札を使うことがあったらで構いませんよ」

晴明が糸のように目を細くする。これを使ったら、後ほど高額な請求が為されるのだろうな……と思いながら懐紙に挟んで懐にしまった。

三

硬くなった皮膚の表面に、一針一針刺していく。灯籠の明かりを頼りにして白い糸を慎重に通せば、断ち斬られた首が少しずつ縫い合わされていく。

縁側に座り、膝に死体の頭を乗せている。それと合わされていく裸の胴体は太っており、だらしなく四肢を投げ出していた。

その醜い中年男の顔はかろうじて目を閉じてはいるが、口を歪め、恐怖と怨嗟《えんさ》の入り交じったような表情をしている。穏やかな表情に整えてやろうとしたが、これ以上はどうやっても無理だった。

縫い跡が目立たないか気になって指でなぞっているところに、ずかずかと歩み寄ってきた者があった。

「こんな夜更けに縫い物とは精が出るねェ。それ、売りもンかい」

半蔵が足を投げ出して隣に座った。朝右衛門は縫い物を再開し、喉仏の下に針を通していく。

「まあ……そうだな。明日受け渡すことになっている」

これはつい先日斬った罪人の死体だった。首を落とした後、いつも通り屋敷に持ち帰った。

本来は遺族の手に罪人の遺体が渡ることはないが、依頼があった場合のみ内密に渡しているのだ。当然引き換えに金銭を受け取ることもある。売り物と言って差し支《つか》えない。

「そのまま渡しても良いのだが、せっかくなので整えてやろうかと」

「ふうん、お優しいもンだねェ」

半蔵が横目で見下ろす先には櫛と鬢付《びんつ》け油が置いてある。先ほど髪型も整えてやったところだ。普段はここまでしないのだが、ついつい手を加えてしまった。

商家に盗みに入り主人を殺した悪党だと聞いていたが、それでも引き取ろうという肉親はいるらしい。それなら、綺麗な姿で返してやるのが良いと思った。

「言ッてくれれば俺がやるのに。裁縫も髪結いも、たぶんアンタより上手いぜ」

「いい、これは私がやる。それより、お前には他のことを頼みたい」

ぐるりと一周縫い終わった。糸を結び鋏《はさみ》で切れば、ぱちりと高い音がする。

「紺太夫を探してきてくれ」

仕上がりに満足して顔を上げると、半蔵は不機嫌そうに耳を倒していた。

「旦那が望むなら俺は従うが……アンタはそれでいいのかい」

「話がしたいだけだ」

「向こうは話がしたいとは思えんがね」

半蔵はこつこつと指先で床を叩いていたが、やがて立ち上がった。

「ちょいと家を空けるが、俺がいない間もちゃんと飯食ッて寝ろよ」

わかった、と答えた。半蔵はこちらを見て、ほんとかねェ、と呟きながら廊下を歩き、暗闇に姿を消した。

四

蕎麦《そば》を啜る。薄く温い汁をかけた麺のぐにゃりとした食感。どうすればこんな不味《まず》い蕎麦を作れるのかわからないほど不味い。

しかし幽霊屋敷と噂されて長いこの家に出前を運んでくれる奇特な蕎麦屋が他に見つからず、毎晩この不味い蕎麦を食べる羽目になっている。

あれから半月も経つのに半蔵が帰ってこない。料理をする者がいないのに食事をしなければならないのが非常に億劫だった。

半分ほど食べたところで、器を床に置いた。西日が差し込んで、辺りを舞う塵を照らしている。仕事が忙しく掃除をする暇もないので、居間にも埃が薄く積もりだしていた。

「旦那、蕎麦は結構だが具の一つでも載せたらどうだい」

突然声をかけられて振り向けば、半蔵がぱたぱたと耳を揺らしている。朝右衛門は苛立ち混じりに立ち上がり詰め寄った。

「遅い。どこをほっつき歩いていた」

「はいはい、ごめんなさいねェ。こう見えて何かと大変だッたンだぜ」

半蔵が見せつけるように、自身の襟を引っ張った。その着物は乾いた血がこびりつき、所々破れている。不死故に無傷のように見えるが、何か怪我をするようなことがあったのかもしれない。もしや、単身で紺太夫と戦ったのだろうか。

「紺太夫はどうした」

「ああ、そうさね……あいつを見つけること自体はそう難しくなかッたさ。攘夷派を辿ッていけばいいだけだ」

そこで言葉を切り、半蔵は気まずそうに頭をかいた。

「鈍臭い侍なんぞに見つかるつもりはなかッたんだが、犬ってのは鼻がいい。いや、まいッたね。噛みつかれてさんざッぱら引きずり回された」

「居場所はわかったのか」

「なァ旦那、やッぱり手を引こうぜ。アイツ、旦那の前じゃ猫被ってるが……いや、犬使いだッたか。とにかく話の通じる相手じゃねェ。放ッとくのが吉ッてもンさ」

「あいつはどこにいるんだ」

胸ぐらを摑んで問い詰めれば、半蔵は渋々といった様子で答えた。

「今夜」

「今夜？」

「港で阿蘭陀《オランダ》の船乗りを襲うッてさ」

朝右衛門は素早く手を離すと、刀掛けから打刀を取り上げて腰に差した。

「出かけるぞ。ついてこい」

「休む間もなしとはね……」

襖を勢いよく開け放し、廊下を大股で進む。半蔵は急いで破れた服を着替え、朝右衛門を追いかけた。


黒々とした波に月の光が映っている。夜の港には巨大な帆船がいくつも泊まっており、船首の意匠を見ただけでも異国から来たものであると知れる。

「どの船を襲うと言っていたんだ」

「さあ、そこまではねェ……」

言葉を濁す半蔵はあからさまに乗り気ではない様子だ。辺りに人影は殆どない。当てもなく歩き回るが紺太夫を見つけるのは難しそうだった。

しばらく地面を見つめてついてくるだけだった半蔵が、ふと足を止めた。

「なァ旦那……いつだッたか、地下牢で奴さんが刀を抜くところを見ただろ。アイツの刀は村正《むらまさ》だッたな」

「それが紺太夫の行き先に関係があるのか」

「ない」

なぜ突然無駄口を、と困惑しながらも立ち止まり記憶を辿る。紺太夫が使う刀がこの十年変わっていないなら、確かに村正の作だろう。

「そうだと思うが、よくわかったな」

「ああ……見りゃァだいたいわかる」

刀身にでかでかと銘が彫られているわけでもなし、そんなことが可能だろうか。疑いの目で見れば、半蔵は自嘲するように笑った。

「わかるさ。俺のかつての主は昔、村正に斬られて死んだからな」

そういえば、服部半蔵は代々徳川《とくがわ》に仕える忍だった。徳川に仇《あだ》なす妖刀と噂される村正に思うところがあるのだろう。

「アンタまで村正に殺されたら、俺は……」

背を丸める半蔵があまりに哀れっぽかったから、感情のまま強く叱責した。

「私は徳川とは何の縁《ゆかり》もない。だいたい、この世に村正の刀がいったいどれだけあると思っている」

　過去に村正の刀を扱ったこともあるが、指先を切ったことすらない。半蔵に背を向けて歩き出す。

「昔の主の話はやめろ。今は私に仕える忍なのだろう」

　ああ、とも、うん、ともつかない不明瞭な返事を背に聞きながら、朝右衛門は進んでいく。

　一歩ごとに焦りが募る。夜にこの港で、という以外何の手がかりもない。その情報を持ってきた半蔵はまるで役に立ちそうにない。

「あの子の居場所、教えてあげましょうか」

　突然、頭の中で懐かしい声が響いた。朝右衛門にとって姉同然であるお幸の声……いや、それを模した死神の声だ。

「こっち。こっちよ」

　導かれるままに歩んでいく。死神が手を貸すのは死神にとって都合が良い時だけだ。死神は、朝右衛門が死ぬことを期待しているのだろうか。それとも紺太夫を殺すことを望んでいるのだろうか。どちらにしろ、この先に待っているのは死神には好都合な状況に違いない。

　ようやくわかってきた。この十年の間ずっと、死神はこうやって語りかけてきていたのだ。そのたび行動を左右されてきたのに、全てを自分の意思で決めたと思いこんでいた。思いこまされてきたのだ。

潮の香りとは異なる、嗅ぎなれた匂いがする。背筋に汗が伝うのを感じたが、それでも従うしかなかった。これしか手がかりはない。戸惑うような半蔵の呼び声が耳に届くが、振り切って道を曲がった。

ね、言ったとおりでしょう、とだけ言い残して死神は黙り込む。その路地裏に紺太夫はいた。

「ああ、朝右衛門か。奇遇だな……」

驚いたように目を見開いている。その手に握られているのは血に濡れた刀。足下には胴を半分以上斬られて倒れ込む男。異国人だろう。僅かに息があるようだが、この傷と出血量では助かるはずもない。

「紺太夫……殺したのか」

「ああ、殺した」

落ち着き払って笑みすら浮かべる紺太夫が、かつての友人とは別人に見えた。震える声で訴える。

「こんな、こんなことはもうやめてくれ」

「どうした、お前は死体など見慣れているだろう」

「貴様は慣れていないはずだ」

「うん、そうだな……いや、もう慣れてしまった」

困ったように眉を下げて笑っている。聞き分けのない子供に言い聞かせる声音で語りかけてくる。

「朝右衛門。何度も言ったが、この国を守るために必要なことなんだ。わかってくれ」

返事の代わりに、朝右衛門は刀の柄に手をかけた。目の前の男が正気とは思えない。まだ紺太夫は人を殺していないから引き返せるはず、というのは甘い目算だった。彼はとっくに鬼に成り果てているらしい。もはや刀を握る以外に紺太夫を止める術はなさそうだった。

「わかってもらえないか……そうだな、離れた時が長すぎた」

懐かしむように目を細めて、紺太夫は刀をこちらに向けて構え直す。

「長らく一人にしてすまなかった。師匠の下に送ってやろう」

その途端、凄まじい気迫を向けられて肌が粟立《あわだ》った。罪人が差し出す首や死体ばかり斬ってきた自分とは違う。相手は生きて抵抗する人間を斬るのに躊躇がない。

恐れを振り切るように刀を抜き払った。しかし渾身《こんしん》の力を込めた一撃は、軽々と刃で弾かれてしまう。何度斬りつけても同じだった。

これほどまでに剣技に差があっただろうか。力の差だけでなく、動きの全てが読まれているかのようだ。勝てるわけがない。そんな言葉が脳裏をちらつく。

「懐かしいな。お前に居合を教えたのはおれだったろう」

紺太夫が呑気にそんなことを言う。必死なのは自分ばかりかと、焦りが募った。

「朝右衛門、昔から何をやってもお前の方が上手かったが……人殺しはおれの方が向いていたらしいな」

この状況を打開しようとがむしゃらに正面から斬りつければ、悠々と刃で受け止められる。ぎりぎりと鍔競り合いをする最中、紺太夫が呟いた。

「終わりだ」

空気が一層冷えた気がした。紺太夫の足下、この暗闇で一段と濃い影から犬が這い出してくる。人懐っこく腰にすりつき、ゆっくりと尻尾を一振りしてから喉笛を狙って飛びかかる。ぞわりと全身を襲う根源的な恐怖。食い破られる、と思った瞬間、軋むような悲鳴を上げて犬が倒れ込んだ。

その首に刺さっているのは一本の棒手裏剣、それには「屋ノ上へ犬登リタルニ」と書かれた札が結ばれている。突如現れた半蔵が犬の側頭部を蹴りつけた。キャンと高く鳴いた犬は、しかしすぐに半蔵の腕に食らいつく。

しかし札の効果か、以前のように食い千切る力はないらしい。半蔵は噛まれて骨の露出した腕で、短刀を犬の肩口に突き立てた。犬が唸《うな》り声《ごえ》を上げて身体を捻るから、ただの獣同士の喧嘩《けんか》のようにもつれあって地面を転がってゆく。

そちらに気を取られた一瞬、腹に強い衝撃を受けて朝右衛門は吹っ飛んだ。蹴られたのだ、と気付いたのは硬い地面に強か《したた》頭を打ち付けた後だった。歪む視界の中立ち上がろうとするが、踏みつけられて背をつける。

朦朧《もうろう》とする意識を無理やり呼び起こしたが、既に紺太夫が自分の上に馬乗りになっている。遮二無二斬りつけようとして、刀を握っていないことに気が付いた。一体いつ手放したのだろう。戦いの最中に武器を失うなど、なんて無様な。

一気に速く、浅くなる呼吸のままに、腰にある脇差に手を伸ばそうとした。その腕を摑まれて止められ、思考は絶望に染まった。頭を打ったせいか身体に力が入らない。もう打つ手もない。ただ殺されるだけだ。

「案ずるな、痛みは一瞬だ」

柔らかい声。紺太夫がかざす刀が眼前に閃いた。

「お師匠さまによろしくな」

そっと首元に刃が当てられる。その冷たさに、死ぬのだ、と確信して目を閉じた。半蔵が叫ぶ声が聞こえたような気がしたが、もはやどうでもよかった。これで楽になれるのだ、と安堵すらした。

ただその時を待っていた。しかしいつまで経っても痛みも安らぎも訪れる様子がない。おそるおそる目を開けて、その光景に目眩がしそうだった。

自分の胸から生えた白い腕が、紺太夫の首を締め上げている。あれは、お幸の腕……違う、死神の腕だ。死神が紺太夫を殺そうとしている。

「違う、嫌だ、殺すな」

譫言《うわごと》のように呟き、自分の胸から生える腕を止めようとする。しかしそれに触れることすらできぬまま、死神の両腕は長く伸びて紺太夫の首にぐるりと巻き付いた。

紺太夫が振り回す刀も死神の腕を斬ることはできない。真っ白な腕に高々と掲げられたまま、みるみるうちに紺太夫の顔が赤黒く染まっていく。息絶える寸前のようだった。

混乱の最中、騒がしい声と共に眩しい光が差した。誰かがこちらにやってくるらしい。それを察して場の空気が一気に変わった。

最初に逃げ出したのは犬神だった。首に札を付けたまま、ただの野良犬のように駆けて行く。

それと同時に死神の腕も紺太夫を離した。地に落ちて咳き込む紺太夫のことなど素知らぬふりで、朝右衛門の身体の中に帰って行く。

まるで、夢から覚めたようだった。月は高く昇り、吹く風は冷たい。血溜まりに倒れる人影は四つ。誰かに見られたら、どれが死人かわかったものではないだろう。複数の足音が近づいてきている。ここを離れた方が良い。

「紺太夫、おい、起きろ」

呼びかけてその身体を揺する。意識はあるようなのに、紺太夫は答えない。ただ仰向けに空を見上げ、ぶつぶつと何かを呟いている。

半蔵がふらふらと立ち上がり、朝右衛門が落とした打刀を拾い上げた。そのまま朝右衛門の腕を引き、無理やり立たせる。

「紺太夫が……」

「いいから、逃げるぞ」

未練がましく振り向く朝右衛門を引きずっていく。

「あ、はは、犬神はおれを見捨てたか……」

背後でそんな声が聞こえた。光と声が一際大きくなる。路地裏の惨状が明るみにでたようだった。

凍り付きそうなほど澄んだ空気が心地よい。太陽は白く輝き、仕置き場の塀の中も清らかに照らしている。忙しく立ち働く役人達を眺めながら、朝右衛門はただ中央に立って出番を待っていた。いつも通りの仕事風景だ。

やがて一人の罪人が引き立てられてくる。その罪人は無表情で筵の上に膝を突いたが、朝右衛門が近づくと顔を上げて朗らかに笑った。

「やあ、朝右衛門。文は読んでくれたか」

「読んでいない。貴様の寄越す文はいつも碌《ろく》なことが書いてない」

「酷いな。獄中でお前のことを思って書いたのに」

紺太夫があまりにいつも通りなので、朝右衛門の方が平静を保つのに苦労した。

打刀を抜き去り、宙にかざす。控えていた半蔵が桶から柄杓で水を汲み、刀に注いだ。刃を清めた水は陽の光を受けて、きらきらと輝き落ちていく。

濡れた地面を見つめたまま動けなくなった。もう何百回と繰り返した手順なのに、そこから何をしていいかわからない。

「旦那、大丈夫かい」

半蔵が小声で訊いてくるから、もちろん大丈夫だと答えた。手順も何もあったものではない。あとは首を斬るだけだ。紺太夫に向き直り、尋ねた。

「何か、ご遺言は」

紺太夫は僅かに首を傾げて、片目を閉じた。

「文にも書いたんだがな、おれの息子のことを頼む」

「そんなことは約束できない」

「気が向いたらでいいからさ、な。頼むよ、信之丞」

「……わかった」

こんな時に古い名で呼ぶのだから、本当に酷い奴だ。もうすぐ、その名で呼ぶ者はこの世にいなくなる。

「そんな顔するなよ。おれは今、解き放たれたような気持ちなんだ。犬神に憑かれてからずっと、急《せ》き立てられるように生きてきたから。最後は犬神に食い殺されるものだとばかり思っていたが、お前に殺されるならその方がずっといい」

「勝手なことばかりを、言うな」

「ああ、すまない。後は頼んだ」

それを最後に、紺太夫は自ら血溜めの穴の上に首を伸ばした。控えていた人足が喉縄を切り、着物の襟を引いて肩まで曝す。

朝右衛門はその上に刀を差し伸べ、狙いを定めた。この仕事を覚えてから初めて、強い忌避感を覚えた。

なぜ、自分が友を殺さなければならないのかわからない。どうしてこんなことになってしまったのだろう。これも死神の思惑通りなのだろうか。ものわかりの良いふりなどやめて、今すぐ泣きわめいて刀を投げ捨ててしまいたかった。

それでも身体は決められた通りに動く。刀を大上段に持ち上げる。それを振り下ろすのはあまりに簡単だった。首の骨と骨の間を正確に断ち切る確かな手応え。

溢れ出した血が穴の中に流れ落ちていく。勢いよく斬られた首は飛び、土の上を転がった。

肩を震わせ、立ち尽くしていた。息ができない。先ほどまで笑って話していた親友は死んだ。自分が殺した。

「旦那、終わったぜ」

半蔵がそっと、朝右衛門の手から刀を取り上げた。掌を見れば、返り血の一つもない。こんなに容易く終わってしまったのが信じられなくて、地面に落ちている首に歩み寄った。

そっと拾い上げる。穏やかな顔だった。まるで寝ているようだ。小さくて軽いから、腕の中に簡単に収まってしまう。友の生首を抱いたまま、自らの感情に潰されぬようじっと耐えていた。


「本当に、碌なことが書いていない……」

何度読み返しても紺太夫の文はお粗末なものだった。お前のことを思って書いたと言っていたくせに、自分の都合ばかりが書き連ねられている。

紺太夫が先祖から受け継いだ犬神は、代々当主に取り憑くのだという。逃げた犬神は、今度は紺太夫の息子に憑く。犬神に憑かれた者は、しばしば激情を持て余し極端な行動に走るのだそうだ。心配だから様子を見て、よければ養子にでもして引き取ってくれという内容だった。

文を畳んで懐に入れる。首桶を包んだ風呂敷を背負った。首桶の中には紺太夫の生首が入っている。既に髪型を整え、首化粧を施してある。紺太夫の親類の者にでも渡すことができればいい。

「旦那、そろそろ旅立とう」

半蔵が部屋の前から呼びかけてくる。ああ、と答えて朝右衛門は腰に刀を差した。

「本当にその刀、持って行くのかい」

半蔵が眉をひそめた。朝右衛門が村正を持っているのが気に食わないらしい。

「これも形見だからな」

件の息子にでも渡してやれればいい。養子にというのは流石に極端な話だが、力になれることはあるだろう。とにかく、一度会ってみなければ話は進まない。

「長州か、遠いな……」

「安心しな、しッかり道案内してやるさァ」

半蔵はやけに上機嫌だった。そういえば、以前から旅に出たがっていた。三百年も生きていると、一所に留まるのは退屈なのかもしれない。

外廊下を行く半蔵についていきながら、文の内容を反芻する。少し、不思議な点があった。文の最後に「おれの息子がお前の助けになるだろう」と自信ありげな筆致で記してある。

あいつの息子がいくつかは知らないが、童に助けられる筋合いはない。それでも何か、期待めいたものを心の隅に抱いた。

どこからか、梅の香が漂ってくる。春がきた。

たび

桶に入れた親友の首。朝右衛門はそれだけを風呂敷に包んで背負っている。後は袋に入れた刀を腰に差しているのみで、その他の荷は半蔵に預けていた。

その半蔵も身軽なもので、打飼袋《うちかいぶくろ》を背負って脇差一本を腰に差しているだけだ。二人とも菅笠《すげがさ》を被り、手甲《てっこう》と脚絆《きゃはん》を身につけた一般的な旅装束をしている。この旅のために仕立てたそれらの衣装も、幾分くたびれてきていた。

江戸からここまで、一月近くかけて旅をしてきた。山陰道《さんいんどう》ももう半ばを過ぎ、目的の長州はもう目前というところだった。

隣を歩く半蔵をちら、と見た。笠の下にある顔は、馬とも鹿ともつかない奇妙な見た目をしている。

更に奇妙なことにこの姿を知るのは朝右衛門を含めた僅かな者のみで、大半の人間にはごく普通の男にしか見えないらしい。街道で時折すれ違う人々も、軽く会釈をするのみで驚く様子はない。

生首を背負った首斬り朝右衛門と獣頭の忍者服部半蔵が、傍から見ればただの旅人でしかないというのはどうにもおかしいものだった。

太陽の光は暖かいが、風はいまだ冷たさを残している。広い道沿いには田畑が広がり、青々と若葉が茂っている。潮風が吹き付けるこの地でも作物は育つらしい。地面に刻まれた牛車《ぎゆうしや》の轍《わだち》を辿るように足を進めていく。

「おッ、見ろよ旦那ァ。あの犬ッころ、手伝ってるつもりらしいぜ。感心なこった」

半蔵が指さす先には、畑にしゃがみ込んで草を引き抜く老爺《ろうや》がいた。その足下を掘り返しながら、白い犬が忙しく尾を振っている。かわいらしいものだが、半蔵がそれに目をとめたのは意外な気がした。

「お前、犬が好きなのか」

「いや？　いい思い出がまるでねェな。どこに忍び込むにしたって警戒しなきゃならねェ」

自分から話に出したくせに苦手らしい。心底嫌そうに長い鼻面を歪めている。

「俺は断然、猫の方がいいね。猫の蚤取《のみと》りだけして百年過ごしたって構わねェくらいさァ」

既に三百年生きている男が言うと妙に真実味があった。やりかねない、と考え込む朝右衛門を横目に、半蔵はぽんと手を叩く。

「穴蔵に忍び込んで死体の腹を齧る鼠も増えてるし、猫を飼うのはいいんじゃねェか。

今度どッかから拾ッてきてやろうか」

「やめておけ」

「なんでだ？　猫は怖くねェぜ。ちいと爪は鋭いが」

「生き物は飼わないことにしている。十年ほど前から」

「ああ、そういうこと……」

十一年前、初めて死罪人の首を斬った日。朝右衛門の身に死神が取り憑いた。朝右衛門が大切に思う人が次々死んでいったあの時から、生き物は側に置かないようにしている。この、不老不死の化け物を除いて。

「ま、家事を疎《おろそ》かにする主様の世話だけで手一杯なわけで。猫なんて飼ってる暇はねェやな」

半蔵は首の後ろで手を組み、軽やかな足取りで坂道を上っていく。それについて歩き、ふと見下ろした。田畑と松林の先、遠くに見える穏やかな海。

「……海だ」

「おお、この辺りの海は明るいもンだねェ」

思えば遠くまで来たものだ。物心ついてから江戸を離れたことなどなかった。幼い頃は師匠について修行するのに忙しかったし、長じてからは家業を守るのに手一杯だった。

代々罪人の首斬りと刀剣の様し斬りを請け負う山田家で残っているのは自分だけだ。処刑が途絶えない限りは、仕置き場を離れられないものだと思っていた。それが、しばらくの暇を願い出たところあっさり通ってしまった。

朝右衛門がいない間は奉行所の同心が刑を下すだろう。自分の代わりはいるのだと知って、清々しさと虚しさが胸を去来する。

半蔵が僅かに菅笠を持ち上げて、青い空を仰いだ。

「なァ旦那、旅ッてのは良いもんだろ？」

「……そうだな」

「当てのない旅なら、なお良かったがなァ」

高く海鳥が飛び、波間には光が差している。海などこの旅でもう何度も見たのに、初めて見たかのような気分だった。

一

夕方頃に辿り着いた海沿いの宿場町は、人が大勢行き交って騒がしかった。強引な呼び込みを躱《かわ》し、表通りから外れたところにある簡素な旅籠屋《はたごや》に入る。古くて部屋も狭かったが、虫はいないようで清潔だった。

旅装束を解き、色あせた畳の上に腰を下ろす。背割り羽織を畳もうとしたところに、半蔵が手を伸ばしてきたので渡した。半蔵が糸と針を取り出して羽織を繕い始める。どこか破れていたらしい。

もう夜になりかけていて、障子越しに差し込んでくる夕陽の光も弱々しいというのに、よく細かい手作業などしようと思うものだ。

そういえばこいつは夜目が利くのだった。鬣《たてがみ》の間に縫い針を通して滑りを良くしながら、半蔵は口を開く。

「旦那は、本当にアイツの子を貰ってくるつもりかい」

問われて初めて、半蔵にこの旅の目的について詳しく話していないことに気がついた。

「いや、様子を見に行くだけだ」

親友の紺太夫から息子を頼むと言われたものの、突然子供を引き取るというのは荷が重い。他にも親類がいるだろうし、朝右衛門が無理に預かる必要も無いだろう。その子が犬神憑きかもしれないというのは気にかかるが、だからといって何ができるとも思えない。

「どちらかというと、これを届けるほうが主眼だ」

首桶の蓋に手を置いた。さすがに胴体は持ってこられなかったが、せめてこれだけでも遺族に渡したい。

「そンなら、帰りは身軽になるねェ」

それきり半蔵は縫い物に集中してしまった。手持ち無沙汰になった朝右衛門は、袋から刀を取り出した。そっと鞘から抜いて刀身を眺める。旅の間で十分な手入れもできていないが、錆《さ》び付いていないようで安心した。

紺太夫が生前に使っていた刀だ。重くて長く実戦向き。本来の用途通り、人を斬り殺したこともある業物だ。

半蔵がこちらを気にしない風を装いながら、不機嫌そうに耳を倒す。朝右衛門がこの刀を持ち歩いていることをよく思っていないようだった。それは紺太夫の形見だからという理由でなく、村正の作であるかららしい。

そっと鞘に納めたところで、隣室から騒ぎ声が聞こえてきた。数人の男が笑い合い、歌を歌っている。半蔵が針仕事の手を止めて舌打ちした。

「なんだァ？　うるせえな」

「随分楽しそうだな」

「文句言ってくる」

「旅で浮かれているのだろう、構わない」

「んなこと言ッて少しでも気が散ると眠れンでしょうがアンタ」

半蔵が腰を上げる。彼が廊下の方に出て、後ろ手に襖を閉めた瞬間に全ての音が消えた。隣室の騒ぎも、半蔵の足音も聞こえない。苦情が聞き入れられたにしては早すぎる。

外部からの音の一切が途絶え、いつの間にか部屋は暗闇に沈んでいる。何かがおかしい。そっと立ち上がって、今閉まったばかりの襖に手をかけた。開かない。どれだけ力を入れてもびくともしない。

「半蔵。おい、半蔵！」

叫んだが返事はない。先ほどまで側にいたのに声が届かない。

力任せに襖を蹴り飛ばしてみたが、まるで鉄を蹴ったかのようだ。妙な空間に閉じ込められた、と気づいて背筋に汗が伝っていく。

「ようやく、二人きりになれましたね」

　優しい姉の声、を模した死神の声が聞こえた。振り向けばすぐ側に立っている。下ろした長い髪に白い装束。頰に手を当てる仕草すらお幸そのもので腹立たしい。

　この状況を引き起こしているのはこいつか、と察して怒りが膨れ上がっていく。

「消えろ。話すことなどない」

「そんな怖い言葉を使わないで。そろそろ寂しくなってきた頃だと思って、迎えに来たのですよ」

　死神はにっこりと笑って小首を傾げた。

「紺太夫を殺したでしょう。あの子はあなたにとって大事なお友達だったから、さぞ悲しかったでしょうね」

「お前が殺させたんだろう」

「ああ、誤解しないで。あの子には薄汚い犬が憑いていたから、わたしは触れられなかった。あの子を殺したのは、確かにあなた自身ですよ」

　刀を抜き払い勢いよく斬りかかった。確実に首を捉えたはずなのに、ただ風を切る鋭い音が響くのみ。わかっていた。死神を殺すことなどできはしない。それでも動かずにいられなかった。

　死神は眩しいものを見るように目を細めて、宙に止まった刀を撫でる。

「師を、兄弟子を、姉のように想っていた人を亡くしたあなたは、それでも親友だけは遠ざけられたと思っていた。それだけがずっとあなたの心の支えだった。それなのに、ねえ。たった十年生き延びただけで、結局あなたが殺した」

そうだ、自分が殺した。仕置き場に引き立てられてきた紺太夫の首を、一刀《いっとう》のもとに斬り落とした。視界の端に紺太夫の首が入った桶が映る。自分で斬った首を洗い、なるべく腐らないように処理を施し、髪を結い直し、丁寧に化粧をして桶に納めた。

こんなものをわざわざ遠方から運んできて、どうなるというのだろう。もしかしたら、首を見せた途端に彼の親族が怒り狂って斬りかかってくるかもしれない。そうして命を落とすことだけが望みで、ここまで旅をしてきたような気がする。

部屋が急に寒くなった。死神が刀身をそっと押し返してくるのに、それに抵抗することができない。

「あなたは殺すことしかできないし、それすら他に代わりがいる。これ以上生きて何になるというのでしょう」

気づけば、自分の首筋に冷たい刃が当たっている。紺太夫の形見。徳川に仇なす妖刀村正。自分は徳川には何の縁もないから問題ないと言っているのに、しきりに心配していた奴がいた。いたはずなのだがうまく思い出せない。それは一体、誰だったのだろう。

「死を望んでください。そうすれば、皆がいるところに連れて行ってあげる。あなたがわたしのものになれば、ずっと一緒にいられます。こんな辛い現世に、もう二度と生まれ変わらなくていい」

死神が耳元で囁く。それは酷く魅力的な提案に思えた。少し前にもこんなことがあった気がする。その時は、どうやってこの誘惑をはねのけたのだったか。頭に靄がかかったようで思考が覚束《おぼつか》ない。

僅かに手に力を入れる。皮膚をゆっくりと切り開く痛み。笑ってしまった。この程度の痛苦、今更何の妨げにもならない。目を閉じて、刃を深く差し入れる。肉ごと、血の管を断ち切る感触。自らの喉から溢れる血で溺れそうだった。

二

お幸に手を引かれて歩いている。彼女の手は白くて細いけれど、薙刀の稽古で所々硬くなっていた。お互いの体温が伝わるのがどうにも気恥ずかしくて、抗議する。

「手を、離してください。私は童ではありません」

お幸は悪戯《いたずら》っぽく笑うとぎゅっと強く手を握りなおした。

「そうかしら。こんなに小さいのだから、まだ童でしょう」

言われてみれば、自分の手はお幸の手より小さく柔らかい。背丈もお幸の胸元に届かないくらいだ。十にもならない自分など、彼女にとっては童に過ぎないのだろう。悔しいが言い返せない。

夕陽に照らされた街。どこかから夕飯時のいい香りが漂ってくる。行き交う人々の顔はぼやけてよく見えない。帰っていく烏の声を聞きながら、幅の狭い水路に沿って進んでいく。

見慣れた景色なのにどうしてか不安が過る。どこに向かっているかなどわかっていたが、それでも訊いた。

「どこに、行くのですか」

「もちろん、わたしたちの家に。父上も、五三郎さんも、紺太夫さんもみんな待っていますよ」

やはり、屋敷への帰り道だった。そう知って、はたと足が止まってしまう。

「どうしたの」

優しく問われたが、どう言い表していいかわからなかった。なんとか伝えようと、必死で口を開く。

「紺太夫と」

「喧嘩したの?」

「はい……」

確かに、あれは喧嘩だった。きっとどちらが正しいとも言い切れない、それでもお互い譲れなくて、相容れぬまま別れてしまった。

「紺太夫さんは怒っていませんよ。早く帰って仲直りしましょう」

「できるでしょうか、仲直り」

「きっとできますとも。二人とも、とってもいい子ですから」

お幸がしゃがんで、目を合わせてくれる。そのあどけなさの残る微笑みに、心底安堵した。彼女がこう言うのなら、きっとできるだろう。

ほっと息を吐いたその瞬間に、恐ろしいことに気がついた。

「でも、みんな死んでしまう」

それはここに至るまで、何度も繰り返した深い絶望。どれだけ願っても止められなかった現実。

「私の側にいると、お師匠様も、お幸さんも、五三郎殿も、紺太夫も、みんな死んでしまう。私を置いていく」

ふいに、温かく柔らかい感触に包まれた。抱きしめられている。お幸が頰を寄せて、耳元で歌うように言った。

「怖い夢を見たのですね。大丈夫。大丈夫よ。もう、怖いことはありませんからね」

ぽん、ぽん、と背を叩かれる。それだけで底抜けの安心感に満たされていく。何も心配しなくていい。何もかも任せていればいい。お幸がきっと守ってくれる。

「さあ、みんなのところに行きましょうか」

「……うん」

お幸が促したから、頷いて歩き出した。今はただ、早く帰りたい。

「旦那ァ！」

突然叫び声が聞こえて、びくりと振り返った。そこにいたのは精悍《せいかん》な顔つきの男だった。やけに鬼気迫った様子の知らない大人が怖くて、思わずお幸の背に隠れる。彼女は我が子を守るかのように、腕を広げて立ち塞がった。

「なぜここに。来られるはずがないのに」

「主の危機とあらば黄泉《よみ》だろうが参上するのが忍ってもンよ」

男はずかずかと歩み寄って来ると膝をつき、こちらに向かって手を差し出してきた。

「旦那、帰ろうぜ。楽しくて辛くて苦しい浮世にさ。まだ死んでる場合じゃねェよ。親友の息子の面倒見てやンだろ？」

何を言っているのかわからない。それなのに、言葉の一つ一つが重くて煩わしかった。首を振る。

「その子にもきっと家族がいる。私がやらなくてもいい」

「紺太夫はアンタに頼んだんだぜ」

男は困ったように笑うと、辿々《たどたど》しく説得を続ける。

「紺太夫の首だって届けなきゃなんねェだろ」

「首なんてあってどうするんだ。遅かれ早かれ腐っていくだけだ」

「江戸に帰らなくていいのか？　お師匠さんに家業を託されてンだろう」

「人殺しなんて誰にでもできる」

頑《かたく》なに断れば、男は途方に暮れたように言葉を失ってしまった。その捨てられたような頼りない表情が、少し気にかかる。

「さあ、行きましょう」

お幸が手を繋ぎ直し、先に進もうとする。それに引きずられるように歩いていく。

「待ってくれ！」

男は胸を掻きむしっている。肺の腑から絞り出すような声だった。

「今のは全部嘘だ。本当はそんなのどうでもいいんだ。アンタに何かして欲しいなんて、俺は少しも思っちゃいない。ただ、生きていてくれればそれでいい」

何かが、パキンと割れる音がした。地面が揺れてひびが入り、脆く崩れていく。夕空が滲み、天と地の境界が曖昧になる。

「いけない、早く」

お幸が強く手を引いて走り出そうとする。しかし一歩も動く気になれない。ただ、男の叫びを聞いていた。

「なあ、頼むよ。俺はアンタに死なれちゃ困るの。涅槃《ねはん》にも極楽にも行かないでくれ。アンタにとって現世が地獄でも、俺のために生きてくれよ」

なんて身勝手な言い分だろう。改めて、男の顔をまじまじと見た。もしかしたら男前なのかも知れないが、そんな泣きそうな情けない顔をされては見る影もない。それでもなぜか、懐かしい気がして笑ってしまった。

「仕方がない」

呟いて、お幸の手からするりと自分の手を抜いた。目を見開くお幸を置いて、男の方に向かって走り出す。崩壊していく地面を踏みしめ、大きく開いた穴の手前で高く跳んだ。

足りない、落ちる、と思ったところで長い腕に受け止められた。しかし引き上げられる前に、地面が砕け、穴が広がる。二人一緒に落ちていく。浮遊感に振り回されながら、離れてしまわないように強くしがみ付いた。

三

血の海としかいいようがない。朝右衛門は血溜まりの中、身体を起こして呻いた。気づけば、泊まっている旅籠屋の一室だった。もう夜も深いようで暗い。

畳の上に血が広がっており、その真ん中に半蔵が倒れている。その胴体と首は完全に分かれていた。まるで、首のない人間の死体と獣の生首を並べたかのようだ。

死んでいる、と思った。頭がカッと熱くなり、全身から汗が湧き出す。がむしゃらに獣の生首を拾い上げた。それは両目を血走らせ、口から泡を吹いている。まだ熱は残っているが、少しも動く様子がない。

「半蔵」

呼びかけたが返事はない。膝に乗せたまま眺めていると、ふつふつと怒りが湧いてくる。人を無理やり呼び戻したくせに死んでいるとは何事だろう。

重い胴体を引き寄せて、その切断面に生首の断面を合わせる。微動だにしないことに苛ついて、ぐちゃりと押しつける。死ぬわけがない。こいつは不老不死の化け物だ。

「半蔵」

もう一度呼んだその時、長い耳の先がピクリと動いた。眼球がぐるりと回ってこちらを見る。その途端に骨が、血の管が、肉の筋が、ずるりと伸びて繋がっていく。中途半端にしか治っていない状態だというのに、半蔵が口を開いた。

「あー、えらい目にあッたもんだぜ」

「遅い。一度呼んだらすぐに起きろ」

歓喜と安心で声が震える。さすがに死んだかと思って肝が冷えた。

「へいへい、まったくすいませんねェ」

軽い口調ではあるものの、声は掠れて疲労が滲んでいる。こちらの膝に頭を乗せたまま、ぐったりとして動けないようだ。

半蔵の左手には村正が固く握り込まれている。状況から見て、半蔵は自らの首を刀で斬り落としたのだろう。

「どうして自分の首なんか斬ったンだ」

「そりゃァこっちの台詞だッての。戻ッてみたら旦那が喉かッ斬ッて倒れてるんだからどんだけ驚いたか」

言われてみれば首にじくじくとした痛みが残っている。指で触って確認してみたが、傷はあるものの血は止まっているようだ。

「生きていられるような傷と出血ではなかったはず」

「その通りだよ、アンタ一回死んだんだ」

そう言われて、納得した。やはりあれは冥土の景色だったのだ。あの景色がやけに懐かしかったのは、ただ幼少期に見知った場所の形をしていたからというだけではない。あれはいつか来た場所で、いずれ行く場所だった。

半蔵は億劫そうに右手を持ち上げて、自分の首に触れた。皮の修復は間に合っていないようでまだ肉が覗いている。

「慌てて自分の首斬り落として、俺も一度死んだんだ」

「後追いか」

「後追いできるンなら手ッ取り早いが、俺は自力じゃ冥府の門をくぐれねえ。入り口の前で取り戻せなかったら終わりだった」

「そうか。おかげで死にぞこなった」

「すまない」

「謝れとは言っていない」

どうあれ生きることになってしまった。それなら当初の予定を果たすまでだ。

「首が繋がったらここを出よう」

半蔵が弱々しく頷いた。夜が明ける前にここを離れた方が良い。宿の者に見つかったらどう説明すればいいのかわからない。部屋を汚してしまって非常に申し訳ないが、せめて畳の張り替え代は置いていこう。生きていると、そういうことも考える必要があった。

しかし半蔵がこの様子ではしばらく動けない。手慰みに、半蔵の鬣を緩く引っ張る。

「お前は、私が死んだら困るのか」

「そうだぜ。知らなかッたのかい」

「しかし私は、あと数十年もすればどのみち死ぬ」

「ああ、そうだなァ……そしたら何百年だッて待ッてるから戻ッてきてくれよ」

上機嫌に耳を揺らしている。歌でも歌うような声色で呪詛を吐いた。

「何度だッて生まれ変わッて、俺のすぐ側で苦しんでくれ」

やはり死んでおくべきだったかもしれないな、と思う。死神よりよほど厄介な化け物に捕まってしまった。

酷く喉が渇いている。血の匂いに満ちた部屋に座り込んだまま動けずにいる。どうしようもなく生きていた。

四

細面の、儚げな人だった。裾の短い質素な小袖を身につけている。突然の訪問にもかかわらず、名を名乗ると朝右衛門と半蔵を家に招き入れてくれた。

何部屋もある広い屋敷だったが人影がなく、家人と廊下ですれ違うこともない。案内された客間は綺麗に整えられており、床の間には黄色い水仙が活《い》けられていた。

紺太夫の細君は座し、穏やかな表情で心持ち頭を下げている。

「ええ、朝右衛門様のことは夫からいつも聞いておりました。義に厚く心清く、武芸の腕が立ち頭も良い方だと……」

「そのような立派な者では……」

「ああ、出過ぎたことを申しました。しかし夫がそう言っていたのは本当のことでございます」

この平然とした様子はどうしたことだろう。もしや、紺太夫の死が伝わっていないのではないか。半蔵の方を窺い見るが、背後で従者の役に徹しており、会話に参加してくる気はなさそうだった。自分で確かめるしかない。

「紺太夫の……最期についてはご存じですか」

「ええ、もちろん。存じております。最期まで朝右衛門様にはお世話になったとか」

背筋が冷えた。もちろん、彼女は知っているのだ。夫が切腹を許されず斬首になったことも、それを行ったのが朝右衛門であることも当然知っていて冷静に振る舞っているのだ。

ご愁傷様です、ともお悔やみ申し上げます、とも言えなかった。そんな他人事のようなことは口にできない。

「お渡ししたいものが」

傍らに置いていた包みを引き寄せた。風呂敷を解いて現れた桶を見て、細君は僅かに目を伏せた。これに何が入っているか察したらしい。

「見せてください」

細君の声ははっきりしていた。気遣いは無用らしい。朝右衛門は首桶をそっと押して彼女の前に置いた。

細君は僅かに震える手で蓋を開ける。中身をじっと見つめた後、そっと首を持ち上げた。表面が乾いてはいるが、目を閉じた穏やかな表情だ。紺太夫の顔であることは一目でわかるだろう。

「お帰りなさいませ」

彼女はそう呟いてから、指先で生首の頰を撫でた。細めた目は悲しげながらも、慈愛に満ちている。

「朝右衛門様、ありがとうございます。ここまで連れてきてくださって」

彼女がこちらに一礼したから、朝右衛門も礼で返した。少なくとも、これで一つ旅の目的を果たせたわけだ。

細君は膝に生首を乗せたまま、居住まいを正して切り出した。

「実はもう一つ、お願いが」

「母上！」

突如割り込んできた幼い声。障子が開け放たれ、入ってきたのは十にもならないだろう男子だった。彼は母親に駆け寄ろうとしたが、見知らぬ客と母親の持つ生首の存在に気づくと固まってしまった。

「ちょうど良いところに来ました。柴丸《しばまる》、座りなさい」

母親が隣を指先で示す。柴丸と呼ばれた子は、戸惑い、震えながらもきちんと正座した。

「母上、それは……」

「あなたの父の首です。こちらの朝右衛門様が遠路はるばる届けてくださったのですよ」

柴丸は顔面蒼白になって絶句している。突然父親の生首を見せられたらそうなるだろう。さすがにかわいそうになって、朝右衛門は忠言した。

「一度仕舞ってはどうですか」

母親は頷くと、名残惜し気に首を見つめてから桶にそっと戻した。そして柴丸の背に手を添える。

「これは私たちの唯一の子で、柴丸といいます。柴丸、ご挨拶なさい」

童子はふらふらと頭を下げて、柴丸でございます、とか細い声で告げた。躾《しつけ》の行き届いた利口な子らしいが、さすがに具合が良くないようだ。朝右衛門が心配していると、母親もまた、畳につかんばかりに頭を下げた。

「朝右衛門様、どうぞこの子をよろしくお願いいたします。立派な武士にしてやってください」

呆気にとられた。何も言えずにいるうちに彼女は畳みかけてくる。

「夫に言われていたのです。もしものことがあれば、息子は朝右衛門様に託すようにと」

「確かに、私も紺太夫にそのように言われましたが、母君がいらっしゃるのに無理に引き取ろうとは……」

「どうぞ連れて行ってください」

あまりに押しが強い。柴丸もうろたえて母の顔を見上げることしかできないようだ。

母親は柴丸の肩に手を置いて、しっかり言い含めた。

「柴丸。このお方は父上のご友人で、とても立派な方です。この方と共に江戸に行き、側について学びなさい」

「江戸……というのは、遠いのですか」

「遠いと思えば、遠いでしょうね」

「どれくらいの間学ぶのですか」

「立派な武士になるまで帰ってきてはなりません」

自分の置かれた状況に気づいたのか、柴丸の目にどんどん涙が溜まっていく。

「わ、わたしは母上のお側におります。父上の代わりに、母上をお守りします」

「必要ありません」

決死の言葉を切り捨てられて、柴丸は俯いてしまった。くう、と喉の鳴る高い音が響く。その丸い頬を、大粒の涙が次々とこぼれ落ちていった。

「武士の子が泣くんじゃありません」

叱りつけられて、ますますしゃくり上げる。突然生首を見せられたあげく家を出ていけと言われるとは。あんまりだとは思ったものの、他人の家の躾に口を出すこともできない。朝右衛門は、動揺しつつも見守るしかなかった。

嗚咽《おえつ》がだんだん大きくなっていく。それはやがて唸り声になり、柴丸は低く姿勢を取る。それはまるで、追い詰められて怯えた犬のような姿だった。

「落ち着きなさい！」

母親がはっきりと叱り、柴丸に手を伸ばした。その瞬間、柴丸が大きく吠えた。母親に飛びつき、その腕に嚙みつく。悲鳴が高く響いた。

朝右衛門は咄嗟に立ち上がり駆け寄った。引き剝がそうとするまでもなく、柴丸は飛びすさって離れる。獣のように四肢をつき、部屋から逃げていった。

追うべきか迷ったが、今は嚙まれた母親の怪我が心配だった。母親の腕をとり、傷を見る。歯の形に跡がつき、破れた皮膚から血が溢れ出している。

童の力で嚙んだにしては酷い傷だ。しかもよく見ると、そのほかにも大小様々な生傷があった。

「これは一体……」

問えば、母親が痛みに顔を歪めつつも話してくれた。

「この家は、犬神憑きらしいのです。私は嫁いできたのでよく知りませんが……」

それは朝右衛門も知っていた。紺太夫に憑いていた犬神を見たことが何度かある。影のような大きな犬が襲いかかってくる、恐ろしいものだった。

「夫が亡くなってから、あの子は犬に憑かれてしまった。感情が高ぶると獣のように暴れるのです。今のあの子は何をするかわかりません。お願いです。助けてください！」

朝右衛門は頷くと、母親から手を離した。

「半蔵。手当てを頼む。私はあの子を追う！」

「は？　旦那ァ、何言って」

半蔵が文句を言い切る前に走り出す。無茶しないでくださいよ、という声が遠く背後から聞こえた。

家の中を散々探し回ったが見つからない。そうこうしているうちに、外から硬いものが割れるような音が聞こえてきた。

急いで外に飛び出し、辺りを見渡す。ふいに顔を上げて息をのんだ。屋根の上に柴丸が上っている。切妻屋根に足をかけるたび、古くなった瓦が剝がれて地に落ちる。どうやらあの音だったらしい。

考える間もなく、刀を腰から外して近くに置いた。家の側に生えている樫《かし》の木に足をかける。がむしゃらに枝を伝い、なんとか屋根に上った。一番高い位置に柴丸がいる。突然声をかけて驚かせてしまわないように、小さな声で呼びかけた。

「柴丸、おいで」

こちらに気づいた柴丸は唸り声を上げている。見るからに怯えている。どうやら下りられないらしい。

少しずつ近づいていく。あと三尺（約九十センチ）といった辺りで、柴丸の足下に小さな影があることに気がついた。それは仔犬《こいぬ》のような形をしていて、牙をむいてこちらに敵意を向けている。

かつて会った犬神のように襲いかかってきたらまずい、と身構えたがその仔犬は威嚇以外何もできないようだった。よく見ると、その首に札が貼られている。

あれは紺太夫に憑いていた犬神と同じだ、と気づいた。以前貼った札のせいか、随分小さく弱々しくなっている。これなら恐れることはない、と勇気づけられてもう一度声をかけた。

「柴丸、おいで。下ろしてやろう」

相変わらず獰猛《どうもう》に唸っているが、動く気はないようだ。一歩ずつ近づいていく。ゆっくりと手を伸ばした。驚かせないようにそっと腕に収めた、つもりだったが柴丸は噛みついてきた。

犬歯が腕の皮膚を突き破り、鋭い痛みが脳天まで走ったが、今は悲鳴を上げるわけにも払いのけるわけにもいかない。肉食獣が獲物の喉元を捉えた時のように、柴丸が首を振る。その度に歯が食い込むが、落ち着くまで待つしかなかった。

ただ耐えて耐え続けていると、柴丸がハッと我に返ったように噛むのを止めた。青くなった皮膚の上に歯形が刻まれ、赤い血が滴っている。柴丸はこちらをおそるおそる見上げた後、気まずそうに噛み跡をぺろりと舐めた。

まるっきり、噛み癖を怒られた犬の仕草でおかしかった。ふっと和んだ気持ちのまま、柴丸を抱え直す。

下を見ると、半蔵と母親が心配そうにこちらを見ていたから、小さく手を振ってやる。後は下りるだけだ。慎重に足を進めれば問題ない。そう思って一歩ずつ下りていく。

そんな矢先に、足下で犬神がぐるぐると回った。それが犬神の悪意によるものだったのか、ただじゃれていただけなのかはわからない。

しかしその瞬間、瓦が一枚はずれて朝右衛門は足を滑らせた。落ちる、と思ったその時の一瞬の判断。朝右衛門は半蔵に向かって飛んだ。

腕を広げる半蔵に向かって落ちていく、その短い時がやけに緩慢に感じた。そうして柴丸を抱えた朝右衛門は、正確に半蔵を踏みつけて着地した。一拍遅れて、瓦が割れる音。

下敷きになった半蔵は何も言えず伸びていた。腕の中の柴丸は、きょとんとした顔でこちらを見上げている。紺太夫そっくりの丸い二重瞼だった。

五

柴丸は客間の畳の上に横たわっている。泣き疲れ、暴れ疲れて倒れるように眠ってしまったのだった。その傍らで母親が静かに見守っている。そして振り返らぬまま、朝右衛門と半蔵に語りかけた。

「一族の者は、殆ど犬神に殺されてしまいました。残った者も気味悪がって出て行ってしまい、ここにいるのは私とこの子だけです」

汗で張り付いた前髪を、指先でさらりと流してやる。外から差し込んだ日の光が、柔らかそうな頬を照らしている。

「家を守るはずの犬神がどうしてこうも暴れるようになってしまったのか……わかりませんが、このままではこの子もいずれ早死にします」

母親はこちらを向き、三つ指をついて深く頭を下げた。

「お願いします。この子を連れて行ってください。犬神に殺されずに済む、強い武士にしてください」

返答に窮してしまった。自身も死神に振り回されているのに、犬神に憑かれた子を守ってやれるものだろうか。

迷っているうちに、ぐすぐすと鼻を鳴らす声が聞こえてくる。顔を上げた母親は、我が子に優しく声をかけた。

「柴丸、泣いているのですか。母はここにいますよ」

柴丸は腕で目を覆い、いよいよ嗚咽を漏らして泣き出した。

「どうしたのですか。どこか痛いのですか」

おろおろと胸を叩いてあやそうとするが、柴丸は勢いよく首を振る。

「母上に、また、怪我をさせてしまった」

途切れ途切れの言葉は、舌足らずながらも哀切だった。

「強くなって、守りたいのに。このままではいつか殺してしまう」

その涙声に、胸を打たれた。柴丸の境遇と、自分が辿ってきた過去を重ねてしまう。

このままではこの子は、自分の身に巣食う神によって最も大切な人を失ってしまうだろう。

朝右衛門は膝の上で、拳を握りしめた。深く息を吐き、考える。

犬神が憑いていれば死神に殺されることはない。引き取っても問題はないはずだ。突然犬神に狂わされ暴れる男子を、母一人で育てるのは厳しい。父を失い、頼れる親戚もいないこの子は、ここにいては武士として身を立てることも困難だろう。助けになってやれることはあるはずだ。

一通り理由を考えて、そして最後に、息子を頼む、と書かれた紺太夫の筆跡を思い出した。

「柴丸。私と共に来るか」

口にした瞬間、言ってしまった、と思った。しかし一度出した言葉を引っ込めることはできない。

「強くなりたいというのであれば、剣技を教えてやろう。犬神を抑える方法も、共に探そう」

柴丸は目を丸くしている。その飴玉《あめだま》のような目から、はらはらと涙が零れ落ちていく。

「お前の父は私の最も親しい友だった。そして、その首を斬ったのも私だ」

柴丸が息をのんだのがわかった。酷なことではあるが、共に来るなら全てを飲み込んでもらわなければならない。

「それでも構わないというなら、共に来なさい」

柴丸は少しの間考え込んでいた。母の顔を見上げ、次に朝右衛門の目を見る。そして決意と共に、小さな唇を開いた。

六

「母上、行って参ります」

柴丸が元気に別れの挨拶をすると、大きすぎる菅笠はずれてしまった。急ごしらえの旅支度はなにもかもがちぐはぐだ。母親が少し涙ぐみながら、菅笠と襟元を正してやっている。

「お師匠様の言うことをよく聞いて、いい子にしているのですよ」

いつの間にか、お師匠様にされてしまっている。教えられることは教えるつもりなので間違ってはいないのだが、少々気恥ずかしい。

ゆったりと雲が流れている。改めて別れを告げ、その家を後にした。旅立ちに相応しい、風の涼しい日だった。

母親の姿はもう米粒のように小さくなっているのに、柴丸はいつまでも手を振っている。

半蔵がそれをニヤニヤと眺めながら、こちらに囁きかけてくる。

「あーあ、旦那ッてば。ますます死ぬわけにいかなくなッちまッたなァ」

返事をするのも馬鹿らしくて、ただため息をついた。

ようやく手を振るのを諦めた柴丸が、ぐしぐしと袖で顔をこすっている。

「おッ、坊主。まァた泣いてんのか？」

「泣いていません！」

半蔵の揶揄《からか》いに反論して、柴丸は潤んだ目を尖らせた。泣いてんじゃねェか、としつこく追及してくる男から逃げて、今度は朝右衛門の足下をうろちょろする。このあたりの道は軟らかい砂と草ばかりだが、それでも躓《つまず》かないか心配になってくる。

柴丸がこちらをチラチラと見上げてくる視線を感じたから、仕方なく見下ろす。ようやく目が合うと、嬉しげに宣言した。

「お師匠様、柴丸はお師匠様の跡を継げる立派な侍になりますからね！」

きっと母親に言われたことを繰り返しているだけだろう。確かに山田家の家業を継げる者がいなくて困ってはいるが、過酷な仕事だ。無理に継がせようとは思わない。

「まだそこまでは考えなくていいが……励みなさい」

はい！　としっかり返事をしてくれた。実のところ、それほど多くは望んでいない。

当面の間は、健康に生きていてくれれば十分だ。

随分と、凡庸なことを考えるようになってしまった。しかし、その当たり前が崩れるのが恐ろしい。

犬神が憑いていれば死神に襲われることはない。そのはずだ。きっと無事に、柴丸を育てていける。

日差しが明るい。前を進む柴丸の小さな歩幅と、その足下の影を目で追っていた。

おに

怨霊のうめき声が夜な夜な聞こえてくる、と噂の屋敷だったが、今はただ幼子の明るいかけ声だけが響いている。

えい、という気合いと共に何度も素振りする。小さな身体は木刀に振り回されているかのようだった。それでも柴丸は真剣な顔で稽古を続けている。

早朝の眩《まばゆ》い日差しが降り注いでいる。相変わらず手入れの行き届かない庭ではあるが、若芽が青々と茂る様は活気に満ちていた。

数歩離れたところから、朝右衛門は鍛錬の様子を眺めていた。柴丸を引き取ってからのこの一月は、穏やかそのものだ。まだ九つとは思えないほど、柴丸は真面目で賢かった。母親の躾が行き届いていたようで、武芸の基礎や礼儀作法も申し分ない。

とはいえ、まだ教えられることはある。朝右衛門は組んでいた腕を解くと、側に立った。柴丸は木刀を構えたまま、落ち着かなげにこちらを見上げてくる。

「そう力任せに、何度も振るものではない」

前に突き出ている腹を押して、正しい姿勢をとらせる。背後に回って両肩に手を置き、力の入りきった肩を下ろさせた。

「両足を地につけ、顎を引いて胸を張りなさい」

木刀を握る小さな手に、そっと手を添える。

「見るべきは一点。そう、そこに首があると思え。呼吸を乱さず、ゆっくり大上段に構える」

そっと手を引けば、それに合わせるように木刀が持ち上がっていく。頃合いを見て手を離す。僅かに剣先は震えているが、教えたとおりの軌道を辿って頂点に至った。

「真っ直ぐに振り下ろし、骨と骨の間の僅かな隙を断つ」

数歩後ずさって離れる。柴丸の表情は少し強ばっていたが、丸い瞳は穏やかだった。

柴丸は長く息を吐く。

緊張が最高潮に張り詰めたその時、勢いよく振り下ろされる。音を立てて空を斬るその太刀筋は、地から三寸（約九センチ）ほど離れた所でピタリと止まった。視線をそのままに、木刀を引く所作まで整っている。朝右衛門は、ふっと頬を緩めた。

「上出来だ」

「あ、ありがとうございます」

柴丸は嬉しそうに頬を上気させている。たった一振りで大きく消耗して見えるのは、それだけ集中していたということだろう。

山田流剣術は特殊だ。その刀が斬るのは繋がれた罪人か、土壇に据えられた死体のみ。生者を斬るにしろ死者を斬るにしろ、許されるのは一太刀のみ。首を、胴を腰を、狙った部位を正確に斬らなければならない。

柴丸の前髪が汗で額に張り付いている。それを指先で分けてやった。

「お師匠様？」

柴丸が不思議そうに首を傾げる。いまだに師匠と呼ばれるのには慣れない。その役割をなんとか果たそうと、かつて見た師の言動を真似ているだけだ。

ふいに、足下に何かが纏わり付いた。見れば、黒い仔犬がじゃれついている。その首には呪符のついた鉄の棒が打ち込まれていた。

「あっすみません。こら、墨麿《すみまろ》」

柴丸が引き離そうとしたが、更に興奮してしまったようで、勢いよく尻尾を振っている。

「大人しくしてろって言っただろ」

言葉では叱りながらも、柴丸はその耳を撫でてやっている。柴丸に取り憑いている犬神……のはずなのだが、貼られた札で力が封じられているらしく無力な仔犬に成り果てている。名前までつけられてすっかり飼い犬である。

墨麿は機嫌良く目を細めていたが、突如何かに気付いたようでピンと耳を立てた。足音がする方を向くと牙をむき、低く唸り声をあげる。

「おうおう、いッちょ前に威嚇してやがるなァ」

現れたのは半蔵だった。その胴体は当たり前の人でしかないが、首から上は馬とも鹿ともつかない奇妙な見た目をしている。

「ご主人様を守ろうたァまッたく泣けるねェ」

半蔵は柴丸を引き寄せてぐりぐりと頭を掻き撫でた。

「やめてください、ちょっと、半蔵さん」

柴丸がうっとうしそうに離れようとするが、半蔵はべたべたと触り続ける。キャンキャンと墨麿が吠えて抗議していた。

多くの者には、半蔵が獣頭に見えることはない。柴丸も例に漏れないが、犬神に憑かれているものは嗅覚も鋭くなるらしい。人ではない妙な匂いがする、と言って半蔵を見るたびに不思議そうな顔をしている。しかしその匂いが気に食わないのか、犬神は半蔵にまるで懐かなかった。

ようやく柴丸を離した半蔵は、大げさに首を振った。

「朝飯も食う前から鍛錬とは呆れたもんだ。旦那はともかく、小僧は食わなきゃ大きくなれねェぞ。米炊けてるから、さっさと砂払ッて食いに来なァ」

柴丸の顔がぱっと明るくなった。確認するようにこちらを見たから頷いてやると、仔犬と一緒に駆けていった。

それを見送りながら、半蔵は伸びをする。

「坊主、中々筋がいいみたいじゃねェの。さっさと刀握らせてやッたらどうだい」

「まだ早い」

「案外旦那は甘いねェ。実際に斬ッてみなきゃわかんねェだろ?」

早くから真剣を持たせて扱いを学ばせた方が良いのはわかっていたが、朝右衛門は先延ばしにしていた。この屋敷に血に濡れていない刀などない。それを握らせるのが怖い気がしていた。

「なンなら、俺の腕で様し斬りさせてやッてもいいぜ」

「馬鹿言うな。そんな物騒なことさせられるか」

半蔵が不死であることは柴丸にも教えてあるが、実際に傷がすぐ治るところは見せたことがない。賢い反面、臆病な柴丸の前で実演するのは気が引ける。ましてや本人に様し斬りさせるなど。

「甘ッたるいねェ」

半蔵はふん、と鼻を鳴らした。

「ま、いいんじゃねェの。好きなだけ甘やかして守ッてやれば。旦那が楽しそうで俺としても喜ばしいこッた」

こちらを横目で見てにやにやしている。浮かれた気持ちを見透かされているようでばつが悪い。

「飯にするぞ」

「へいへい、たンと食べてくださいや」

歩き出せば、半蔵が後ろからついてくる。確かに、厨《くりや》の方から朝食の香りが漂ってくる。味噌汁と、炊きたての米の香りだ。柴丸はすでに膳の前でそわそわと待っているだろうか。そう考えて、自然と笑みが浮かんだ。

一

相も変わらず陰陽師の部屋は散らかっていた。裏長屋の一室は狭く、畳も色あせている。杓子や櫛、筆に硯、底の抜けた盥《たらい》や裁縫道具がそこら中に転がっていて足の踏み場に困る。古びた薬棚からは、様々な薬草の香りが漂ってくる。晴明は柴丸の触診をしながら、朝右衛門に話しかけた。

「随分な長旅だったそうですねぇ」

「ああ、長州まで行ったのは初めてだった」

「それだけでなく、黄泉の側近くまで行ったのでしょう」

そんなことまでわかるのかと驚く。旅の最中で死にかけた……いや、一度死んだことまで知られているのはどうにも気まずかった。

「こんなかわいい子を貰ってきたのですから、どうぞ命をお大事に」

晴明は柴丸の舌を見たり、手首の脈を取ったり、腹を触ったりしていたが、ようやく満足したらしく頷いた。

「ええ、健康そのものです。素晴らしい。手が大きいからこの子はきっと大きくなります」

「それはよかった」

柴丸の背後で控えていた朝右衛門は胸をなで下ろした。触診を頼みに来たわけではなかったのだが、健康だというのならそれに越したことはない。

されるがままだった柴丸は、二人の顔を交互に見て尋ねた。

「晴明さんは、お医者さまなのですか？」

「そのようなものです」

安倍晴明の子孫を名乗る陰陽師は、この辺りでは医師としても通っているらしい。特に婦人や童子の病に詳しいと評判だった。

「どこか、具合の悪いところがあったらまたいらっしゃい」

「はい！」

柴丸の元気な返事を、柔らかな微笑みで見つめている。どうやらほんとうに子供が好きらしい。そんな時、柴丸の背後から転がり出たのは墨麿だった。陰陽師の膝元を頼りない足取りでうろついている。

「これはこれは。随分とかわいらしい」

陰陽師は仔犬の首根っこを摑んで持ち上げると、しげしげと眺めた。首に貼られた札に目をやって、ふむと頷く。

「はい、こちらも健康。わたくしは朝右衛門さまとお話がありますので、柴丸さまはお外で遊んでいらっしゃい」

墨麿を柴丸に返してやった。柴丸はやや不満そうながらも立ち上がる。

「どぶ板踏み抜くんじゃないぞ」

「はい、お師匠様」

朝右衛門の注意にも生真面目に返事をして、玄関から出て行った。それを見送って、陰陽師が忍び笑う。

「晴明、なにがおかしい」

「いいえ。随分なかわいがりようだな、と思いまして。噂に聞いたとおり」

「噂？」

「ええ、もう江戸中の噂です。血も涙もない首斬り朝右衛門が、随分な子煩悩に成り果てていると。どこに行くにも童を連れ歩いて、玩具や菓子を買い与えているそうで」

今まで故郷から出たことのなかった柴丸には江戸が珍しかろうとあれこれ見せてやっただけのことだ。ものを買ってやろうとしても柴丸が遠慮するので、それほど多くは与えていない。

「悪いか」

「いいえ、子は宝ですから。しかし、お気をつけなさい。あの子の出自もどこからか漏れているようですからね」

あの子の父親が斬首に処せられた罪人であるということは公にしていないが、隠せるものでもないだろう。人の口に戸は立てられない。

「柴丸に憑いている犬神、どう見る」

「古い怨念を引きずった凶暴な獣ですねえ。従順に見えて、主に相応しくないと判断すれば嚙み殺すことも厭わない畜生です」

柴丸の父親の紺太夫も言っていた。代々短命の家系なのだと。当主は犬神の恩恵をうけて並々ならぬ力を得、最期は犬神に殺される。

「とはいえ、悪いことばかりでもありません。犬神が憑いている限り死神もあの子に手を出せないでしょう」

実を言うと、最も懸念しているのはその点だったのでほっとした。朝右衛門の身に宿る死神は、周囲の人々を容赦なく殺してきた。柴丸までそうなってはたまらない。

「札で抑えられている分弱っているのが気に掛かりますが……しかし解き放ってしまうというのも」

晴明が頰に手を当てて考え込んでいると、外から子供達のはしゃぐ声が聞こえてきた。裏長屋の子供達の遊びに、柴丸も交ざっているようだ。陰陽師が目を閉じて耳を澄ませる。

「ああ、本当に、子は宝ですねえ」

「……そうだな」

長屋の薄い壁を通して聞こえるさざめきの中、柴丸の声だけが鮮明に聞き取れた。

二

背後の様子を窺い、少し歩調を落とす。柴丸は懸命についてきているようだが、遊び疲れたのか眠そうな顔をしていた。

夕陽に照らされて影が長く伸びている。間もなく屋敷に着くというところで、激しい口論が聞こえた。

曲がり角に隠れて様子を窺う。自宅の門前で、半蔵が侍達を凄まじい剣幕で追い返そうとしている。それに食ってかかる侍達の気迫も尋常なものではなかった。

「あの、お師匠様……」

「下がっていなさい」

柴丸を背に隠した。尚も侍達は捲《まく》し立てている。興奮しているのか、語調がどんどん崩れていく。どうやら長州訛りのようでうまく聞き取れない。

しばらく言い争っていたが、ついに捨て台詞を吐いた侍達は乱れた足取りで去って行った。

「今のは……」

「行ったな。帰るぞ」

柴丸の問いを遮って道を曲がる。門の前に至ると、半蔵が手を上げて出迎えてくれた。

「おッ、旦那ァ。陰陽師は達者だったかい」

「そのようだ。嬉々として柴丸を診ていた」

「法師サマッてば、ガキの扱いにゃうるせェからなァ。これからも逐一口出してくるぞ」

半蔵は両開きの門を大きく開け放ち、柴丸を手招いた。

「どうせ腹空《す》かしてんだろ。今日は旦那も小僧も目がない卵焼きだぜ」

しかし柴丸は、門を潜ろうとしない。半蔵はパタパタと耳を動かした。

「どうした坊主。腹でも痛いのか?」

「先ほどの、長州の方ですよね」

柴丸は胸元でぎゅっと拳を握った。

「柴丸を迎えに来たと言っていました。柴丸は父上の志を継ぎ、攘夷を果たすべきなのだと」

朝右衛門には聞き取れなかった国言葉も、柴丸には馴染み深かったのだろう。あの侍達の言うことをきちんと理解していたのだ。そうと知って、朝右衛門は一気に冷えた心地になった。

「共に行きたいのか」

「いえ、ただ……知りたくて。お師匠様。父上の志は正しかったのですか。間違っていたのですか」

そんなことは、こちらが知りたかった。紺太夫達の言うとおり、異国から来る者を打ち払わなければこの地は支配されてしまうのかもしれない。

だからといって、異国人を無差別に殺すことが許されて良いのだろうか。許されなかったから、紺太夫は死罪になった。朝右衛門が殺した。

「そのようなことは、気にしなくていい」

背を汗が伝っていく。これ以上考えたくなくて誤魔化しの言葉を並べる。

「母上も言っていただろう。お前が今やるべきことは、修行して立派な武士になることだ」

じっと見上げてくる瞳を、なんとか見つめ返す。黒目がちな瞳に、見透かされている気がする。沈黙を打ち破るように、半蔵が柴丸の背を叩いた。

「お師匠さんの言うとおりだぜ。そのためには食って寝てさッさと大きくなんなきゃなァ」

「……はい」

俯く柴丸の肩に手を添えて、敷地内に入る。門が軋む音がやけに大きく響いた。

三

薄い障子戸を壊してしまわないように慎重に叩き、名を呼んだが晴明は出てこなかった。

十日前に柴丸を診て貰った謝礼を渡しに来たのだが、無駄足を踏んだらしい。諦めて帰ろうとしたところで、恰幅《かっぷく》の良いおかみさんに声をかけられた。

「おや、お侍さんじゃないか。法師様なら留守ですよ」

「留守……いつ戻るだろうか」

「さあねえ、そこの角のこんにゃく屋の娘が臥せってるってんで診にいってるらしいけど。あたしの見立てじゃありゃ恋煩いですよ。いくら法師様だって治せるもんですか」

ここに出入りするうちに裏長屋のおかみさん連中とは顔なじみになってしまった。やけに世話を焼こうとしてくるので少々苦手だ。

「今日は坊ちゃんは連れてないんですか」

「ああ、柴丸は置いてきた」

「それがいいですよ。最近ここいらじゃ、子攫いの鬼が出るんですからね」

「鬼？」

「恐ろしい赤鬼ですよ。道行く童の顔を覗き込んで、気に入った子を連れていっちまうんです。となりの八坊も見たってんで、うちの子には長屋の外じゃ遊ばないように言ってるんですよ」

おかみさんは、幼子を脅すような低い囁き声で続けた。

「あんなに賢いかわいい子ですからね。連れて行かれないように気をつけないといけませんよ」

「ご忠告痛み入る」

礼を言って足早に立ち去った。区切りをつけなければいつまでも立ち話に付き合うことになってしまう。

いつもの裏通りを歩きながら、先ほどのおかみさんの話の意味を考える。まるで帰りの遅い息子を脅す与太話のようだったが、それを朝右衛門に言う意図は何なのか。冗談を言っている様子ではなかった。

まさか、本当に鬼が出るのだろうか。そうだとすれば尚更《なおさら》晴明に相談したかったが留守では仕方がない。

先日と同じような夕暮れ時だ。あれ以来侍達は来ていないようだったが、柴丸はあまり表に出さないようにしていた。ただでさえ物騒なのに、鬼が出るというのでは外で遊ばせるわけにいかなくなってしまった。

地面を見つめながら歩いていたが、ふと大きな影が差した。顔を上げれば、そこには見たこともないほど大柄な人がいる。

異国の人間らしい。ややくたびれた洋服を身につけていた。大きくうねった茶色の髪。頰は瘦けて顔色も悪かったが、青い瞳は泉のように澄んでいた。異国人の歳はわかりづらいが、まだ年若いのではないだろうか。

すれ違い、疑問に思いながらも歩き続ける。どうしてこんなところに異国人がいるのだろう。居留地からは離れているし、こんな裏道に用事があるとは思えない。異国人と見れば斬りかかる過激な攘夷派がうろついているというのに護衛もつけずに一人とは。

あの日、最近見た気がする。どこで見たのだろうか。異国人の知り合いなどいるはずもない。しばらく考え込んで、不意に思い出した。潮の香りに混ざる血の香り。無惨に斬り捨てられた男。闇夜に青い瞳が光っていた。

あれはきっと、紺太夫が殺した男の肉親だ。それが何故、こんなところに。復讐《ふくしゅう》しようにも、紺太夫は既に死んでいる。ならば矛先が向かうのは。

弾かれたように走り出した。ぐるぐると思考が巡る頭が痛い。嫌な汗が溢れて止まらなかった。

四

息せき切って戻れば、半蔵と柴丸は文机《ふづくえ》を囲んでいた。紙いっぱいに数字や図形を書いてあれこれ話している。柴丸の歳にしては複雑な内容だが、算学の途中だろうか。

「お、難しいか？　しょうがねぇなあ、水面から出てる芦《あし》の長さは二尺（約六十センチ）だろ？　それを水面に来るまで倒した時に」

「手出ししないでください。自分でできます！」

解説を加えようとする半蔵に柴丸が噛みついている。いつもと代わり映えのしない光景に胸をなで下ろしていると、半蔵がこちらに気付いた。

「どうしたんだい旦那、そんなに慌てふためいて」

「いや……何でもない」

「随分早かったが、晴明には会えたのかい」

「留守だった」

額の汗を拭い、呼吸を整える。柴丸が筆を置いて寄ってくる。

「お師匠様、お帰りなさいませ」

「ああ、変わりなかったか」

「はい！　今は敵の城を囲む堀の広さと深さを測る法を教わっていました」

城攻めでもするつもりだろうか。今の世では役に立たなそうな知識だが、学ぶのは良いことだ。

「そうか、上手く測れそうか」

「はい！」

「賢いな。柴丸は」

褒めてやれば、照れたような笑みが返ってくる。思わず、その頭に手を置いた。柔らかな前髪を撫でてやる。満足げに目を細めていた柴丸だったが、やがて不思議そうにこちらを見上げた。

「あの、お師匠様、どうしたのですか」

「何もない」

「でも……震えています」

柴丸が頭の上に乗った手を摑んだ。小さな両手に包まれた朝右衛門の手は、確かに小刻みに震えている。僅かに逡巡《しゅんじゅん》して、口を開いた。

「鬼に会った」

「お師匠様は、鬼が怖いのですか」

「ああ、子を攫う怖い鬼だ。しばらくは家から出ないようになさい」

柴丸はただじっと見上げてくる。純粋で、それでいてこちらを探るような目だ。耐えられなくて念を押した。

「いいな」

「……はい」

柴丸は、ようやく頷いて手を離した。

五

「それじゃあ、殺された男の肉親が復讐しに来たって、アンタはそう思うのかい」

半蔵は壁にもたれかかってそう問いかけてきた。

「それ以外に考えられない」

朝右衛門は潜めた声で答えた。暗い廊下での立ち話。柴丸はとうに寝ている時刻だ。

「考えすぎじゃねェのかい。異国から来た何の関係もない人間が、ここいらをお散歩してただけかもしれねェぜ」

「だが、似ていた。あまりにも……」

じわじわと、胸の内を後悔が侵食していく。

「柴丸を、江戸に連れてくるべきではなかったのかもしれない」

「何言ってンだよ、あのまま長州に居たんじゃ、母親共々路頭に迷うしかなかっただろ?」

「だが、ここよりは安全だった」

沈黙が広がる。半蔵は顎を撫でて思案していたが、一転して明るい声を出した。

「わかったわかった、調べといてやるよ。侍共のことも、異国人のことも俺がなんとかしてやるから心配はいらねェ。なんなら、今からこの辺りを見回ってくるぜ」

「そうだな……そうしてくれ」

嫌な胸騒ぎが収まらない。こんな夜に見回りをして意味があるかはわからないが、何か少しでも手がかりを探さないと落ち着かない。

「すまない、頼む」

「おいおい旦那ァ、いつもはそんなんじゃねェだろ? 俺は忍でアンタは主なんだから、ふんぞり返って命令してくれりゃいいんだよ」

「……とっとと行ってこい。無駄口を叩くな」

「へいへい、仰せのままに」

ひらひらと手を振りながら、半蔵は廊下を去って行く。それを見送って、自分も寝室へ行こうと廊下を曲がった。そこに立っていた柴丸にぶつかりそうになり、お互い驚きの声を上げる。

「柴丸、起きていたのか」

もじもじとして何も言わない柴丸の様子を見て察した。

「聞いていたのか」

「あの、お師匠様。鬼というのは……父上が殺した人の、家族なのですか。異国人というのは、言葉も心も通じない鬼なのでしょうか」

堰《せき》を切ったように質問が溢れる。師匠と呼ばれながら、朝右衛門は答えを持っていなかった。

「もう寝なさい」

「でも、お師匠様……」

「もう、寝なさい」

「……はい」

俯く柴丸を、部屋の前まで送っていった。おやすみなさい、と挨拶して襖を閉める柴丸は、いつも通り聞き分けが良かった。

六

朝右衛門は夜道を走っていた。明かりも持っていないどころか、糯袢姿のままだった。かろうじて草履は履いているが、持っているのは腰に差した脇差一本だけだ。

夜半に目が覚めて、なんとはなしに柴丸の寝室を覗いた。もぬけの殻だった。慌てて屋敷中を探したが姿がない。どうやら外に出たらしい、と気付いて朝右衛門は飛び出した。江戸に来てからずっと大人しかったので油断していたが、柴丸はあれで激情に駆られる面がある。甘かった。もっと近くで見張っているべきだった。

まばらに雑草が生えるだけの寂れた裏道だ。木の塀に両側を仕切られている。ただがむしゃらに走り、晴明の家までの道のりを辿る。

柴丸はきっと、異国人に会いに行った。そんな気がしてならなかった。息が足りず苦しかったが、無理やり足を動かす。ぶれる視界に、それは飛び込んできた。

数刻前に見たのと同じ位置に、あの異国人がいた。それに向かい合うように柴丸が立っている。まるで二人にだけ月の光が差しているかのように、はっきりと姿が見えた。

一瞬、それはとても美しい光景に思えた。柴丸が何かを問いかけている。その足下には黒い犬。異国人の男は穏やかな顔つきで耳を傾けていたが、何事かを呟いて懐に手を入れた。取り出したそれは初めて見るものだが、どういう用途のものかは一瞬で理解できた。朝右衛門が触ったことのある短筒よりも遥かに小さい、掌に収まる程の銃だった。

「柴丸！」

叫んで手を伸ばす。柴丸がこちらに振り向いた。暗闇に火花が散り、破裂音が鳴り響く。ぞわりと、全身の毛が逆立った。倒れ込む柴丸の姿が、やけにゆっくり見える。

男が親指を動かす。その仕草が、次を打つための予備動作だと直感して叫ぶ。

「止めろ！」

男は一瞬こちらを見たが、止まりはしなかった。僅かにずれた銃口を柴丸に向けなおす。間に立ちたいが間に合わない。絶望が影を差したその瞬間、男の足に墨麿が嚙みついた。男は怯み、一瞬体勢を崩す。

頭の中が一気に沸き立つ。怒りなのか恐怖なのか判然としないまま、殺意だけがはっきりしていた。飛ぶように距離を詰める。脇差を抜き、横一文字に斬り払った。

あまりにも簡単だった。皮膚を、肉を、骨を断つ一瞬の感覚。それだけで首が飛び、血飛沫が上がる。まるでいつもの勤めと変わりない。

異国人の首はあっけなく地面に転がった。それを見下ろして、肩で息を吐く。彫りの深い顔は不自然なほど穏やかだった。青い瞳は澄んだまま、こちらをじっと見つめている。

喉から細い悲鳴を吐きながら膝をついた。殺してしまった。違う、殺すつもりだった。死すべきと法で定められた罪人ではない。ただ、自分の意思で人を殺した。

「旦那、これは」

聞き慣れた声に顔を上げた。半蔵がそこに立っている。騒ぎを聞いて駆けつけてきたようだ。しかし、少々遅かった。噎せ返りそうなほどの火薬と血の匂いが立ち込めている。男の胴体は重たげに横たわっていたが、未だに銃を握りしめている。

「殺した」

それだけを告げた。半蔵は、そうか、と答えて目の前にしゃがみ込んできた。朝右衛門が手に持つ脇差。その刃についた血を袖で拭いとる。脇差とその鞘を朝右衛門から奪い取ると、自らの腰に差した。

次に半蔵は柴丸の側に歩み寄ると、その身体を調べた。口元に手を翳し、脈を取り、傷を見る。最後に柴丸を抱き上げると、朝右衛門の前に差し出した。

「まだ生きている。晴明のところに行け」

朝右衛門は柴丸を抱き留めた。確かに、まだ息をしている。突然目の前が開けたようだった。

「俺は死体を片付ける。行け！」

弾かれたように立ち上がり、遮二無二走り出す。後ろから仔犬がついてくる気配がする。腕の中の重みと温かさ。それが失われていく恐怖に潰されてしまいそうだった。

七

晴明が握る細い鋏の先が、脇腹に空いた傷口に差し込まれる。筋肉の内部を抉るように鋏が動くと、柴丸が嚙んだ手拭いから抑えきれない悲鳴が漏れた。朝右衛門はただ奥歯を嚙み締めて、痛みに暴れる柴丸の身体を押さえつけていた。その側で墨麿が鼻を鳴らし、落ち着かなげにうろうろしている。

ゆっくりと鋏が引き抜かれる。その先には赤く濡れた、小さな塊があった。爪の先程もないそれのせいで、柴丸の命が脅かされているなんて信じたくなかった。

「晴明……助かるのか？　柴丸は、柴丸は……」

晴明は答えず、酒で傷口を洗っている。染みるのか、柴丸がまた呻く。透明な酒が血と混ざり、古畳に染みこんでいった。白い布を傷に当てて、晴明はようやく口を開いた。

「ここを強く押さえてください」

言われた通り、布越しに銃創を強く押した。清潔だった布はすぐに赤く染まっていく。悪夢のようだった。何も考えられないまま、ただ必死で手を当て続ける。血の勢いが弱まった頃、晴明が裁縫箱から銀の針と絹糸を取り出した。

「これで傷を縫ってください」

「縫う……私が？」

「人体を縫うのはあなたの方が得意でしょう」

促されて、血に濡れた布をそっと剝がした。血の流れが緩やかになって、肉に空いた歪《いびつ》な穴が露わになる。刀傷は見慣れていたが、銃創は初めてだった。死体を縫ったことは何度もあるが、生かすために繋ぎ合わせたことはない。

「早く！」

急かされて、針を構えた。蠟燭の光だけを頼りに、薄い皮膚につぷりと針を刺す。糸が肌を通る感覚が手に伝わってくる。溢れる血で針が滑るが、それでも一針、一針縫っていく。今まで、こんな祈るような気持ちで身体を縫ったことはなかった。

半ばほど縫ったところで、柴丸が口を開き、嚙んでいた手拭いが外れた。弱々しい、掠れた声で呼ぶ。

「お、師匠様……」

「柴丸、まだ少し痛いぞ」

また針を刺すと、柴丸は高く呻いた。それでも言葉を継ごうとする。

「あれは鬼では、ありませんでした」

「大丈夫だ、必ず治してやるからな」

「ただ、辛くて、悲しい……ただの人でした……」

それだけ言い残して、柴丸は目を閉じた。朝右衛門は酷い焦燥感に襲われながら手を動かし続ける。小さな身体に対して、失った血が多すぎた。柴丸の顔は血の気が引いて酷く青ざめている。

「晴明、柴丸は……」

「最後まで縫ってください」

晴明は朱砂《すさ》を溶いた水に筆を浸し、何かを書き記している。いつもの短冊形の札ではない。生漉《きず》きの半紙に凄まじい速さで文言が刻まれていく。

晴明が何をしているのかはわからないが、その気迫から本気なのだということは伝わった。朝右衛門も言われたとおり必死で縫い続ける。柔らかい皮膚に針を通し、端まで縫い上げた。

傷は塞がったが、柴丸は目を開けない。口元に手を翳したが息をしていない。朝右衛門は頭が真っ白になった。今縋れる唯一のものに縋る。

「晴明、晴明、助けてくれ」

「できるかぎりのことはします」

晴明は筆を置いた。見れば、一部の空白を除いて紙の端まで赤い文字で埋まり、日付で締められている。

「これは泰山府君《たいざんぶくん》に延命を願う都状《とじょう》です」

聞いたことがある。かつて平安の世を生きた安倍晴明は、泰山府君の祭祀《さいし》を司《つかさど》り、人の生死さえ左右したという。

「これより泰山府君祭を執り行います」

「その必要はありません」

柔らかな声に振り向けば、そこに立っているのは白装束の女。お幸の姿を真似た死神が姿を現した途端、辺りの闇が深くなったようだった。墨麿が尾を立て、唸り声を上げる。

「泰山府君、それもまたわたしのことですから」

死神は嫋やかに首を傾げて微笑んだ。これまで散々苦しめられてきた相手だったが、今はまさしく救いの神に思えた。朝右衛門は跪いて懇願した。

「柴丸の命を助けてくれ」

「その子はもはや、死ぬ運命ですよ」

「頼む。柴丸のためならなんでもする」

死神はしばらく考えるそぶりをした後、顔の横で手を合わせてかわいらしく微笑んだ。

「あなたが命を絶ちわたしのものになれば、代わりにその子を助けましょう」

「そうしよう」

即座に答えた。柴丸が助かるのであれば、自分の命など惜しくない。腰から脇差を抜こうとして、半蔵に預けたことを思い出した。部屋を見渡して、血に濡れた鋏を拾い上げる。それを勢いよく喉に突き立てようとしたところで、晴明に手首を摑まれた。

「こんなところで死なれては迷惑です」

「だがやらねば柴丸が」

意外と強い力で鋏を取り上げられた。それを部屋の隅に投げ捨てると、晴明は死神に向き直った。

「お慈悲を頂けませんか。かつて高僧が死に瀕《ひん》し、安倍晴明が泰山府君祭を執り行った時。弟子がその身代わりを申し出た際は、その心がけの殊勝さゆえに双方の命が救われたそうですね」

「いつも便宜を図って貰えると思うのはあまりにも甘い考えでは」

「こうなるよう仕向けたのはあなたでしょう」

死神はすっと表情を消した。晴明はいつもどおりの貼り付けたような笑みを浮かべている。

「犬が邪魔で直接手を出すことができず、柴丸に殺意を持つものを唆したのではないですか」

「だとしたら、なんだというのですか」

「柴丸の名が死籍に刻まれるのは不当です」

ふと、死神は一切の人間らしい動きをやめて固まった。底なしの穴のような目で晴明をじっと見ている。そして唇を、ほんの僅か震えるように動かした。それに返答するように、晴明も唇を動かしている。まるで知らない言葉で話しているようで、薄ら寒いものを感じた。

しかしそれは一瞬のことだった。死神はまたお幸に戻ると、にっこりと笑った。

「それで手を打ちましょう」

「感謝いたします」

晴明も満足げに頷いている。どうやら、何かが決まったようだった。

「それでは朝右衛門さま、こちらにお名前を」

晴明に筆を渡される。まったく訳がわからなかったが躊躇っている暇はない。促されるままに都状の空いている所に名を書いた。

死神はその様子を嬉しそうに眺めている。名前が記されたのを見届けると、朝右衛門に歩み寄り耳元で囁いた。

「あなたがわたしのものになる時が早まりましたね」

そうして、朝右衛門の身体に溶け込むようにして消える。それと同時に、全身が重くなった。これまでにない疲労と喪失感に襲われる。何が起こっているのかまるでわからなかった。目眩がする。これまでにない程頭が痛くて、額を押さえて蹲った。

小さく咳き込む声が聞こえて、急に光が差したような気持ちになった。柴丸が身体を丸めて苦しそうに息を吐いている。

「柴丸！」

慌てて背中をさすってやった。生きている。嬉しさがこみ上げてくる。信じられない思いで晴明に問いかけた。

「晴明、一体どうやったんだ」

「あなたの寿命の半分を柴丸に分けました」

絶句した。一筆書いたことで、とんでもない取引が成立している。

「それと、銀銭と白絹も泰山府君に捧《ささ》げることになっているのでご用意をお願いいたします」

あんな一瞬でそんなことまで決まっていたのか。驚いて何も言えずにいると、晴明が不思議そうに首を傾げた。

「不満ですか」

「いや……ありがとう。柴丸が助かればそれでいい」

もともと命を投げ出そうとしていたのだ。半分で済んだのならば安いものだ。更に捧げものも必要らしいが、金銭で解決できるのならいくらでも用意する。触れる手から、温かさが伝わってくる。それだけで涙が滲むほどだった。

主の復活を喜ぶかのように、墨磨もくるくると回っている。晴明は墨磨の首根っこを摑んで拾い上げると、その首に刺さった鉄の棒を札ごと引き抜いた。投げ捨てられた棒がカラカラと音を立てる。

「もっと早くこうしておくべきでした」

「晴明……いいのか」

解き放つのはためらわれる凶暴な獣だと言っていなかったか。

「死神につけ込まれたのも、この犬が弱かったせいです。主も守れないとは嘆かわしい」

床に下ろされた墨麿は、相変わらずただの仔犬のように振る舞っている。しかしその真っ黒な目の中で、何かが蠢いたような気がした。

「どちらにせよ、その子の寿命は長くない。狂犬を従える強さがなければ生き残れない」

そうだ、朝右衛門の命を分けたのだから、あと何年生きられるのかもわからない。やはり、命の全てを分けてやれば良かったかと思う。

ぎゅっと袖を握られて視線を下ろす。柴丸が弱々しくも笑みを浮かべていた。

「お師匠様が、助けてくれたんですね」

微睡むように呟いて、こちらの膝に額を預けてくる。

「ありがとうございます」

それを最後に、柴丸はまた目を閉じた。その呼吸は確かで、ただ眠っているだけだとすぐに知れた。頬に触れる。その柔らかさがなによりも尊い。

今はただ全てを忘れて、柴丸が生きていることを喜びたかった。

八

墨磨と柴丸が、庭を駆け回っている。あれから七日しか経たないというのに、柴丸は異常に治りが早かった。その様子を縁側から眺めながら、半蔵は笑った。

「な？　晴明に頼ればなんとかなっただろう？」

「……そうだな」

朝右衛門も同じように縁側に座っている。泰山府君のことは半蔵には言っていなかった。寿命を分けたことを伝えればきっと怒るだろう。あの都状は見つからないように隠してある。

それよりも朝右衛門には、気になることがあった。

「あの異国人の死体はどうしたんだ？」

「……異国の船乗りが一人行方不明になったらしい。もう見つかることはないだろうな」

半蔵がそう言うのなら、死体が見つかることは絶対にないのだろう。しかし、自分が殺したと名乗り出た方がいいのではないだろうか。

「馬鹿なこと考えるんじゃねェよ。アンタまでいなくなッたらあの子はどうなる」

柴丸の父親、紺太夫は異国人殺しで斬首になった。養い親まで同じ罪を犯したなど、笑えない。隠し通さなければならない。しかしそうなると、これからは罪人でありながら罪人の首を斬り続けることになる。

「柴丸、来なさい」

手招いて呼べば、柴丸はすぐに駆け寄ってきた。朝右衛門は腰に差していた打刀を抜き、柴丸に差し出す。

「今日からこれを持ちなさい」

「……いいのですか」

柴丸は、おそるおそるといった様子で受け取った。重かったのか取り落としそうになるも、しっかり握って胸元に抱く。

半蔵は微笑ましいものを見る目でそれを見ていたが、刀の意匠に気付いて眉をひそめた。

「旦那、それは……」

「紺太夫が持っていた村正だ」

一度、朝右衛門を殺した刀でもある。柴丸に与えるものとしては妥当だろう。形見の品は肉親が持っていた方が良い。柴丸が満面の笑みで宣言する。

「柴丸は必ず修行して、お師匠様の跡を継ぎます」

「ああ、待っている」

そして罪を暴いて欲しい。その時こそ、柴丸の前に首を差し出すことになるだろう。楽しみだ、と一人笑った。

これから罪人の首を斬る仕置き場に子供がいるなど、本来許されることではなかった。しかし柴丸はそこにいる。両の足で地面を踏みしめて背筋を伸ばしつつも、しきりに目玉を動かして辺りの様子を見渡していた。

「怖いか、柴丸」

山田朝右衛門は傍らの柴丸に声をかけた。柴丸は顔を上げて、すんと鼻を鳴らした。

「いえ、そういうわけではないのですが……血の匂いがして、落ち着かなくて」

仕置き場は高い塀に囲われ、熱く湿った空気が淀んでいる。長年かけてこびりついた血の香りは誤魔化しようがない。

「じきに慣れる」

慣れさせるために、ここに連れて来たのだ。

山田家は代々、刀剣の様し斬りや罪人の斬首を請け負っている。その勤めに弟子を伴うのはままあることだが、通常はこんな幼い子を同行させることはない。

その是非について牢屋敷の門をくぐる際も一悶着《ひともんちゃく》あったのだが、これは跡取りだから問題ないと言って押し通ったのだった。

「落ち着いて、教えたとおりにやりなさい」

「はい、お師匠様」

柴丸は生真面目に頷く。少々緊張しているようだが、初めて斬首に立ち会うにしては堂々としていた。

柴丸はこちらを真剣に見上げていたが、何かに気付いたようで顔を逸らした。その視線を追えば、罪人が引き立てられてくるのが目に入る。

枯れた老爺だった。人足三人に囲まれながらも、暴れることも泣くこともなくしっかりした足取りで歩んでくる。面紙をつけることは拒否したようで、目尻に深く皺の刻まれた顔がよく見えた。側まで来ると立ち止まり、やけに透き通って輝く目を柴丸に向けた。そしてにんまりと笑みを浮かべる。

「かわいい子だねえ、その子があたしの首を斬るのかい」

「いや……私が」

戸惑う柴丸を背に隠し、朝右衛門は答えた。老爺は上機嫌に語り続ける。

「あたしにもねえ、孫がいるんだ。長らく会っていないがそろそろその子くらいの歳になるはずさ。息子より嫁の方によく似て、首が細くて色白だった」

この老爺は、押し込み強盗の末に一家を惨殺して死罪を言い渡されたと聞いている。

殺されたものの中には十にもならぬ男の子もいたらしい。

　朝右衛門は目を細め、早々に刀の柄に手をかけた。

「それが、ご遺言でよろしいですか」

「そう急くな」

「家族に伝えたいことがあれば今のうちに」

「さて……息子は死んだし嫁にはすっかり嫌われてしまったし、孫にも忘れられているだろう。遺言を受け取ってくれる相手などいたもんかねえ」

　長く話しても無駄と判断して、朝右衛門は人足達に合図した。たちまちのうちに老爺は荒筵に膝を突かされる。朝右衛門は、鞘から刀を抜いた。

「柴丸」

「は、はい、お師匠様」

　柴丸が慌てて水桶を引き寄せ、柄杓を手に取った。朝右衛門が差し出す刀身にそっと水を注いでいく。刃文を流れる水に、強い日の光が反射してきらきらと輝いている。それに見蕩れたように、柴丸はほうとため息をついた。

「ではその子に遺言を」

　突如割り込んできた老爺のしゃがれ声に、柴丸はびくりと肩を震わせた。人足に背を押さえつけられながらも、老爺は無理やり顔を上げて柴丸を見ている。

「あたしが死ぬところをしっかり目に焼き付けて、覚えておいてくれ。ぼうやが死ぬその瞬間まで」

柴丸は驚きに目を見開いたが、躊躇いつつも口を開こうとする。

「答えなくていい」

朝右衛門はそれを遮り、老爺の傍らに立った。

「遺言は聞き届けた……が、そのとおり動く義理はない」

「つれないねえ。ぼうやは優しい子のようなのに、親の方はとんだ冷血漢だ」

三人の人足達が老爺の背を押して、首を血溜めの穴に突き出させた。人足が脇差で喉縄を切る。大きなイボがところどころついた首が露わになった。

「勘違いするな。お前の首を斬るのは私だ」

朝右衛門はゆっくりと刀を持ち上げ、大上段に構えた。

「私が覚えている」

その言葉を最後に、勢いよく振り下ろした。皮を、肉を、首の骨を断つ確かな手応え。

その頭は血溜めの穴の中に落ちてごろりと転がった。

間を置かず人足達が老爺の身体を揉み、押し出された血が穴の中に、生首の上に降り注ぐ。覚えておいてくれ、などと。厚かましく醜い願いだ。呪いに等しい。

「あの……お師匠様」

幼い声に振り返る。顔色を青くしながらも、こちらを案じるように眉を寄せている。

その手には柄杓が強く握られていた。

朝右衛門は促されるまま、血に濡れた刀を差し出した。柴丸が桶から水を掬い、刀にかけていく。銀色の刃に赤く光る血が、透明な水に洗い流されていく。ふ、と肩から力が抜けた。見下ろせば、刀身に自らの顔が映っている。

一

板張りの廊下に置かれた籠の中を、柴丸は食い入るように見つめている。その中で蛍は繰り返し光を放っていた。

朝右衛門はすぐ側で縁側に座っている。その隣に座った半蔵は目を細め、耳を僅かに倒して月を見上げていた。そうかと思えば手に持った団扇《うちわ》で朝右衛門の方に風を送ったりもしている。

馬とも鹿ともしれない獣頭の男は、不老不死の忍者服部半蔵だと自らを称しているが、近頃は家事に勤《いそ》しんでいる姿ばかり見る。少し姿が見えないかと思えばこうやって蛍を買ってきたりして、穏やかな暮らしを楽しんでいるようだった。

柴丸は一瞬だけ顔を上げて、こちらに無邪気な笑みを向けてきた。

「ね、綺麗ですね。お師匠様」

「ああ、綺麗だな」

朝右衛門はそう答えながらも、柴丸の方ばかり見ていた。幼子の大きな目に、蛍の光が反射している。

柴丸の足下では、黒い仔犬の墨磨が自分の尻尾を気にして追いかけている。柴丸の家系に憑く恐ろしい犬神……のはずなのだが、本性を隠しているのか近頃はただの無力な犬のように振る舞っていた。

柴丸は墨麿のことなど気にかけず、朝右衛門に話しかけ続ける。

「こうやって籠に入っているのを見たのは初めてかもしれません。わざわざ捕まえずとも里では、近くの川に蛍がたくさんいたから……」

そこまで話して柴丸は口をつぐんだ。気をつかっているのか、柴丸は故郷や両親の話題は控えているようだった。

庭の方から緩やかな風が吹き込んでくる。ばらばらだった蛍の光は、点滅を繰り返してしだいに揃っていく。柴丸はただそれをじっと見つめていたが、やがて舟をこぎ出した。

「柴丸。眠いなら部屋で寝なさい」

「はい……」

朝右衛門の言いつけに答えて、柴丸はふらふらと立ち上がった。目元をこする仕草がいかにも頼りない。半蔵がからかうように歯を見せて笑った。

「坊主、抱ッこして連れてッてやろうか」

「自分で歩けます」

柴丸は途端にむっとして、大きな足音を立てて歩き去って行った。その後を墨麿が転がるように追いかけていく。

「赤ん坊と大差ねェ歳のくせに、生意気言いやがる」

半蔵がフンと鼻を鳴らす。そして虫籠を拾い上げて立ち上がると、躊躇うことなく開け放った。何匹かはその途端に飛び立ったが、ほとんどが籠の中に留まったままだ。半蔵が籠を振ってやると、ようやく全ての蛍が庭に向かって飛んでいった。

「鳴かぬ蛍が身を焦がす……ッてなァ」

歌うように言いながら、半蔵はまた腰を下ろした。庭の木々に止まった蛍は、またまばらに光り始める。

「買ってきたばかりだというのに」

「こういうのは、一時楽しんだら逃がしてやるのが粋ッてもんだ」

「逃がしたと知ったら柴丸ががっかりするかもしれない」

「あーあー、煩《うるせ》ェなァ。近頃柴丸の話ばっかじゃねェか。たまには大人の話でもしようや」

半蔵はまた団扇を拾い上げて、内緒話をするように長い鼻面の横に添えた。朝右衛門は首を傾げる。

「大人の話、とは」

「そうだな、例えば……俺とアンタが出会ってもう一年になる」

「なんだ、そんなことか」

「そんなことたァ、酷いなァ。こッちは指折り数えてんだぜ」

拗《す》ねたように長い耳を伏せてみせる。人差し指と中指を立ててこちらに見せ、最後に薬指もピンと立てた。

「無為に彷徨った三百年余りを思えば、アンタと過ごしたここしばらくは夢を見ているようだッたさァ」

「……それを言うなら」

こちらも同じだ。一人きりで過ごした長い十年を思えば、この一年ほどは飛ぶような速さだった。孤独を感じる隙などなかった。半蔵がうっとうしいほどに纏わり付いてきて、近頃は柴丸まで加わった。

「そう、そういうわけで……これだけ共に暮らせば、アンタの隠し事なんて丸わかりッてわけ」

頬を歪めて皮肉に笑っている。何を言われたのかわからず黙っていると、半蔵が懐から何かを取り出した。

「さてさて、掃除の最中にこんなものを見つけたンだが」

それを見た途端、さっと血の気が引いた。字の連ねられた紙。泰山府君に願い出た際の都状だ。柴丸の死を避けるために、朝右衛門の寿命を半分分け与えたことが書かれている。

「帳簿に挟んどけばバレねェと思ったんだろうが、考えが甘かッたなァ」

「……仕方がなかった。柴丸の命を守るためには」

「言い訳することねェや。俺は別に構わねえよ。アンタが自分の寿命をどうしようと、口出しする権利なんざあるわけねェ」

半蔵は都状の文面を目で追いながら、大げさに肩を落とした。

「しかしねェ、ガックリしちまッたよ。まァーッたく伝わッてねェんだよなあ。アンタが簡単に分けてやッた寿命の半分が、俺にとッてどれだけ大事だッたか」

「……すまなかった」

半蔵が憤るであろうことは予想していた。だからこそ隠していたのだが、それにしてもこのじっとりと纏わり付くような怒気はどうしたことだろう。半蔵の口元はいつものように笑っていたが、目は血走ってこちらを凝視している。

「なあ、この紙切れを破り捨てたら、寿命が戻ッたりしねェのかい」

「しない。それはもはやただの紙切れだ」

真っ二つに紙が裂かれる音。

「そのようだな」

指先で細切れにした紙を、半蔵がばらまく。風にさらわれて庭に飛んでいく。

「じゃあ、柴丸を殺しちまッたらどうだろうな」

その言葉とともに投げられた団扇が、視界を塞いだ。鋭く風を切る音が聞こえて、咄嗟に抜いた刀で払う。キン、と音がして、弾かれた棒手裏剣が地面に転がった。

顔を上げれば、半蔵は既に居ない。先ほどの言葉を思い出して、どっと背筋に汗が伝った。半蔵は、柴丸を殺すつもりなのか。

はね上げられるかのような勢いで走り出し、柴丸の部屋に急いだ。

布団の上に立ち上がった柴丸はかろうじて刀を抜いているが、震えるだけで何もできずにいた。

二

その前に立ち塞がるように、巨大な黒い犬がいる。あれは、まさか墨磨だろうか。墨磨は食い千切った人の足をぴちゃぴちゃと舐めていた。血を啜り、肉を噛みちぎる。目を細めて、尻尾まで振りながら念入りに味わっているようだった。

それに相対する半蔵はというと、自身の右足が食われていても気にした様子もなく、鼻唄などを歌いながら、縄を振り回している。その縄の先には、細長く鋭い刃物がつけられていた。あれは確か、前に見せて貰った縄鏢《じょうひょう》という暗器だ。

「やめろ半蔵！　柴丸を殺しても寿命は戻らない！」

部屋に踏み入った朝右衛門は、叫びながら刀を構える。

「そうかい？　試してみなきゃわかンねェだろ」

回した縄の勢いのまま鏢が飛び、墨磨の眉間に突き刺さる。墨磨がきゃうんと甲高い悲鳴を上げた。前足で掻きむしるように刺さった鏢を引き抜く。ぽっかり空いた傷跡からは、黒い闇のような何かが零れ落ちていた。

半蔵は縄を引き、鏢を手元に戻す。朝右衛門はその隙に飛びかかった。一閃。ぼたりと半蔵の右腕が落ちる。

「相変わらずいい斬れ味だ」

にやりとした笑みに嫌な予感がして後ろに飛びすさった。飛んできた縄鏢が刀の柄に巻き付く。縄を強く引かれて、奪われないように刀を強く握った。ぎりぎりと引き合う程に焦りが募っていく。

相手は左腕しか残っていないのに、凄まじい強力《ごうりき》で引きつけられていく。刀を奪われまいと一層踏ん張ったところで、半蔵がぱっと手を離した。

体勢を崩したところに、鳩尾に重い衝撃。呼吸もできぬままに蹲った。視界が明滅し、かみ合わない顎から唾液がだらだらと溢れてくる。どうやら跳び膝蹴りをされたようだった。片足がない状態でどうしてそんなことができるのかわからない。

脳内が無力感と恐怖で埋め尽くされる。不死、というものの不気味さを初めて体感している気がした。足を食い千切られ、腕を斬られても尚襲いかかってくる。

それでも、柴丸だけは守らなければならなかった。もつれる足を動かして立ち上がろうとする。

「あーあ、もう嫌になッちまったなァ。死神に取られるくらいなら、俺の手で殺しちまおうか」

半蔵が喉の奥で笑い、朝右衛門の肩口を踏みつけた。足首から先がないので、体重が乗せられる度に切断面の血肉が押しつけられる。

「そんで、坊主はそこで見ているだけかい。絵に描いたような負け犬だなァ」

柴丸が刀を握りなおし、犬のように唸り声を上げた。我を忘れているようで目が爛々と光っている。

半蔵が小さく左手を振ると、袖口から何かが飛び出した。柴丸の鼻先に迫るその直前に、墨磨が尻尾でそれを払う。音を立てて、ばらばらと棒手裏剣が散らばった。それが合図かのように墨磨が飛びかかり、半蔵の太ももに食らいついて引き倒す。

「柴丸、待て！」

声をかけたが、止められない。唸り声を上げた柴丸が駆け寄り、刀を振り上げる。それが正確に半蔵の首を狙っている、と気付いて反射的に身体が動いた。

柴丸が振り下ろすその軌道に飛び込む。刃が胴に食い込むその瞬間、そういえば柴丸が持っている刀は村正だったな、とそんなことを思い出した。

三

斬られた腹を押さえれば、零れ落ちた内臓に手が触れる。そこでようやく痛みを自覚した。気付いたと同時に焼けるような痛苦に襲われてのたうち回る。口から溢れ出してくる血で溺れてしまいそうだった。

「殿……！　お気を確かに！」

聞こえたのは半蔵の声だった。目を開ければ、霞む視界に馬とも鹿ともしれない獣頭の男が映る。それとともに腹に断続的な激痛が走った。半蔵が腸を腹部に押し込んでいるらしい。その手が可哀想なほどに震えているのが伝わってくる。

自分よりも狼狽《うろた》えている者を見ていると、ここで死ぬのだという実感が湧いてきた。見渡せば、誰かの身体が転がっている。あれはきっと、自分を斬った者の死体だろう。

守山城《もりやまじょう》攻めに手こずり、野営を張っている時に突然家臣に斬りかかられたのだった。しかし主君殺しに成功したのに、すぐに殺されてしまっては甲斐がない。これでは理由も聞けぬではないか……と頭の隅で考える。

「必ずお助けいたします！」

半蔵が繰り返し声をかけてくる。もう助からないとわかっているだろうに、溢れる血を無理やり手で押さえ込もうとしている。

その汗まみれの情けない馬鹿面を見ていると、途端に未練が湧き上がった。死神に見限られたからもうすぐ死ぬだろうと、そんな覚悟は前からしていたというのに。

「半蔵……」

「ここにおります」

あまりの涙声に笑ってしまった。血の泡が口の端から噴き出す。濡れて滑る手を何度も伸ばして、半蔵の襟元を摑んだ。

「わしを……覚えていてくれ。何十年、何百年経っても」

そんな言葉が口をついて出た。この感情がなんなのか自分でもわからなかったが、とにかく覚えていてほしい。相手は誰でも良いが、目の前にいたのが不死者だったのは好都合だった。

「覚えております。必ず」

半蔵はこちらの手に手を添えて、何度も頷いた。なんと素直な奴だろう。思わず口の端を吊り上げた。

「いつか、戻って……くるから。待っていろ」

それだけ言って目を閉じた。まさか本当に数百年待ちはしないだろうが。少しでも深く、痛みと共に残れば良い。

四

「本当に三百年待つ奴があるか」

目を覚ますなりそう呟いた。最悪なことを思い出してしまった。

何百年も主君のことを忘れていない奇妙な奴だと思っていたが、無茶な願いで縛り付けたのは自分の方だった。

「しつこい男は嫌なものですねえ」

嫋やかな声がして見上げればお幸……いや、お幸の姿を真似た死神の顔があった。自分はずっと自室の布団の上に寝て、死神の膝に頭をのせていたようだ。勢いよく起き上がろうとして、腹に痛みが走って呻いた。

「ああ、いけませんよ。痛いでしょう」

死神が甘ったるい声で慰めてくる。それを無視して、確認のため腹に手を当てた。布が巻かれ、僅かに血が滲んでいる。それなりに痛いがどうやら傷は浅いらしい。咄嗟に柴丸が刀を引いたのだろうか。

傷の痛みよりも全身のだるさの方が勝り、身体を起こすのを一旦諦める。

「何があったか覚えていますか？」

唐突に思い出した過去のせいで、記憶が混乱していた。

「確か……半蔵が急におかしくなって、柴丸に襲いかかった……」

「いいえ、急にではありませんよ。とうの昔に狂っていたのです。そうでなければ、三百年以上も一人の人間に執着するはずがない」

死神が、こちらの眉をなぞるように撫でる。

「あれはそういう……思い込みの激しい馬鹿に取り憑くのです。何百年経っても何かに執着し、生きる意思を失わない者に」

そう聞いて、妙に腑に落ちた。半蔵はいつも、死にもしないのに食事や睡眠に拘《こだわ》り、もう見飽きただろう桜だの蛍だのにいちいち浮かれ騒いでみせる。生に飽きることがないのだ。

「わたしがあれに迷惑してきたのは三百年どころの話ではありません。とうに寿命の尽きた者を、いつまで経ってもこちらに返そうとしない……」

本当に辟易《へきえき》している者の口ぶりだった。死神にも思い通りにならないものがあるらしいとわかって少し溜飲《りゅういん》が下がる。

「そろそろ解放してあげたらどうですか。首を斬ってあげれば良いだけです」

それが良いのかもしれない、と素直に思った。早く断ち切ってやらなければ、どれほど狂っても何百年と生き続けるだろう。

返事をしようとしたところに襖が開き、巨大な黒い犬が飛び込んできた。墨麿は猛々《たけだけ》しく唸り声を上げて、死神の肩口に食らいついた。鋭い犬歯が突き刺さっているが、血が流れることはない。

「小うるさい犬……」

「お師匠様から離れろ」

部屋に踏み込み、叫んだのは柴丸だった。抜き身の村正を死神に向けている。柴丸には大きすぎる刀だったが、それでも剣先にぶれはない。気迫に満ちていた。その様子をじっと眺めて、死神は柳眉を逆立てた。

「ずいぶん元気のいいこと。あの陰陽師、わたしを謀《はか》りましたね」

柴丸が畳を蹴った。長い刀が死神の胸を鋭く貫く。死神が目だけを動かして、その刀を見た。

「妖刀ですか、ああ、本当に。死なせておけばよかった……」

死神の姿が溶けるように消え、朝右衛門の胸に入り込んでくる。こころなしか死神の気配が弱々しいような……そんな気がした。

静まり返っている。朝右衛門が頭をのせているのは、死神の膝ではなくただの箱枕のようだった。

「お師匠様、ご無事ですか！」

柴丸が駆け寄ってきて膝をつく。その大きく開いた目には、既に涙が湛えられていた。

その瞳は、朝右衛門の腹の傷を見下ろしている。

「申し訳ありません、何が何だかわからぬうちに斬って……しまって……」

ぼろぼろと涙が零れ落ちていく。柴丸の母親がここにいたら、武士の子が泣くんじゃありませんと叱りつけるのだろうが、あいにく朝右衛門はそこまで厳しくなかった。

「構わない」

痛みを悟られないように、上体をゆっくりと起こす。柴丸の頬に手を当て、涙を拭って笑った。

「おかげで……嫌なことを思い出した」

「い、嫌なことって」

「それに今、助けてくれただろう」

柴丸は未だ涙を流してしゃくり上げていたが、朝右衛門の表情を見て安心したようだった。

「柴丸、怪我はないか」

「はい」

「ならいい……まさか半蔵が、お前を殺そうとするなど」

「いえ。あの人は、柴丸を殺すつもりなどありませんでした」

どういう意味だろうか。朝右衛門の目には、半蔵は殺意を持っていたようにしか見えなかった。柴丸は胸に手を当て、ゆっくりと目を閉じる。

「お師匠様は……柴丸に寿命を分け与えてくれたのですよね」

「……知っていたのか」

「知りませんでした。昨夜半蔵さんに言われるまで」

いつまでも隠してはおけないと思っていたが、こんなに早く知られるとは思っていなかった。こんなことで負い目を感じてほしくはない。

「だからこそ、半蔵さんは柴丸に問うていたのだと思います。再び得た命を、お師匠様のために使う覚悟はあるのかと」

「そんなことは考えなくていい」

柴丸に望むことなど、できる限り健康に強く生きることだけだ。家を継ぐことすら、本人のためにならないのならやめてしまってかまわない。しかし柴丸は首を振る。

「今は墨麿に頼りきりだけど……きっと強くなって、お師匠様を守ってみせます。そして最後にはきっと、死出の供をいたします。お師匠様が死神に惑わされずに済むように」

「なにも、今から死後のことまで考えなくて良いだろう」

「お師匠様。柴丸は嬉しいのです。出会ってから今までの恩、お師匠様にどうお返しできるものかと、考えておりました」

柴丸は、足下にいた墨麿を抱き上げた。すっかり仔犬の姿に戻って、舌を出して呼吸している。

「墨磨も共に連れて行きます。もう、子孫に憑くことのないように」

柴丸の肉球を弄ぶかのように前足を揉んでいる。見た目は可愛《かわい》らしいが、この世に怨念を抱いた犬神だ。柴丸はそれすら連れて行くつもりらしい。

「……好きにしなさい」

ため息をついた。柴丸は涙の跡が残る顔でにこにこと笑っている。

ふと、障子越しに入ってくる柔らかい光に気がついた。昨夜、と先ほど柴丸が言っていたが、かなり長い時間眠っていたのだろうか。

「今は何時だ」

「あの、半日ほど経って……今は正午です」

「そうか。それで、肝心の半蔵はどこにいる？」

「それが……朝から姿が見当たらなくて」

買い出しにでも行ったのだろうか。

「まあいい、いずれ帰ってくるだろう」

五

「そうですか……やはり半蔵は戻ってきていませんか」

陰陽師は頬に手を当てて俯いた。晴明の部屋である長屋の一室は、いつも通り薬草の香りに満ちている。鉄鍋や匙《さじ》、半月形の櫛や亀の甲羅など、多様なガラクタの数々に囲まれて座りながら、朝右衛門と柴丸も下を向いていた。荒れて毛羽立った畳ばかりが目に映る。

半蔵が姿を消してからもう二月経った。半蔵が頼りそうな人物と言えばこの法師陰陽師以外に心当たりがなかったのでこうして何度も訪ねているのだが、やはり知らないらしい。

「最後に会ったときも思い詰めた様子でしたから。何か考えるところがあるのかもしれませんねえ。三百年生きた者の苦しみなど、想像のしようもありませんが」

陰陽師は、男とも女ともしれぬ不思議な顔立ちに憂いの色を浮かべる。襤褸の法衣ごと自身を抱きしめるように腕を回した。

外で強い風が吹いたようで、天井から軋むような音がする。唇を噛みながら、柴丸は膝の上で拳を握った。

「本当は……半蔵さんの行き先を知っているのではありませんか」

柴丸は今にも泣き出しそうなほどに声を震わせて言い募った。

「半蔵さんが消えてからというもの、お師匠様は食事も喉を通らず、夜も眠れず……もう見ていられません」

「柴丸、大げさだ」

「大げさではありません。こんなに痩せてしまって……」

たしなめたが柴丸は聞いてくれる様子がない。食事の量も睡眠の時間も、半蔵が居着く前に戻っただけだ。身体が軽くなってむしろちょうど良いくらいなのだが、以前を知らない柴丸にはやつれて見えるようだった。

陰陽師はしばらく黙り込んでいたが、柴丸の真剣さに負けたのか重い口を開いた。

「口止めされていましたが……心当たりはあります」

「本当ですか!?」

「今もそこに居るとは限りませんが……」

「構いません、教えてください!」

柴丸が祈るように手を合わせる。本人の意思で出て行ったのなら好きにさせてやった方が良いと思うのだが、もはや朝右衛門の意見が通る雰囲気ではなかった。

「わかりました」

陰陽師は深く頷いて、硯と筆を引き寄せた。筆に墨汁を含ませ、細長い紙にさらさらと何事かを書き記していく。「バクチニ勝守」と書かれたそれは、いつも通り喼急如律令の文字も添えられていた。

「どうぞ……こちらをお持ちください」

墨も乾いていない状態で渡される。何故この札を渡されたのかはわからないが、これまで晴明から渡された札は、何度も思わぬ形で役に立った。

半蔵を見つけるための旅路は博打に挑むようなもの……ということなのかもしれない。

「大まかな場所を教えますから、あとは犬の鼻を頼るのがよいでしょう。きっと……見つけてくださいね」

六

墨磨が地面の匂いを嗅ぎながら進んでいく。二月も経っているから匂いは残っていないかもしれない、という柴丸の心配をよそに、墨磨は確信を持った足取りで進んでいる。その後を柴丸と共に追いかけていった。

進むほどに荒れた町並みに入り込んでいく。まばらに建つ粗末な家々は、屋根や壁に穴のないものを探す方が難しい。

酔っ払いと病人が一緒くたに地面に転がされており、角を曲がる度に茣蓙《ござ》と傘を抱えた女が手招きしてくる。柴丸を連れてくるには相応しくない場所であることは明らかだった。

かなり遠くまで探し回ることも覚悟していたのだが、墨磨が足を止めたのは晴明の家から一刻も歩けば辿り着く荒れ寺だった。

かつては立派な禅寺だったようだが、門は腐り屋根は剝がれ、庭には雑草が生い茂っている。中からは人々の野太い声がうっすらと聞こえてきた。

「ここ……でしょうか」

柴丸がおそるおそる覗き込もうとする。朝右衛門はさっさと階《きざはし》を上っていき、勢いよく桟唐戸《さんからど》を開いた。

大きく欠けて傾いた釈迦《しやか》如来の木像がある。その前で、柄の悪い男達が丁座《ちようざ》も半座もなく円を描くように座っていた。その中に、見慣れた獣頭の後ろ姿が見える。

肌脱ぎをした禿頭《とくとう》の壺振《つぼふ》りが、張った張ったぁ！　と声を上げる。丁だ半だと声が交錯する中、朝右衛門はずかずかと踏み込んでいった。

「丁半コマ揃いました」

壺振りが一同を見渡した後、壺を開いた。

「ゴゾロの丁！」

「よッしゃァ！」

勢いよく拳を振り上げた半蔵の後ろ頭を、思いっきり蹴り倒した。しっかり床に額がめり込むまで踏みつけてから足をどける。

「何しやがる！」

怒りと共に顔を上げた半蔵は、こちらを見て目を丸くした。

「だ、旦那ァ？　何やッてんだ、こんなところに子連れで」

「何やってるはこちらの台詞だ。家事を投げ出してサイコロ賭博とはな」

腕を組んで辺りを見渡した。集まったゴロつきどもはこちらを気にした様子もなく、勝った負けたと騒ぎながら木駒の勘定を続けている。朝右衛門は突きつけるような勢いで言い放った。

「さっさと戻れ。家事が溜まっている」

「待て待て、今日はツキがきてる。これから大勝ちすッから見てナァ」

半蔵はふてぶてしく笑いながら、大げさに両手を開いてみせた。

こうやって大口を叩いたあげく大損して帰ってくるのを何度も見ている。なぜこの男を連れ戻そうとしているのかわからなくなってきた。

こめかみを指先で強く押さえる。

「ちょいと、お侍様」

禿頭の壺振りがよく通る声で割りこんできた。

「困るねえ、場を荒らされちゃあ。客じゃねえならさっさと出て行っちゃくれねえかい」

すぐに出て行く、と言おうとして動きを止める。懐を押さえて、晴明に渡された札の意味を理解した。バクチニ勝守。なるほど、文字通りだった。

半蔵の首根っこを摑んで引きずり、賭博の輪から外れさせた。代わりにそこに朝右衛門が胡座をかいて座る。柴丸が血相を変えて口を開いた。

「お師匠様、まさか……」

「柴丸は外で待っていなさい」

半蔵が頭の後ろで手を組み、はやし立てるように口笛を吹いた。

「おいおい旦那ァ、賭博なんてお行儀の悪いコトできンのかい？」

「黙って見物していろ」

壺振りが、掌と壺の中を見せて宣言する。

「入ります」

何もかもくだらない。右も左もわからないこんな浮世では、せめて楽しまなければ損ではないか。竹製の壺が伏せられて、中に入ったサイコロが揺らされる。どっちも、どっちもと煽《あお》る声が響いている。

「半だ」

思い浮かんだままを、頬杖をついて投げやりに言った。

七

「おや、もう戻ってきたのですか」

晴明が呆れたように言いながら部屋に招き入れた。四人と一匹で車座になり、荒れた畳に座る。

「おうよ、さすがうちの旦那サマだぜ。あっというまに賭場の金をまるっと攫っちまった」

半蔵がまるで自分の手柄かのようにふんぞり返っている。その横に座る柴丸は、感心したように目を輝かせていた。

「お師匠様は、賭博の才もおありなのですね」

「本当に、今まで見たこともねぇ大勝ちだ。もうあの賭場には行けねぇな」

半蔵が上機嫌で首を振る。朝右衛門は勢いで愚かなことをしてしまったと反省していた。

「貰った札の御利益だろう。晴明に礼をしてもまだ釣りがくる」

「いやァ、あやかりたいもんだねェ……。しかしそれだけじゃ赤字だぜ」

どういう意味だと視線で問えば、半蔵はひらひらと手を動かした。

「俺が家を出た時に、簞笥から十五両抜いてっただろう？　それっぽッちじゃ穴埋めにならんぜ」

あまりのことに目を剝いた。半蔵は悪びれた様子もなくにやついている。柴丸が口元に手を当ててわなわなと震えだす。

「半蔵さん、あなた、なんてことを……」

「おいおい、二人とも気付かなかったのかァ？　まッたくどういう金の勘定してんだ」

やれやれと口に出しながら、片耳をパタパタと動かしている。

「それで、その十五両はどうしたんですか」

「そんなもん残ってるわけねェだろ」

「お師匠様が一生懸命稼いできた金子をなんだと……」

「だから賭博で倍にして返してやろうと思ッてたんだよ」

柴丸と半蔵が口喧嘩を始めてしまった。ギャンギャンとうるさいことこの上ない。

「ずいぶんと仲良くなったものですねえ」

晴明が口元を押さえてころころと笑っている。本当に、先日の争いなどなかったかのようだ。ふっと口元を緩める。安心したせいか、朝右衛門は訊かなければならないことがあったのを思い出した。

「晴明。先日、半蔵が出て行った時のことだが……」

そう口にした途端、半蔵と柴丸が動きを止めてこちらを見た。墨麿がきゅうんと鳴いている。

「現れた死神が言っていた。あの陰陽師、わたしを謀りましたね、と。晴明、お前は……何をした？」

その場の全員が晴明を見つめている。晴明は少しの間黙り込んだ後、僅かに首を傾げた。

「謀ったとは人聞きの悪い。わたくしにとっても想定外のことでした」

晴明はゆっくりと指を折り、一つ二つと数を数えるようなそぶりをする。

「泰山府君祭で、朝右衛門さまの寿命の半分を柴丸に分けました。朝右衛門さまの寿命が三十なら十五、十ならば五、そうなるはずでした。しかし朝右衛門さまは旅の途中で一度死に、黄泉に行くところだったのを半蔵に連れ戻されている。この時に、既に寿命が尽きていたとすればどうでしょう。朝右衛門さまは、一体何を柴丸さまに分け与えたのでしょうか」

問いかけられてもわかるはずがない。真っ直ぐにこちらを覗き込んでくる晴明の黒い瞳が、なぜか恐ろしく感じた。

「朝右衛門さまと柴丸さまの寿命が今どうなっているのか、わたくしにはわかりません。

もしかしたら明日死んでしまうのかもしれない。千年後も生きているのかもしれない」

開けっ放しの戸口から西日が差して、晴明の顔の陰影を深くしている。

「どうやら我々は、零を割ってしまったようです」

八

いつもの熱燗《あつかん》よりも尚熱い。舐めるように口に含めば、辛く澄んだ酒が冷えた身体に染みこんでいく。

「一杯一杯、復《また》一杯……と」

半蔵が二合徳利をこちらに向けるので猪口を差し出した。とろりとした透明な液体が注がれていく。その水面に月光が差し込むのをぼんやりと眺めた。いつもは深酒をしないのだが、今夜は飲めるだけ飲みたい気分だった。

縁側に並んで二人、見慣れた庭に向かっている。糸檜葉の葉が重々しく垂れ下がり、赤い彼岸花が咲き誇って地を埋めていた。

「やッぱり酒は最高だねェ。近頃は安酒しか口にしてなかッたから殊更うまい。旦那もどんどん飲みなよ。どうせ、俺がいない間は飲んでなかッたんだろ?」

半蔵は機嫌良く唇を舐めていたが、ふと気付いたように首を傾げた。

「そういや俺がいねェ間、飯はどうしてたんだ」

「柴丸が作っていた。中々に上達していたぞ」

「へェ、そりゃあいい。今度味見させてもらおうかね」

実際、柴丸の料理は見事なものだった。初めは米を炊くのにも苦労していたのに、近頃は丁寧に出汁を取って美味しい汁物を仕上げてくる。全体的に甘めの味付けをする傾向はあったが、何を作っても上手に仕上げていた。

作って貰っている身で文句などあるはずもないので、半蔵の作る料理とは少し違うと感じても何も言わずにいた。

「なぜ家を空けていた？」

「そりゃあ、己の行動のせいで主様に怪我させちまったからなァ。反省のために、自主的に暇を頂いてたわけよ」

どうしてこう、妙なところで真面目なのだろう。そのくせ金は盗んでいくのだから考えていることが本当にわからない。

「暇を許した覚えはない。悔いているというのなら勤めを投げ出すな。お前は私の忍なのだろう」

「へいへい、申し訳もございやせん」

半蔵はやけに機嫌良さそうに、長い耳を忙しなく動かしている。朝右衛門はため息をついて、半蔵が戻ってきた昨日のことを思い返した。

「晴明が言っていたこと……どう思う」

どうにも気になっていた。自分は何か、得体のしれないものを柴丸に分けてしまったらしい。もっと穏便に生きる道もあったはずなのに、おかしなことに巻き込んでしまった。

　半蔵はそっぽを向きながら、あっさりと答える。

「さあ、俺には少々難しい話だったが。どうやらもう、柴丸を殺せば済むということでもないようだ」

「柴丸が言うには、そもそもお前はあの子を殺す気がなかったらしいが」

「おいおい、俺より柴丸の言うことを信じるのかよ。俺は本気だったぜ。少しでも邪魔だと思ッたなら、幼くて弱いうちのほうがいいだろ？　だが運悪く、あいつに憑いてる犬が目覚めちまった。恐ろしいこった。あの狂犬、俺どころか死神にだって噛みつくぜ」

「寝ている犬を起こすのが、お前の目的だったんじゃないか。そして柴丸に首を斬らせて死ぬつもりだったんだろう」

「ンなわけあるか。言っただろ？　俺は死なない」

　長い耳をピンと立てる。獣面を息がかかる程近づけてきて、いつになく真剣な声色で言った。

「アンタの寿命が明日尽きるなら、また生まれ変わってくるまで待ってる。アンタが千年生きるなら、俺はずっとその側に仕えるぜ」

「気の長い話だな」

「不老不死だからな。時はいくらでもある」

半蔵が手酌で酒を注ぎ、それを勢いよく飲み干す。それに合わせるように、朝右衛門も猪口の中身を飲み干した。途端に回る酔いに目の前が揺らぐ。先のことなどなにもわからないが、どうとでもなる気がした。半蔵がからからと笑うのにつられて笑う。

意識が混濁していくのが気持ちいい。何もかもがおかしかった。

初出「小説すばる」2024年2月号～10月号
単行本化にあたり、加筆・修正を行いました。

装幀　アルビレオ
装画　おく

藍銅ツバメ　らんどう・つばめ

一九九五年生まれ。徳島大学総合科学部人間文化学科卒業。
二〇二〇年「めめ」でゲンロンＳＦ新人賞優秀賞受賞。
二〇二一年『鯉姫婚姻譚』で
日本ファンタジーノベル大賞２０２１大賞を受賞し、デビュー。
本作が二作目の単行本となる。

馬《ば》鹿《か》化《ば》かし

二〇二五年　五月一〇日　第一刷発行

著　者　藍銅《らんどう》ツバメ

発行者　樋口尚也
発行所　株式会社集英社
〒一〇一−八〇五〇　東京都千代田区一ツ橋二−五−一〇
電話　〇三−三二三〇−六一〇〇（編集部）
〇三−三二三〇−六〇八〇（読者係）
〇三−三二三〇−六三九三（販売部）書店専用
印刷所　TOPPANクロレ株式会社
製本所　ナショナル製本協同組合

ISBN 978-4-08-771897-3 C0093

集英社の本

推しはまだ生きているか　人間六度

荒廃した東京で過酷なシェルター暮らしを送るあみぱん。
消息不明になった「推し」を探す表題作など
絶望と祈りに満ちたＳＦ短編集。

書楼弔堂　霜夜　京極夏彦

古今東西の書物が集う墓場・書楼弔堂。
明治の終わり、消えゆくものたちの声が織りなす不滅の物語。
シリーズ最終巻。